燕子不歸

桐野夏生

劉子倩——譯

燕子不歸

目次

Chapter 01

水煮蛋

1

小鍋裡有一顆白色的蛋，正在咕嘟咕嘟晃動。在三好超市，十顆一盒賣一百九十八圓。在這附近最便宜。一天吃一顆，可以吃十天。便宜又有高蛋白且烹調簡便。只要放入冷水開火煮十五分鐘，就能煮出偏硬的水煮蛋。

「你知道蛋的本質嗎？沸騰後再煮八分鐘就會完全煮熟凝固。換言之，放入冷水煮十五分鐘，就是水煮蛋。這就是蛋的本質喔。烹飪最重要的就是知道食材的本質。」

這是礒谷太太在老人安養院食堂的固定台詞。雖然在輪椅上肅然端坐，散發儼然不可親近的氛圍，但是粉紅色睡衣上，沾滿吃東西掉落的污漬。

礒谷這個姓氏是從未見過的奇怪漢字，大家都不知道該怎麼唸，有人唸成螞蟻的蟻。結果，她略帶輕蔑地訂正，「那個字的發音是『磯』。」

那種情形屢屢發生，所以現在就算無人搭話，礒谷太太也會自己指著沒有掛任何名牌的單薄胸膛，主動表明：「這個字唸磯。」就這樣，她成了不分對象，不分地點，一天到晚在說「蛋的本質」和「這個字唸磯」的老太太。

不過，安養院的食堂，不會供應水煮蛋。因為很多老人都無法自己剝殼，而且說不定還會噎到。雞蛋料理只有味道特別甜的高湯煎蛋捲（很受歡迎），或者勾芡的蛋花湯，偶爾會有溫泉蛋。

所以，礒谷太太這個人為何如此執著水煮蛋，誰也不知道。後來，有傳言說她以前從事烹飪方面的工作，大家對她失智的狀態因此能夠抱著愛心看待，蛋的本質論也傳得人盡皆知都說她講得有道理。

可是，有個看護人員根據上網看到的資訊說，食材的本質云云好像是某位知名烹飪家平時經常說的話，從此，礒谷太太每次說「蛋的本質」時，本來還有點同情的眾人，就變得只是敷衍地隨口稱是了。而礒谷太太，沒過多久就罹患感冒，併發肺炎猝然逝世。

沸騰後再煮八分鐘會凝固如果是蛋的本質，女人體內的卵子本質又是什麼？如果用煮的不知幾分鐘會凝固。礒谷太太啊，請告訴我卵子的本質。理紀凝視鍋中，一邊呼喚懷念的名字。

理紀在安養院當看護，是二十一歲至二十三歲四個月這段為期不足二年半的時間。耐著性子一忍再忍，費了這麼多時間只為存夠二百萬。能夠把薪水將近一半都存下來，說來理所當然，是因為住在家裡。

理紀從北海道東北部的短期大學畢業後，在自家附近新開的老人安養院受雇當職員。父母都很高興，說他們遲早也會住進那裡，所以這下子豈不是正好。可理紀上班的頭一天，就目擊老太太在床上試圖將自己的大便搓成丸子，當下就想辭職了。她無法相信竟然有人做出那種事。

不過，工作做不久，似乎不是老人安養院的錯。不管去何處，做哪種工作都一樣。來到東京後，理紀始終沒有固定工作。有段時期也曾苦惱過，懷疑自己缺乏定性。但她察覺，在自己到底想做什麼、究竟是什麼樣的人都還沒想清楚之前，她不想就這樣草率決定今後的工作。

她覺得能夠找到自己想做的事，毅然走上那條路的人，或許更強大也活得更輕鬆。這麼想，是在她聽說高中時交情還不錯的朋友成為美甲師時。那個女孩，在東京的美甲學校念了一年後，進入學校經營的美甲沙龍上班。如今在澀谷的總店據說已頗受器重。看那女孩的IG，不僅工作幹練，好像也有在原宿當美髮師的男友，令人嫉妒。不過千萬別誤會，令人嫉妒的不是什麼澀谷原宿或什麼沙龍和男友，而是那種充實感。

來東京後只見過那女孩一次。地點是在那女孩據說常去光顧的惠比壽某家咖啡店。正好是理紀開始在西日暮里某家專門給印刷品分類的公司打工時。

理紀本來就對惠比壽這個場所心懷敬畏，當那女孩頂著幾近染成紅色的褐髮異常時髦地出現在理紀面前時，不只是理紀，周遭的人都被那種氣勢鎮住了。然後，看著女孩手上精心設計的指甲彩繪，理紀在精神和肉體上都退縮了，就連坐的椅子，都忍不住向後拖。

她很後悔，只因為自己沒有固定的正職，彼此的差距居然變得這麼大，但是當對方驕傲地給她看指甲彩繪說「這是我自己做的」，她又覺得這是因為自己毫無天份所以無可奈何。

來到東京為何也沒有任何好事，反而越過越糟？就算返鄉也找不到工作，當初來東京時還和父親大吵一架，所以就算為了爭一口氣也不想回去。重點是，也沒錢買車票。

當初明明是帶著二百萬的鉅款出門，六年光陰卻花光了所有的錢。租房子的禮金和押金，買冰箱和微波爐，還有買床、寢具、鍋子、餐具。買完這些東西，填補短缺的生活費，不知不覺那筆錢就如泡影消失了。現在，她天天過著零存款的日子。

找不到好工作的不滿，對自己毫無才能的自卑感，以及如烏雲籠罩理紀每一天的，是巨大的欠缺感。她沒想到缺錢居然會令人如此徬徨、喘不過氣。只要一次就好，真想過著不用煩惱缺錢的生活。

在即將打烊的超市搜購打折的食品，節省水電費，靠著徒步移動省下交通費，只能在二手店買衣服的這種悲慘。哪怕只有一次也好，真希望能從那樣的日子解脫。

手機的鬧鐘響起。水滾之後，煮八分鐘整。理紀倒掉鍋裡的熱水，加入冷水，冷卻煮好的雞蛋。站在廚房的流理台前，剝除蛋殼。水煮蛋有些地方有空氣。通常是底部。先滾一滾讓蛋殼出現細小裂縫，再從底部剝的話就能輕易取下蛋殼。

這就是水煮蛋的本質——要是能這麼告訴礒谷太太就好了。不過，就算告訴她，她八成也只會狐疑地瞇起那雙小眼睛不肯相信吧。虧她對那不知哪來的料理研究家說的話就能囫圇接受。連礒谷太太都不把自己放在眼裡，自己還真是個隨便在哪都沒差、無關緊要的女人。

理紀把水煮蛋泡在小碟的醬油中。從小，她就喜歡拿醬油沾水煮蛋吃而非鹽巴。所以，遠足時老師只准他們帶鹽巴，讓她有點不開心。聽到她這麼說，來到東京後交往的第一個男人，露出非常輕蔑的表情。

「妳還真是鄉下人。居然喜歡醬油。」

比她大三歲的男人留著山羊鬍看起來有點做作，北關東腔的口音很嚴重。他們是在說好聽點是舶來精品店，說穿了就是洋貨行打工時認識的。男人辯解，因為只有這間店說留山羊鬍也沒關係。

你自己還不是滿口鄉音的鄉巴佬。理紀暗想，但她沒有說出口。結果，看出她想法的男人，堅稱自己的縣位於首都圈，和北海道偏僻的鄉下截然不同。此人唯獨對別人的負面情緒特別敏銳。

男人完全沒把感情比較內向晚熟的理紀放在眼裡，滿嘴謊言，不只有小三，還有小四，可是，自己爽完之後就拍拍屁股走人。

從此，理紀開始思考男人到底算什麼。粗魯愚蠢沒禮貌，說到他們的想法，全是自私自利。髒鞋子隨便脫下一扔從來不會放好。馬桶蓋掀起來用完也不放下，地板滴了尿也沒發現就直接踩過去。擅自開別人家的冰箱，喝別人當成寶貝珍藏的發泡酒。床明明很小，他卻張開手腳呼呼大睡，把理紀一腳踹到床下。他覺得女人天生就該做牛做馬，所以射在裡面也滿不在乎。理紀抱怨萬一懷孕會很傷腦筋，他就嬉皮笑臉說，萬一理紀拿孩子逼他奉子成婚他才傷腦筋。

理紀來東京後認識的男人，全都是就算二人單獨漂流到無人島，也死都不想和對方性交的傢伙。她覺得，自己根本不需要男人，單身就好。但這年頭單身的薪水低得無法糊口。

理紀現在的工作，是在北向綜合醫院當事務員，屬於臨時派遣人員。從早上八點到傍晚五點半下班為止，工作整整九個半小時，在老舊昏暗的醫院實際領到的薪水也不過區區十四萬。其中房租就要扣掉五萬八（是日照不足的廉價破公寓），僅靠剩下的八萬二生活。

同樣是派遣人員，家在東京的女同事有錢去星巴克買咖啡，理紀卻連7－11的咖啡都買不起。而且，明年合約到期就會中止雇用關係，屆時又得另謀出路。她打從心底，渴求金錢和安心。

理紀從超商的購物袋，取出下班回來時買的鱈魚子飯糰。超商賣的貴所以平時不會買，但今天有「飯糰百圓特價」，她敵不過飢餓的誘惑，忍不住連明早的份都買了。

她用門牙嗶嗶波波咬破鱈魚子的細小顆粒。鱈魚子是魚卵。魚會產下大量的卵。鮭魚子鱈魚子鯡魚子烏魚子。凡是雌性都會產卵。理紀想像自己的卵巢密密麻麻塞滿細小顆粒的樣子，不禁暗想，那些要是全部變成錢就厲害了。

國中時，過年前在奶奶家曾奉命剝除無鹽的鯡魚子那層薄膜。每一個卵子，不知是否也有包覆鯡魚子那樣的薄膜。是拉扯那層膜從子宮取出？不痛嗎？數量不會減少嗎？採集卵子究竟是什麼感覺？

阿照問她要不要一起去捐卵賺外快，理紀上網查閱後，就一直在思索卵這種物質。將來，說不定會像礒谷太太那樣，開口閉口只提卵。不過，她可不知道卵的本質。

自己的卵子，將會和見都沒見過的陌生男人的精子受精成功變成受精卵，植入男人妻子的子宮，變成小寶寶。如此說來，那個小寶寶不就是自己的孩子？

假設理紀提供卵子，被某對夫妻選中受精成功，生下小寶寶。另一方面，自己如果也懷孕有了孩子，對那孩子而言，不就等於已經有「兄弟姊妹」了？

然後，那個「兄弟姊妹」，倘若和自己生的孩子偶然邂逅，進而交往，豈不是等於近親相姦？

如果自己將來要結婚，是否該告訴對方曾經捐過卵子比較好？反之，對方如果說他曾經捐過精子，自己又會作何反應？

疑問一一浮現，最後已經不知該如何是好。吃完水煮蛋和鱈魚子飯糰、高麗菜味噌湯後，理紀打開收藏在電腦書籤的募集捐卵者網頁。這時，非常巧合的，阿照也傳LINE來了。

——那玩意，妳報名了？

二人討論過要在捐卵網站報名看看。關於捐卵的事，阿照好像是從婦產科的護理師那裡聽說的。「聽說可以拿到五十萬喔。」她宣稱這是很划算的打工。

——還沒，正準備登記。

——超麻煩的。妳加油。

——好。

登記時要填寫的項目很多。姓名、地址、職業、血型、身高、體重、鞋子尺碼，過往病史，宿疾，視力，髮質，膚色，是單眼皮，還是雙眼皮，有無抽過菸、有無刺青或耳洞、護照號碼、出國紀錄、將來的夢想、報名動機、學歷，以及父母和祖父母的病史及工作履歷。

照片也是，對方除了要求大頭照和全身照，還註明最好連嬰兒時期的照片也隨電子郵件一起附上。理紀猶豫半晌，最後只從手機的相簿中找出一張她覺得比較好的全身照附上。她認為那張照片穿著醫院的制服，看起來應該比較正式。

不過，填寫報名表的同時，穿耳洞、割過雙眼皮的阿照自然不用說，就連理紀自己也不覺得能夠成功報名了。登記作業費時超過一小時，不知怎的只留下徒勞感。如果自己的卵子沒被選上，不會覺得被蓋上劣等的烙印嗎？

翌晨七點五十分，理紀從北向綜合醫院的後門口進入。打卡後走向寄物間。在復健中心擔任物理治療師的女孩們來得很早。已經換上全套運動服的制服，從寄物間咋咋呼呼走到昏暗的走廊上。女孩們都很年輕，充滿活力，所以每次擦身而過，都會大聲對她道早安。明知那只是條件反射，理紀還是有點煩。

雖然還不到八點，院內已經擠滿人。大半都是老人。他們在七點正門打開的同時蜂擁而入，搶著領取排隊的號碼牌。

理紀換上深藍色背心和裙子的制服，走向事務室。八點開始接受掛號的同時，把放有病人病歷的綠色檔案夾按照順序配送，是早上第一件工作。之後，還要做會計工作。這個工作和病人直接有面對面的現金接觸，所以她有時很擔心會不會感染什麼病。

正奇怪怎麼沒看到阿照，原來是遲到了。阿照晚了十分鐘才到，被課長瞪了一眼。抱歉抱歉。阿照從自己的位子比手勢示意。阿照也是臨時派遣人員，但她比理紀小四歲。身材非常瘦小。小嘴似乎無法容納所有的牙齒，牙齒參差不齊，因此看起來比實際年齡更稚氣。染成褐色的頭髮從髮根逐漸變黑，是因為缺乏金錢和時間打理頭髮。阿照做雙份工。

因為被課長提醒過頭髮那樣看起來不乾淨，阿照說必須趕緊去染髮。理紀倒覺得，那樣看起來不是不乾淨而是不幸，但她當然沒有這樣說出口。自己同樣也沒錢上美容院，所以一直是黑髮，自己在家剪齊。

午休時間，他們在休息室吃自己做的便當。說是便當，其實只有飯糰和水煮蛋（理紀幾乎天天帶水煮蛋來，淋上休息室準備的醬油吃），或者白飯配炒香腸，不過是這種程度的簡單食物。但阿照的便當很厲害。管他什麼高麗菜還是竹輪、剩下的炸豬排，反正剩菜通通倒進平底鍋一起炒，用這種莫名其妙的大雜燴帶便當。理紀起初還不好意思打開簡陋便當的蓋子，但是阿照的便當實在太誇張，所以她也無所謂了。

醫院旁邊就有7－11，但是如果天天去光顧很快就沒錢了。不過，這天她老早就和阿照約好了要去7－11買點東西在店裡吃，所以拿著錢包走出醫院。如果連這點樂趣都無法偶一為之，精神一定會崩潰。

理紀想吃生菜沙拉，但是太貴了只好忍住。所以，還是一如往常買一個飯糰配泡麵，或者三明治配點心麵包，吃一大堆碳水化合物。不過這樣還要三百圓她覺得很浪費。愛吃甜食的阿照大手筆買了泡芙，露出亂七八糟的牙齒嘿嘿笑著很開心。

「欸，那個，妳登記了嗎？」

阿照啞聲詢問。

「嗯，登記了。」

「那個真的超囉唆。我寫的都是瞎掰的。」

「不是有一欄詢問有無耳洞嗎？阿照妳沒問題？」

理紀是出於關心才這麼問，阿照卻聳聳單薄的肩膀。

「我騙他們，填寫沒耳洞。」

「那照片怎麼辦？」

「我用這張。」

阿照給她看的，是明顯用APP軟體修過圖的照片。眼睛特別大，看起來很詭異。

「這樣不好吧？」

「可是其他照片都醜爆了。」

阿照來自名古屋附近的城市，申請到貸款型獎學金念完四年制大學。可是，父母連同生活費一起加倍借貸，導致阿照大學畢業時，已經背負了高達五百萬的債務。畢業後，據說她進入汽車銷售公司上班時也曾雄心勃勃立志掙錢還債，可是被分發到業務單位，遭到女上司欺負導致精神衰弱，不得不辭職。

於是，她就此想法一變。去割了雙眼皮，來到東京找工作卻四處碰壁，只好在人力派遣公司登記。雖然來到這家綜合醫院上班，但臨時派遣人員的薪資畢竟不夠還債，每週還有幾天去風化場所打工。那筆打工費，每月可抵二萬三的還債金額。這樣算起來，儘管她在特種行業待得並不愉快，卻沒有賺到什麼錢。

「現在價碼暴跌。因為像我這樣的人，有很多都下海做那一行。」

阿照下海兼差，是她自己親口吐露的，不過事實上，在醫院內早就私下出現傳言。一名放射線科的技師，據說曾在新宿的風俗店前，撞見阿照出來送客。那個男人長得和《小小兵》的傑瑞酷似，冬天也很會流汗，所以遭到事務室的娘子軍敬而遠之。許是因此懷恨在心，他大聲地四處宣揚此事。理紀想，傑瑞當時應該就在店裡吧。

然而，阿照連不想和傑瑞那種胖子做的事都做了，拚命賺錢還債，所以理紀想，就隨她去吧。一旦東窗事發，還不知道院方是否會保持沉沉默呢。明明自己在買春，卻瞧不起賣春的女人，這種男人真的令人超火大。

「欸，上面不是寫了，只要提供卵子，一次就能拿到五十萬至八十萬。我還在想為什麼會有價格差異，結果好像有排行榜耶。」

阿照低聲耳語。聲音低微掠過，反而讓周遭更容易聽見。理紀小聲反問，

「什麼排行榜？」

「捐卵者的排行榜。妳忘啦，最後不是要填寫學歷嗎？另外，也要附上全身照，那樣很容易洩漏各種資料。換句話說，如果妳二十歲出頭，東大畢業，在一流的公司上班，父母手足都沒有任何遺傳性疾病，甚至還是個美女的話，就是特A等級喔。是價值八十萬的卵子。或者，如果家世非常好，教養出眾，畢業自聖心女子大學之類的名校，而且也是美女的話，這樣也列入特A等級。」

不知阿照從哪打聽的，說出這種話，令理紀很不安。她畢業自鄉下的短大，不是美女，毫無才能，該不會被踢出榜外吧？虧她之前還在猶豫到底要不要捐卵子，可是一旦可能被踢出榜外連登記都沒資格，不僅浪費了拚命填寫那些項目的時間，也很失落。

「那我可能不夠格。我都已經二十九歲了。也沒有任何長處。」

「理紀妳很健康呀。」

阿照把免洗筷插進泡麵攪動。理紀身高一百六十六公分，體重五十八公斤。以前沒有生過什麼病，也沒有蛀牙。父母和祖父母雖然沒錢但是都很健康。不過，想到自己的卵子可能是C級或更低等就很不愉快。自己的卵子，是三好超市一盒賣一百九十八圓的便宜蛋嗎？品牌蛋一顆五十

圓，自己卻是連二十圓都不到的蛋？

「或許算是健康，但我還是覺得有點討厭。被人這樣品頭論足。」

「我們的人生本來就一直被品頭論足。」

阿照不屑地說。

「說得也是。」

除了同意，再也說不出別的。阿照說得對極了。因為這些年來一直被人品頭論足，說我能做的工作只有這個。如果有人說，既然如此，那妳就努力一點嘛，只要肯拚，不就能往上爬了，這種人鐵定是傻子。就算叫我那樣靠自己努力，從出發點就已被列入遭人看得一文不值的集團了，所以光靠自己的力量根本沒用。即使說明狀況，連父母手足都無法理解，世人當然更不可能明白。就像現在都已經這麼缺錢了，還不是沒人伸出援手。

用來描述理紀人生的字眼，只有對工作的不滿，自卑感，沒錢的欠缺感，還有一個，就是痛苦不被理解的孤獨。認識阿照後，孤獨雖然稍微撫平，但阿照的狀況更慘，光是聽了都灰心喪志。

「欸，假使登記順利，面試也通過的話，理紀妳會怎樣？要辭掉醫院的工作去泰國吧？」

登記後，好像還有面試那一關。然後，如果幸運中選，據說必須在海外提供卵子。由於法律方面尚不周全，日本國內無法採卵，所以必須請假將近二週。

以派遣人員的身份如果請假長達二週，恐怕得辭掉工作。反正這種工作她也想乾脆辭掉算了。但是想到今後的生活就很不安。

「我也不知該怎麼辦。」

與其說理紀優柔寡斷，毋寧是個性謹慎。

「不過，理紀妳的雇用合約明年就到期了吧？早點辭職另找新工作就好了。一次就有五十萬。這種機會可不多。而且，還可以出國。」

說得也是。理紀從未出國旅行。如果通過捐卵審核，可以在泰國待二週。區區一兩個卵子，沒什麼大不了。只要人家不嫌棄三好超市的便宜貨。

「好想去泰國喔。」

理紀一咕噥，阿照抓住理紀的手。長指甲陷入肉中很痛。

「那就去吧。好歹要享受一次。如果在泰國待二週，不也可以觀光嗎。而且，還可以賺到五十萬。有了五十萬，基本上，等於現在三個月的薪水，所以這段期間再找工作就行了。以理紀妳的條件一定立刻就能找到。」

這家北向綜合醫院，不僅工作無趣，環境也不算太好，但對理紀而言有一個優點。那就是可以從公寓騎腳踏車上下班。見她猶豫，阿照撇起嘴。

「反正明年也得找工作，還不如趁現在就找工作跳槽。這裡的薪水太少了。已經到了再怎麼說都太誇張的程度。」

幾天後，收到回覆。理紀登記成功。這次等於是被阿照催促著報名，結果阿照自己卻沒能登記上。理由自然無從得知，但阿照自己認為，或許是因為她瘦小的體型，以及在報名捐卵者的動機這一欄誠實填寫「比普通打工的報酬好，所以就來報名了」。理紀寫的是「想幫助他人」。

「我這人，有點喜歡故意暴露缺點的毛病，所以忍不住老實寫出來了。況且，反正我也猜到八成沒希望。」

故意暴露缺點。的確，阿照有時會在一瞬間自暴自棄。想必，被課長批評頭髮時，課長大概也沒用「不乾淨」這種字眼，阿照卻主動說「這樣看起來不乾淨是吧」。於是課長順勢點頭同意，然後阿照就向理紀抱怨「被課長罵不乾淨」。八成是這樣的過程。

被父母害得背負更多債務，當然會忍不住自暴自棄，理紀很同情她。

「理紀妳去吧。都已經二十九了，這是妳最後的機會。」

阿照一臉認真說。

2

粉紅，粉紅，粉紅。牆壁和天花板和窗簾，全是粉紅色，不過每樣東西的色調深淺稍有不同。天花板是淺粉紅，牆壁是帶點珊瑚紅的粉紅，窗簾是紫粉紅。至於地板，有白色磁磚閃閃發亮。就連坐在那張除了電腦之外，什麼也沒放的白色桌前的中年女人，也是一身雪白套裝。套裝底下同樣是粉紅色的襯衫，外套胸口佩戴就像過情人節般線條略帶圓弧形的紅心胸針。胸針底下的名牌，寫著「青沼 AONUMA」。

青沼的額頭和大嘴特別顯眼，有張討喜的臉孔。年紀大約將近五十。染成淺褐色的頭髮，白色粉底，以及玫瑰粉紅的口紅。誇張的色調組合很刺眼。這個房間的色彩和人物，一切都和理紀原先任職的暗沉醫院成強烈對比。

理紀偷看青沼的左手無名指。檢查別人是否已婚，幾乎已成了習慣。果然，無名指有一圈白金細環。已婚且擁有工作的中年女人，因為對自己充滿自信才裝扮得格外惹眼。

理紀一走進房間，青沼就像要確認什麼似的，急忙瞥向電腦螢幕。之後老半天都沒抬頭。期間，理紀望著牆上掛的照片。是懷裡抱著嬰兒的年輕母親，露出幸福微笑的照片。

理紀聽說如果面試結果不佳，也可能被踢出登記名單，所以她認為青沼看到她本人後之所以愕然，八成是在搜尋接下來拒絕她的理由。今天的理紀，穿著GU的衣服和球鞋，肩上掛著布袋代替皮包。這身打扮看起來就很缺錢，所以鐵定以為理紀是為了撈錢才報名的女人。

「對不起。失禮了。」

青沼終於抬頭。臉上雖有笑容，畫得很細的眉毛卻皺起，不知怎的表情有點不安。青沼說聲

「別客氣，請坐」，讓她在桌前的白椅子坐下。理紀一拉開椅子，赫然發現椅子上放著粉紅色心形坐墊。

「妳是大石理紀小姐吧。這次承蒙報名，非常感謝。」

青沼眼角擠出皺紋對她微笑。

啊，哪裡。她小聲回答。於是，青沼像變魔術一樣，從桌下取出一小瓶愛維養礦泉水放在理紀面前。

「來，不嫌棄的話請喝水。我想請教一些問題，請妳放輕鬆。」

理紀道謝後，拿起礦泉水。冰得很透，掌心沾上水滴。把掌心的水滴在褲子上擦乾後，她喝了一口冰水。

青沼似乎一直在等理紀喝水，這才開口說：

「今天歡迎妳來。我們『普蘭特』是美國的生殖醫學專業診所。我是負責日本這邊仲介的青沼。請多指教。」

青沼遞來的橫寫式名片上，印有「普蘭特」在加州的地址，以及「日本分公司經理 青沼薰」。

「在日本，目前法律方面尚不完善，但在全球，生殖醫學可說是日新月異。我們『普蘭特』把幸福帶給想要孩子的家庭，是著有實績的醫療機構。說到生殖醫學，想必還有很多遭人誤解的部分，但就全球而言，不可否認的是已有長足發展，進步到無暇說那種話的階段了。日本的客戶們，透過網路等媒介做研究非常了解這點，可惜法律卻跟不上那種需求。所以，我們期望他們能夠利用美國的診所。實際上，也的確受到許多日本客戶的感謝。我們很自負這是真正的助人。」

青沼說著驕傲地挺起胸膛。從抽屜取出一份粉紅色封面的簡介遞給理紀。

「請妳看一下這個。」

青沼翻開之後給她看統計圖表，開始說明到目前為止已有多少對情侶有了寶寶的實績。大致說明完畢後，就把那份簡介放進印有「普蘭特」商標的粉紅色檔案夾交給理紀。

「這個請妳收下。回家好好閱讀。」

拿到檔案夾的理紀，老實地點頭稱是。青沼和善地看著理紀的臉。

「大石小姐，今天妳放假不用上班吧？」

「不，我在醫院工作所以沒有放假。今天我請了上午半天假。」

理紀的醫院，週六上午人最多。

「那真是抱歉。」青沼微微低頭致歉。「幾乎所有的捐卵者都有工作，所以她們說週六週日的話比較方便。」

理紀含糊微笑應了一聲。她不知該怎麼回答。

「如果真的被選為捐卵者，以日本的現狀無法在國內採卵，所以要請妳在國外待上兩三週。

必須請長假，妳的工作方面沒問題嗎？」

「我想應該沒問題。」

「可以請那麼久的假？」

對方問到她和阿照之前討論時的痛處，理紀不由啞然半晌。如果在契約到期前請假數星期，八成會被人力派遣公司開除吧。之後的事情她還沒有考慮過。

「我想總會有辦法的。」

青沼不安地看著理紀的眼睛，理紀無意識地避開。

「妳是在醫院上班吧。現在是正式職員嗎？」

「不，是派遣人員。」

誠實回答後，才開始焦慮這樣回答很失策。如果是身份不穩定的女人，將來還不知會有什麼樣的麻煩，對方應該不想找這種人當捐卵者吧。

「妳既然是派遣人員，想必很難在請長假之後繼續這份工作，沒關係嗎？」

「說不定，也許會無法繼續工作。不過沒關係。我已經二十九歲了，但是目前沒有男友，也完全沒有結婚的計畫。所以，身為女人的我，如果能因為女人的身份幫助有困難的人也不錯。我看了捐卵者的條件，上面寫說只限二十九歲以下，所以我本來以為沒希望，但還是想報名碰碰運氣。」

到此地步已無退路。理紀熱切地滔滔不絕。

「是。大石小姐的報名動機，的確是寫著『想幫助他人』。」

青沼湊近看著電腦螢幕說。

「是的。我明年就三十歲了。經常會在一瞬間想到，我的確已經不年輕。可是，私生活方面並沒有任何變化。今後想必也不會有。所以，我打從心底希望，在三十歲之前，能夠幫上誰的忙。」

「謝謝妳。聽妳這麼說真的很高興。大石小姐這種崇高的志工精神，我想一定可以幫助有困難的人，讓這世界變得更好。」

青沼眼角的皺紋笑得更深了。

「哪裡，不敢當。」

理紀大口灌下礦泉水。

「不過，老實說，我們這邊登記捐卵的人將近二百人，幾乎都是二十五歲左右的人喔。二十九歲的話，就算是客戶那邊，可能也希望找更年輕的人比較好。」

「啊？那我沒希望了？」

真失望。既然如此，就得趕緊離開，回醫院上班。因為請半天假按照規定只到中午十二點為止。她很懊悔花這筆交通費來到銀座一帶。

「不不不，請等一下。」

見理紀作勢要走，青沼慌忙阻止她。

「可是，我在年齡上不合理想吧？」

「不，只要各項條件齊全，也有客戶可以接受。」

「各項條件？」

「比方說經歷，家庭狀況，還有外貌。」

出現了。阿照說的「特A等級」的名牌卵。理紀是三好超市的C級，所以誰也不會選她吧。三好超市的卵，就算砸大錢也無法期待未來。

「那就不行了。我根本沒有任何長處。」

理紀嘀咕，青沼像要打斷她說話，連珠砲似的一口氣問道：

「那個，恕我冒昧請教一下，大石小姐懷孕過嗎？我這邊的報名表上，妳寫的是一次也沒有，但我知道這種事情大家都不方便寫出來，所以只好再當面請教一下。」

「有過。」

和那個山羊鬍男交往時，曾經懷孕。她質問對方為何不戴套子就射精，男人反而惱羞成怒，因此她也不想說出懷孕的事就分手了。當然，墮胎費用是自掏腰包。

「當時是怎麼解決的呢？」

青沼的聲音變得異樣溫柔。

「拿掉了。」

「這樣子啊。那是妳幾歲的時候？」

「二十六歲時。」

「懷孕就只有那一次？」

「是的。」

青沼在電腦輸入理紀的回答。敲鍵盤的聲音一停，室內一片死寂。青沼從電腦抬起頭。

「我這裡有個提議。如果妳不同意，直接拒絕也沒關係。不過，如果妳願意稍作考慮，那就太好了。不必急著今天做出結論沒關係，所以請好好考慮。」

青沼先這樣鄭重聲明。

「什麼提議？」

「大石小姐聽過surrogate mother這個名詞嗎？」

見理紀歪頭不解，青沼又取出另一份簡介。

「就是代理孕母。代理孕母又分為二種。一種是用因為某種原因無法懷孕的太太的卵子。和丈夫的精子做成受精卵，植入妳這樣年輕健康的子宮生出來。然後，還有一種，是用太太以外的女性卵子，和丈夫的精子做成受精卵，放回提供卵子的女性子宮生出來。所謂的surrogate mother，就是後者。」

「可是，那樣生出來的孩子，是屬於委託的夫婦嗎？」

「是的。」青沼深深點頭。「因為是夫婦來委託懷孕及生產。當然也會付出相應的報酬。」
「大概多少錢？」
「到目前為止全部費用通常超過二千萬。不過，我們『普蘭特』稍微壓低了費用。所以，實際上報名者源源不絕。我希望大石小姐考慮的，就是當那種代理孕母。」
「為什麼是我？」
她不禁扯高嗓門。
「因為我知道，只要見到妳，那對夫妻，八成會熱切盼望請妳來替他們生這個孩子。」
這是哪來的確信？理紀開始害怕。
「這是什麼意思？」
「因為妳長得和那位太太非常像。」
「用這個理由來決定真的好嗎？」
她不禁脫口而出，青沼點點頭。
「對，生不出孩子，不，做不出孩子的夫婦可是非常苦惱喔。所以，我非常理解。那對夫婦太想要孩子，甚至不惜連卵子和母胎都仰賴太太以外的女人協助。精子是丈夫的，所以他為了不傷害妻子，也為了把生下的孩子當成自己夫妻的親生子，希望能夠盡量找一個和妻子外型相似的女性。就在這時大石小姐來報名了。我一看到妳的照片，就非常驚訝。因為你們相似得就算說是那個太太的親妹妹都沒問題。我覺得這簡直是命中注定的相遇。」

當初確定懷孕時，理紀之所以慌亂，是因為討厭對方，不想生下那種男人的孩子，內心強烈地抗拒。然而，身體頭一次經歷的奇妙變化嚇到了她。煮飯的味道刺鼻，在超商的關東煮前面想吐。下腹脹脹的好像一直處於生理期，感覺有什麼凝滯不前。一個有生命的異物，出現在自己這個生命中的奇妙。也曾夢見像異形的東西破腹而出，想像細胞每天分裂，將會漸漸形成眼耳鼻，也曾為之驚恐。

見理紀陷入沉默，青沼寬慰她：

「對不起，突然聽到這種事一定很驚訝吧。畢竟妳只是來登記捐卵的。況且，老實說，按照我們的規定，只有曾經懷孕生產過一次的人才能夠當代理孕母。所以，就算懷孕過，如果沒有生產，還是難以實現這個組合。」

青沼長嘆一口氣說，但是從她不勝遺憾看著理紀的眼神，明顯可以窺知渴望實現的樣子。

「那對夫婦是真的很煩惱。也曾多次來我們診所。檢討過各種方法，最終結論，還是只能寄望代理孕母這個方法。可是，目前當代理孕母的幾乎都是外國人，所以一眼就能看出不是那個太太的孩子，對吧。因此他們非常苦惱。」

「不惜做到那種地步，也想要孩子？為什麼？」

「誰知道。家家有本難念的經。」青沼似乎在猶豫，該透露到什麼地步才好。「以下純屬我個人的看法喔。他們有錢，家世也很好，夫妻倆都很有教養，非常恩愛，是別人眼中無可挑剔的完美夫婦，當他們得知自己怎樣都生不出孩子時，或許會產生某種欠缺感吧。想要孩子的夫婦，有的是因為需要孩子繼承家業，有的是必須留下丈夫優秀的遺傳基因，想必每個人都有各種苦衷，不過最難以訴諸言詞的，我想可能還是那種殘缺感。正因為一切都得天獨厚，自己缺少的只有孩子，所以才會特別熱切地想解決這個問題。」

「可是，就算讓別的女人生下來，也能當作是自己的親生子嗎？」

「對，因為他們等於從一開始就參與製作這個生孩子的重大專案。說到他們的投入，那簡直太厲害了。一旦確定懷孕後，就會小心翼翼伺候代理孕母，生產時更是看起來擔心得要命，夫妻倆甚至雙手交握。等到孩子出生之後，也會帶去給代理孕母看孩子的成長。生下孩子的女性也為他們開心。真的，從事這份工作，總是很感動。會覺得人類真是不可思議。尤其是關於生產，我認為可以無限擴展心靈的容許範圍。所以，恐怕不能用一般常識去考量。」

青沼轉頭看牆上的展示板。那是母親懷抱嬰兒的照片。

「這張照片的寶寶，就是我們提供卵子生下來的。這個媽媽和寶寶雖然沒有血緣關係，但她說這就是自己的孩子。大石小姐不也是為了助人，才想當捐卵者嗎？既然如此，在真正需要妳的地方，就有妳能協助的途徑，請妳不妨考慮看看。至於法律方面和規定，我們這邊會設法解決。」

理紀覺得話題演變得太扯了。簡而言之，青沼是叫她不當捐卵者，直接做某對夫婦的代理孕母。而且只是因為她長得和那個妻子相似。
「如果懷孕，等於一整年都無法工作，報酬方面是怎樣呢？」
理紀心一橫豁出去問。
「最低也有三百萬的報酬。另外，孕期的生活費，還有產後直到體力恢復為止的生活費也由對方提供。除此之外，夫婦倆應該也會給妳謝禮。所以，總額相當不少喔。」
報酬三百萬，簡直是夢想中的夢想。用懷孕生產換來三百萬，她不知道這個金額是否妥當。但是，既然連生活費也提供，不就等於給了她大約一年的緩衝期找工作嗎？況且，反正她根本不回老家，就算懷孕了應該也不會被任何人發現。
「舉例而言，搬家費用也會替我出嗎？我現在住的公寓日照不良爛透了。」
「這是為了讓替自己生孩子的人有更好的居住環境，所以我想當然會提供。」
老實說，光是聽到這點就有點心動了，但理紀還是勉強回答：
「請讓我考慮一下。」
「那當然。大約一週之後，我這邊再聯絡妳可以嗎？無論答應或拒絕都沒關係。就算妳拒絕，還是可以辦理捐卵者的登記手續。不過，如果想當捐卵者，能夠親眼見證自己提供的卵子，會成為怎樣的孩子，讓什麼樣的夫婦變得怎樣幸福，我認為也是好事。說不定也會改變妳自己今後的生活方式喔。」

青沼笑吟吟地說。

按下打卡鐘時，正好是十二點整。理紀拎著7－11的購物袋直接去地下一樓的休息室。之前要離開「普蘭特」時，在櫃台領到寫有「車馬費」的信封，打開一看裡面有二張千圓鈔票。所以她買了牛五花便當和杯裝味噌湯，甚至還買了有橘子果肉的牛奶果凍當飯後甜點。

休息室位於磁振造影室的後方，那裡放了飲料自動販賣機和微波爐、有熱開水的電熱水壺。主要是護理師和理療師、檢查技師，以及理紀和阿照這類事務工作的職員利用的場所。醫師們在樓上有餐廳。

「這麼快就回來啦。」

正在給杯子倒熱開水的阿照轉身朝她揮手。看阿照迅速拿湯匙攪動，大概是速食湯。

「嗯，總算趕上了。」

理紀把便當放進微波爐調整時間。

「怎麼樣？」

阿照留意著不讓其他職員聽見，小聲囁嚅：

「嗯，二十九歲好像果然不怎麼受歡迎。所以，對方問我要不要當代理孕母。」

「代理孕母？」

阿照扯高嗓門，在隔壁桌喝茶的老警衛朝阿照這邊瞄了一眼。

說明青沼對她說的內容後，阿照的反應並不積極。

「聽起來，怎麼好像有點不妙？」

「我也不大清楚。對方說得太突然了。」

阿照的午餐，是超商的飯糰二個及速食濃湯。

「別傻了，幹嘛給不相干的人生小孩。那種事絕對不能做。」

理紀很驚訝阿照的頑固，停下免洗筷。

「為什麼？」

「這還用問，難道妳不反感？不覺得自己的子宮被玷污？自己的肚子裡，孕育著陌生男人的小孩耶。那多噁心啊。」

「可能的確會有點不舒服，但我不覺得被玷污。」

阿照對理紀的回答似乎很不滿。

「妳說有點不舒服是什麼意思？為什麼只有這種程度的反應？理紀，妳腦子有病？」

「會嗎？我還想問妳咧，阿照妳幹嘛這麼排斥？」

「對啊，小孩是很神聖的。」

理紀吃驚地看著阿照的臉。雖然沒說妳不也在兼差賣身嗎，但在理紀的心裡，更不想看也不想摸陌生男人的性器官，所以她難以置信阿照聲稱小孩很神聖的心態。

「換句話說，那樣使用子宮，就是被玷污？」

「對啊，這當然。」

阿照激動地說，飯粒都從嘴裡噴出來。她難為情地用手指撿起飛到桌上的飯粒。

「可是，我想我暫時不會結婚也不會生子。所以，就算體驗一下或許也不錯。」

「哎喲，理紀，真受不了妳。我簡直不敢相信。」

阿照取出杯湯中的塑膠湯匙舔拭。湯汁滴到桌上，但她沒注意。

「我真不懂阿照妳幹嘛那麼有潔癖。妳自己不也報名捐卵了？」

「所以，那個我中途就放棄啦。因為我覺得，那樣好像有點不對。」

「可是，那不是妳先提議的嗎？所以我才會認真登記。事到如今，妳卻說那樣不對，也太奇怪了吧？」

那的確是我的錯啦——阿照只說了這句，就此噤口。過了一會，像做夢似的小聲說：

「我希望，至少自己生的小孩是和喜歡的人生的。況且，小孩生出來後，可能會覺得孩子超級可愛吧。我想自己內在應該也有母性。那樣一想，就絕對無法做什麼代理孕母。」

理紀凝視休息室貼著白板的牆壁。「普蘭特」的淺粉紅色天花板，以及珊瑚紅色牆壁，紫粉紅色窗簾。那些甜美的色彩，彷彿表露了阿照的心聲。

「欸，妳幹嘛都不說話？」

阿照氣惱地說，但是理紀想起的，是老人安養院的那些老人。想到一個小生命在自己的腹部中心成形，成長之後通過產道出生，經過漫長的時光，最後變成礒谷太太，變成搓大便丸子的阿婆，變成失智後到處摸年輕女職員屁股的老頭子，忽然感到有點可笑。她覺得人類好像並沒有那麼神聖。

3

草桶基從來不覺得小型犬可愛。叫聲高亢吵死人，嬌小如玩具的身體，以及西洋產的橡子眼也都很不順眼。不知該說是耍弄小聰明，還是人小鬼大，很像那種愛講話裝大人的幼兒，教人不知該怎麼對待，既頭痛又煩躁。

既然如此，不要接近就沒事了，偏偏情勢使然，令他不得不養貴賓犬。這都是因為，妻子悠子說，既然無緣有孩子，至少想養隻狗。

悠子選的狗，是附帶血統證明書的紅褐色雄性貴賓犬。狗媽媽據說是英國的冠軍犬。的確，基也不得不承認，這隻擁有色澤完美的捲毛，黑眼睛宛如玻璃珠的小狗，就像絨毛玩具一樣可愛。

狗的名字，決定叫「馬修」。命名者，是基。悠子本來想取「空」、「海」、「夢」這類軟綿綿的名字，但是被基否決了。馬修這個名字，取自馬修．加尼奧。那是基喜歡的巴黎歌劇院芭蕾舞團當家明星的名字。

基在六年前，本來也是現役芭蕾舞者。他跳得高，五官俊雅，再加上身材修長，在女性之間擁有極高人氣。可惜在海外公演期間膝蓋受傷，回國後做了手術，卻已無法恢復原狀。之後只好黯然引退。男舞者如果無法托舉和跳躍，舞者生涯等同終止。

現在，他在與母親千味子共同經營的芭蕾教室指導學生。教學之餘，也企劃芭蕾公演，負責海外舞者的招聘與交涉，也去其他芭蕾舞團編舞，甚至執筆寫書，過著還算充實的每一天。

基每天早上送走悠子後，就前往辦公室兼舞蹈教室，順便帶馬修散步。舞蹈教室和住處的距離徒步約需二十分鐘。附帶一提，悠子是自由插畫家，在二站之外，擁有自己的工作室。

突然間，馬修朝錯身而過的大型犬吠叫。可是，當大型犬轉身露出迎戰的架勢，馬修就慌忙衝進基的兩腿之間蹲下。基抱起馬修時，牠還在微微發抖。

八成是看人家走過去了安心之下才吠叫，沒想到人家會回頭吧。基對牠的虛張聲勢感到既窩囊又可愛。以前明明那麼討厭小型犬，現在卻對自己不得不庇護、照顧的小狗疼愛有加。這如果是兒子，八成更可愛吧，養狗取代孩子的計畫，反而增添對孩子的執著，他不由苦笑。

基牽著馬修的繩子，慢吞吞散步了超過二十分鐘，這才終於抵達教室。「草桶基　芭蕾教室」這行日文頭銜的下方，也有英文。在基引退之前，教室本來用的是母親「草桶千味子」的名字，但是隨著辦公室的創設決定更改。

爬滿常春藤的鋼筋三層樓建築，在母親剛開始創業時想必是嶄新的設計，但是現在看來已相當老舊。不過，這樣也有點像是歷史悠久的工作室。一樓是芭蕾教室，二樓是辦公室。三樓，是母親草桶千味子的住處。

芭蕾教室模仿國外的排練場，有成排長條形窗子，造型時尚，四面也鑲滿鏡子花了大錢。如果小心使用，就算母親過世後，應該也不用重建，所以他打算將來從公寓搬來這裡。

母親千味子以前也是芭蕾舞者。她是第一個進入皇家芭蕾舞團的日本人，之後，在澳洲的芭蕾舞團擔任首席舞者極為有名。六十九歲的現在，她負責教授幼兒、少年、一般成人這三個班級。基的父親草桶洋次早在三十年前就已過世，但他生前也是東京芭蕾舞團的舞者。

換言之，基之所以受到芭蕾舞迷的注目，是因為他是芭蕾舞者家庭的獨生子，從小接受父母的芭蕾菁英教育，而且容貌俊美，酷似母親。舞迷們企圖在基身上，發現和歌舞伎第二代一樣遺傳的美貌和芭蕾基因。外型俊美又有實力的基，年輕時也頻繁登上女性雜誌的採訪專欄。

一樓教室的門沒鎖，因此基沒去辦公室先到教室露個面。千味子拿著拖把，正在清潔地板。她把頭髮綁在腦後，穿著黑色長袖T恤，緊身黑褲。

T恤的領口挖得很深，很適合她修長的脖子。能夠保持現役時代的身材，不愧是芭蕾舞者。臉上雖已有自然的皺紋，依舊有足夠的美貌。

說到保持身材，基也隨時注意這點。縱使無法像現役時代那樣激烈跳舞，有時還是得示範舞步給學生看，更何況也不能讓草桶基的風評下跌。

「哎呀，早安。加尼奧。過來。」

察覺基來了，千味子轉身喊狗。千味子喜歡戲謔地喊「加尼奧」。基連忙拿濕紙巾替狗擦腳。

「不是加尼奧。是馬修。」

馬修還綁著繩子就開心地在拼木地板上奔跑。基來教室時，馬修就在三樓千味子的住處等他回去。

「加尼奧真的很可愛。比起叫什麼馬修，我們叫加尼奧好聽多了對不對？」

千味子以優美的動作抱起馬修貼著臉廝磨。不過，千味子基於教室會有狗毛這個理由，起初很反對帶馬修來。但比起狗毛這個原因，她更不滿的或許是當初是悠子提議養狗，基唯唯諾諾地聽從。

「悠子還是老樣子？」

她沒看基的臉問。

「一切如常。」

所以，基也沒有詳細回答。

「那就好，不過——」

「不過什麼？」

「沒什麼。我只是問問。」

關於悠子，千味子總是有點冷淡，保持一定的距離。悠子似乎也察覺這點，盡量不太接近千味子。實際上，悠子想必連基在千味子的住處上課都嫌棄。

悠子曾說「開設一個屬於你自己的舞蹈教室不好嗎」。他回答，「與其開二個教室，還不如好好經營一個。」他用「今後是少子化的時代，小孩不會增加」當理由，悠子非常沮喪。大概是又想起他們夫妻生不出孩子吧。

的確，基也多次想過，夫妻倆如果有個孩子該多好。不，豈止是多次，最近他天天飽受那個念頭折磨。繼承舞蹈家血統的第三代，不知會擁有什麼樣的才華，展現什麼樣的成長。和舞迷一樣，他也想見證遺傳基因的存在。

之所以喜歡馬修・加尼奧，是因為馬修的父親是丹尼斯・加尼奧這位芭蕾舞者，母親是巴黎歌劇院芭蕾舞團的當家花旦多米尼克・哈爾福尼。馬修是芭蕾菁英父母生下的，璀璨星海中的一等星。

自己如果也有孩子，就可以確認是不是璀璨星海中的一等星了。那樣，想必也能夠證明，自己是不是一等星。對那個證明的執念，隨著年紀增長越發強烈，但悠子想必完全沒有自己是一等星這種概念，所以他死都說不出口。

大約十年前吧，他與悠子透過朋友的介紹相識。事後他才知道，那是身為基的死忠粉絲的悠子，透過人脈拚命使出的策略，但基還挺得意的。因為，悠子是基的世界裡鮮少遇見的那類人。悠子冰雪聰明，話題豐富，和她說話很愉快。之後，發現基也對自己有意，悠子甚至追到他的公演地點。

當時，基已經和比他小二歲的千味子學生結婚。當時的妻子，更近似青梅竹馬，同樣是芭蕾舞者。有點像順理成章走到結婚這一步，況且二人的結婚，雖不至於說是千味子一手安排，但是千味子的意思顯然也大有關係。

當時的基，一心只想逃離總是被母親拿來比較的枷鎖，也對身為同行的妻子感到沉重的壓力。所以，積極接近他的悠子，令他感到新鮮且充滿魅力。悠子身為插畫家這個和芭蕾業界無關的職業也讓他很滿意。基很快就迷戀悠子，二年後，傷透了妻子的心終於離婚。

他只知道傷心的前妻離開日本，加入北歐的芭蕾舞團。透過臉書和IG最近才知道，她和當地的舞者結婚，目前已有二個小孩。前妻生的二個孩子都是男孩，臉書上也提到，她讓他們去上芭蕾舞和鋼琴課，將來任他們挑選喜歡的去學。

得知這點時，基湧現強烈的羨慕與後悔。正因為自己造成的痛苦，前妻得到現在的幸福，正因為自己有罪，夫妻倆現在才會嘗到生不出孩子的悲哀吧。就算知道這是錯誤的想法，還是無法抹去被懲罰之感。這點，也絕對無法對悠子說。基深愛悠子。

「早。」

帶著小女孩的年輕媽媽來了。上午是替還沒上幼稚園的幼童開設的芭蕾學前班。負責這堂課的，是擔任千味子助理的年輕女孩，不過今天助理身體不適，好像由千味子代課。

「真可愛。」

把拖把放回去後，千味子瞇起眼打量小女孩。這孩子很喜歡芭蕾，想必也才學會走路不過數年，卻口齒不清地嚷著「夏謝，夏謝」，模仿「追趕步」（chasse）的動作，奔向千味子。千味子攔住她，誇張地來個大擁抱。馬修在一旁抬頭望。

「基老師也早啊。」

女童的媽媽殷勤地對基打招呼。基也笑著回禮，摸摸小女孩的臉頰。

「芭蕾舞要加油喔。」

臉頰柔嫩得驚人的觸感令基吃驚之下不禁縮手。他深深渴望擁有自己的孩子，對這個執念之強大也受到衝擊。

已經四十三歲的自己，再不趕快生孩子恐怕來不及了。若問是什麼來不及，當然是因為他必須親眼見證自己的孩子究竟有多少天份。不只是舞蹈的天份，還有能否努力發揮那種天份，是否有其他才能，個性是否值得信賴。然而，他越想就越覺得，渴望擁有自己的孩子這種想法，似乎只是自己的自私，不免也有點躊躇。

這是因為，過去悠子已經數次胎死腹中，每次都做了子宮內膜刮除術。自從她發現自己似乎是不孕症後就專心接受治療，後來也嘗試了十次以上的體外受精，但是都沒有成功。過去的手術，似乎造成子宮不孕症。能夠想到的原因，據說除了卵子的老化，也有子宮的狀態問題，悠子似乎大受打擊。

再婚時（悠子是初婚），基三十五歲，悠子比他大一歲是三十六歲。本以為應該可以自然生出孩子，卻始終無法如願，認真開始接受治療時，悠子已經四十歲了。

從此，二人摸索了各種方法。也考慮過領養孩子，但是基想要一個繼承自己血脈的孩子，所以並未積極贊成。

到目前為止花在治療不孕的費用已超過五百萬。當然，只不過是一介舞者的基拿不出這樣的金額，是千味子贊助的。千味子的娘家是企業家，年邁的父母過世後，她繼承了金額龐大的遺產。就那個角度而言，基在千味子面前也抬不起頭。

基去二樓的辦公室，把馬修放在膝上，打開電腦開始工作。處理電子郵件，訂購芭蕾用品等等，瑣碎的工作很多。期間，電話也一再響起。主要都是來拉廣告的。

就在這期間，幼兒班的芭蕾課似乎結束了，千味子回到辦公室。馬修從他的膝上跳下，奔向千味子。

「辛苦了。」

他只抬起頭，慰勞母親。

「唉，身體都變硬了。」

千味子抬起雙臂邊伸展邊說。

「媽，我倒覺得您完全沒變。」

這不是拍馬屁，是實話。

「變了啦。背部都沒有肌力了，也變得僵硬。以前可以下腰下得更深。」

千味子去房間角落的小廚房點燃瓦斯。似乎打算泡紅茶。

「基，今天午餐吃什麼？」

千味子倚靠流理台，朝他這邊轉身。

「偶爾叫蕎麥麵來吃吧？」

「好啊。」

母子倆幾乎天天一起吃午餐。有時也會叫外賣，不過多半都是千味子在三樓的住處弄東西給他吃。

教室只有週三休息，週一有上班族和學生來上課的一般成人班。週日是千味子負責，所以基可以和悠子休息，不過偶爾千味子身體不適，自己就會代課。

「那孩子真可愛。居然還說夏謝。」

基主動提起之前那個小女孩。千味子笑開懷。

「那麼喜歡芭蕾舞，今後應該會繼續上課，所以我也很期待。那孩子的媽媽，其實身材也很適合跳芭蕾舞。」

「是啊。」

基看著端坐的馬修，如此回答。芭蕾圈的人，特別注重父母的體型。甚至有人說看三代前的體型就知道行不行，但是基對那對母女沒有那麼大的興趣。只不過覺得小女娃很可愛。

「欸，你們那個治療，結果怎樣了？」

千味子欲言又止似的問。

「噢，讓媽花了這麼多錢真不好意思。目前為止，還是沒有對策。」

「是嗎，真遺憾。」

「嗯。」

問題出在卵子和子宮狀態這點雖未詳細說過，但是千味子似乎隱約察覺到了。

「你們不考慮領養孩子是吧？」

「是我。我不太想。」他先聲明後又說：「悠子正搖擺不定。好像難以下定決心。至於我，如果不是自己的孩子，我覺得不如算了。我寧可把餘生寄託在學生的成長。研修科有些學生很有潛力。」

千味子默默傾聽。

「不過，老實說，最近這點好像有什麼改變。我很想見到繼承我的遺傳基因的孩子。明知這種想法太自我中心，但我就是按捺不了。所以，我有時甚至覺得，古時候的後宮三千佳麗也不錯。」

基一笑，千味子也張開大嘴哈哈笑。

「虧你想到後宮。」

千味子還在笑，一邊把紅茶的茶葉放進茶壺注入熱開水。

「聽說幕府將軍生了五十個孩子，我還真有點羨慕。只要想到自己的DNA會發揮什麼作用，就很想試試看那種實驗。不過這種話，當然不能跟女人說。」

「原來如此。」

「不過，上次在診所諮詢時，對方建議我們用我的精子和別的女人提供的卵子製造受精卵，再把那個受精卵放入願意做代理孕母的女人子宮內，這樣就能有孩子。我有點心動。當然，悠子是一臉不情願。」

「站在悠子的立場，想必會那樣吧。」

「那當然。我也覺得有點勉強恐怕辦不到，可是有時又覺得那個主意也不壞。這些話，您可別說出去。」

基從千味子手裡接過裝紅茶的馬克杯，一邊把手指抵在嘴上。

「我知道啦。」千味子苦笑。「以前人們都說孩子是老天爺的恩賜，可是這年頭真的是沒有什麼辦不到。就連操作遺傳基因想必都沒問題，說不定很快連人工子宮都有了。」

「好像已經在實驗了。我聽說，是用三D列印的方式做人工胎盤。」

這個消息，還是從悠子那裡聽來的。悠子向來消息靈通，多方打聽後，這麼告訴基。

「什麼玩意？」千味子扯高嗓門。「三D？」

「不過，恐怕很難實現吧。」他說著聳肩。

「在那個方法實現之前，只能靠貧窮國家的女人提供子宮。」

千味子突然神情嚴肅。

「很遺憾，也有那樣的現實面。代理孕母也是，最受歡迎的就是烏克蘭人。因為便宜。在先進國家，規定很嚴格。最近，聽說卵子提供者和代理孕母不能是同一人。」

「對了，上次我在黎明時醒來。忽然冒出一個古怪的念頭。這個說出來不大好聽，你可別告訴悠子。」

千味子坐在椅子上，壓低音量。

「什麼事？我絕對保密。」

「等我死了，我的遺產，不是會全部歸你嗎？」

「那當然。因為我是獨生子。」

千味子如果死了，除了這棟位於東京目黑區的芭蕾教室，基應該還會繼承輕井澤的別墅，以及相當高額的動產。

「你如果比悠子早死，那些遺產就會全部歸悠子所有吧。因為你們沒有孩子。那當然無所謂，畢竟，她是你的妻子。可是，如果悠子之後立刻因意外事故或生病過世，那你繼承的遺產，不就會落到悠子的兄弟姐妹或親戚的手裡？我啊，一想到那個，就忽然清醒過來再也睡不著了。光是有這種想法，就對悠子很不好意思，不過這純粹是假設所以也不能怪我吧。」

「噢，原來如此。」

雖然很驚訝千味子居然連這個都想到了，但的確有那種可能。

千味子的娘家，在大阪的船場做生意，千味子是獨生女。娘家不僅有不動產和金融資產，據說也有數不清的古董和畫作之類的。千味子的母親把那些通通賣掉變現，奢華地享受獨居生活後死去，給獨生女千味子留下高額的遺產。所以也有人說，千味子能夠成為成功的芭蕾舞者，就是因為有娘家豐潤的資產當後盾。

那些錢，由自己這個獨生子繼承是理所當然，但基還沒想過自己和悠子死後的事。的確，到時候，千味子娘家的財產，應該會落到悠子的兄弟手裡吧。

悠子下面那個大弟，是任職連鎖家庭餐廳總公司的上班族，弟媳是家庭主婦，也有兼職工作。夫妻倆有二個年紀還小的女兒。此外，悠子那個三十八歲的小弟，高中時拒絕上學，聽說後來一直窩在家裡不肯出門。

然而，悠子對基介紹時，說小弟是不走紅的漫畫家。基覺得這是有點美化過的說詞，但他也無意非難。因為他認為這和自己無關。不過，聽千味子這麼一說，不僅不是無關，簡直大有關係。

「是喔。我之前都沒注意。」

「當然，我也覺得是杞人憂天。可是，我只要一想到，天啊，她那個遊手好閒的弟弟也有可能繼承我家的錢，我就大受衝擊。」

當初舉行婚禮時，悠子的小弟說是時隔多年第一次出門，賞臉出席了。基這邊的親友都是好身材的芭蕾圈人士，悠子的小弟，卻是很像宅男的邋遢男。這點，似乎令千味子不快。而且，或許因為是婚內出軌後小三成功上位，在千味子的親友之間，悠子的風評極度惡劣。

「基，我這種心情，你能理解嗎？」

千味子蹙眉說。

「我理解。就連我聽了之後，也有點不痛快。」

生來就受人追捧，對自己頗有自信的基，不可能理解悠子弟弟的鬱悶，也無意去理解。所以，千味子的指責如苦澀的渣滓殘留心中。

「該怎麼辦才好呢？」

「毫無辦法。」

不知幾時，馬修已在千味子的膝上打瞌睡。

「我如果有孩子，財產會各分一半吧。」

「那當然。可以的話我更想全部留給那孩子。」

千味子大概連讓悠子繼承都不願意，可惜辦不到。他和悠子，已經不可能離婚。和悠子的結婚，是付出外遇的代價後，不容再次失敗的結合。或也因此，才會覺得和悠子的精神羈絆格外強烈。

「卵子提供和代理孕母的事，我再去談談看。」

然而，他沒把握能否成功。因為悠子強烈反對，聲稱她絕對不要用其他女人的卵子。這種反應，其實不難理解。可是，已經沒別的辦法能夠擁有自己的孩子。

「悠子那邊，只能請她諒解。」

「不過，媽，卵子提供和代理孕母都要花不少錢。」

「大概要多少？」

「說是要二千萬。」

千味子聳聳肩。

「我來出。只要能讓我抱孫子，這筆錢便宜得很。」

既然如此，只剩下說服悠子。基再次下定決心。這時，千味子小聲嘀咕：

「更何況悠子那邊，也不適合芭蕾舞。」

這句話的意思，是指悠子的基因在體型和精神上都完全不符合芭蕾舞的標準。基察覺，千味子不滿意悠子，不只是因為遺產，也是因為遺傳基因。千味子自己生下了基這匹純種馬，所以大概不滿自己和身為芭蕾舞者的前妻離婚吧。

「這點，就算委託代理孕母也一樣。」

基替妻子說話，但是確認了千味子排斥悠子的真正原因，令他很憂鬱。

4

男人雙手按壓人偶大小的少女雪白的腹部。於是從陰道不斷擠出鮭魚子，覆蓋在碗裡的白飯上。就像在描繪少女形狀的海苔香鬆容器，但鮭魚子不是海苔香鬆，是生的。男人粗糙的手也描繪得很寫實，看起來正要拿筷子把鮭魚子飯扒進嘴裡。

看到那幅插畫時，悠子盯著鮭魚子粒粒閃耀的光芒，好半天都離不開眼。那是知名藝術家的作品，從畫中感到的，不是色情也不是幽默更不是美感，倒像是再次被提醒，女人的體內也存在著和食用性魚卵一樣的東西，令她很不舒服。

自己的鮭魚子，想必沒有這幅畫的神采和光澤，已經萎縮在體內某處變成渣滓消失了。被宣告不孕症和卵子老化時，肉體在自己未察覺的情況下已經衰老的這個現實令她大受衝擊。

悠子的皮膚依然緊緻美麗，臉上也沒有絲毫皺紋。頂多只有略微挑起的眼尾最近變得略微溫柔地下垂，幾乎看不出任何歲月的痕跡。這些年不斷被所有人讚美看不出實際年齡，現在卻好像突然被宣告自己已不配做女人，甚至有種屈辱感。

「結婚的時候要是立刻凍卵就好了。」這是基這個做丈夫的說詞，但那也是現在才說得出口。悠子和基，在治療不孕之前，壓根不曉得還有凍卵這回事，就算知道了八成也會覺得事不關己吧。當初以為只要性交遲早會有孩子的自己，天真得堪稱幼稚。

比方說，假設有個年紀輕輕就罹癌的女人。由於使用強力抗癌藥物治療，將來可能喪失生殖功能時，就可以事先凍結保存卵子。這種情況，被稱為「醫學性凍卵」。

最近，即使在健康毫無問題的一般女性之間，據說凍卵的人也逐漸增加。在工作狀況許可之前不想生孩子的女性，以及目前雖無伴侶但是將來希望有孩子的女性，預設將來希望懷孕時卵子已老化無法懷孕的事態，於是事先凍卵保存。據說那叫做「社會性凍卵」。

蘋果和臉書之類的科技大企業，甚至出錢補助女員工凍卵。聽說這種「社會性凍卵」在美國極為普遍，悠子很驚訝。

三十六歲和基結婚的她，是否當初也該預想卵子的老化，趕在三十五歲之前（聽說其實最好是在三十歲之前）先做「社會性凍卵」才對？不，當初她根本沒想過那回事。因為她本來已有心理準備，就算要結婚都不可能有對象出現，八成會一輩子過著沒有孩子的單身生活。

悠子和基結婚後一再流產。之後，也試過體外受精，但還是流產了。醫生說她有不孕症的可能。後來，又被宣告卵子老化導致受精也幾近不可能。的確，在那之後就算數次嘗試體外受精也沒有懷孕。丈夫基的身體很健康，所以生不出孩子全是自己的緣故，這讓她很沮喪。

有了那樣的經驗後，悠子開始覺得，懂得認命也很重要。人不可能得到一切，所以自己二人或許也只能坦然接受沒有小孩的人生就這樣活下去。

世上沒小孩的夫婦很多。有的夫婦是想生孩子生不出來，也有的夫婦是刻意不生。但是，比起有小孩的夫婦，他們看起來更加恩愛，互相扶持著過日子。當然，如果其中一方死了，剩下一人活著會很寂寞，想必也會很不安吧。然而，把那視為彼此的命運，不也很重要嗎？

悠子有二個弟弟。小弟則之今年三十八歲仍單身。和父母一起住在老家。雖然自稱漫畫家，但是從沒見過他的作品，也沒聽說他畫的漫畫賣掉過。簡而言之，只是個喜歡漫畫的中年繭居族。

今後，則之想必也不會結婚。當然也沒有小孩。他幾乎整天不出門，靠著從父母那裡拿到的少許錢過日子，等到將來給年老的雙親送終後只能獨自生活。悠子開始覺得，那也是則之的命運所以沒辦法。

包括基和千味子在內的社會大眾，或許要責備則之不夠努力所以才會變成繭居自閉。然而，那並非則之的錯。因為有人努力卻得不到回報，也有人甚至無法努力。

身邊有則之這樣的弟弟，自然會覺得對於人們各種生活方式只能認可，但是身為獨生子、親戚也不多的基無法理解這點。

悠子舉行婚禮時，則之決心公開露面，好不容易才出席。母親在平價連鎖服裝店AOKI買來的西裝，對則之來說太小了，扣子都扣不起來，領帶的打結方式也很怪。而且，天生的白皙膚色和略顯肥胖的身體，怎麼看都不健康。儘管如此，則之還是克服最大的心理障礙在人前露面，所以悠子很高興，可是婚禮上第一次見到則之的基與千味子都很困惑。

尤其是基，似乎不想承認有則之這樣的小舅子。正因為基努力鍛鍊肉體不斷提升自我，在激烈的競爭中一路勝出，所以光是看到鬆垮的肉體，或許就覺得連肉體主人的精神都鬆垮委靡。

介紹則之時，基對悠子耳語，「妳弟弟應該去健身房。」悠子心想要是做得到也不會落到今天了，但她不知該如何解釋，只能露出曖昧的笑容。則之看到基的表情似乎猜到什麼，之後一直僵著臉低頭不語。

那孩子比常人加倍敏感，所以才會在意他人的反應，導致不肯出門，絕非是因為性情怠惰——悠子事後很後悔，當時，要是這樣向基解釋清楚就好了。那時候，她對不客氣的基略感訝異，或許就是夫妻齟齬的開始。

基打從幼年就在雙親的指導下走上成為芭蕾舞者之路。忍受飲食限制和每天的練習，不斷磨練技巧和表現力，所以他相信所謂的努力。不，是不得不信。

此外，因為隨時鍛鍊自我意識去意識到觀眾，也知道他人的目光有多麼嚴苛。所以，為了讓自己看起來更好，又要再努力。有這種努力得到回報的成功體驗，人就會開始信仰努力。

熱戀時還沒發覺。但是和基結婚同住之後，悠子開始動輒感到彼此的差異。這是她近來最大的不安。

最近感受到的「差異」是，悠子已經認命了，基卻又開始異常渴望孩子。明明一度也曾邊嘆氣邊笑著對她說「沒法子，放棄吧」，最近卻說「還有可能性」，上網東查西找，好像還叫美國的仲介寄資料過來。

基說還有擁有孩子的可能性，問題是那就只能用基的精子和其他女人提供的卵子製造受精卵，用其他女人的子宮生孩子，所以悠子完全無法參與。如此說來，基是打算把和悠子毫無相關的孩子，當成自己夫婦倆的孩子撫養嗎？

悠子實在無法理解。說什麼都不能接受。然而，悠子越是對孩子死心，基渴望孩子的心情似乎就越強烈，二人的心情開始嚴重悖離。

如果問基不惜那樣也想有孩子的理由，他就會用「這是為了建立我們自己的家庭」，或是「不想讓草桶家族的名號斷絕」等等各式各樣的論調企圖糊弄悠子。

然而，悠子早已明白。身為芭蕾舞者已經攀登過頂點的基，今後的執念，就是想要一個繼承自己遺傳基因的孩子。以及，基相信只要努力就有可能。

悠子還有一個只比她小一歲的弟弟名叫雅之。雅之在連鎖家庭餐廳的總公司上班，在入社後首次擔任店長的平塚市分店，和常來店裡光顧的當地女孩相識，之後結婚。

雅之的妻子名叫奈緒。奈緒和則之同年剛滿三十八歲，喜歡打扮得像偶像明星，或是染金髮，品味實在談不上高雅。不過，悠子喜歡個性率直的弟妹，和她很有話聊，也經常透過LINE互相聯絡。

悠子至今還記得雅之夫婦現身婚禮會場時，基滿臉慌亂的表情。奈緒當時三十歲，頭髮卻剪成齊劉海，穿著看起來只有十幾歲的超短洋裝。繼則之的存在之後，奈緒無疑又讓基嚇了一跳。

雅之和奈緒生了二個女兒。大的現在小學二年級，小的才四歲。小女兒三歲做兒童體檢時，被診斷出語言發展遲緩。

換言之，悠子有個繭居族的么弟，大弟弟家的二個女兒之中，小女兒有語言發展障礙。最主要的是，身為長姊和二個弟弟一起熱鬧長大的出身背景，根本談不上完美的家庭，所以就算生不出小孩或許也是莫可奈何，這多少也促使悠子對生孩子死心。

可是，身為芭蕾世家純血二代的獨生子，在舞蹈方面獲得光輝成就的基，或許無法理解她那種心態。

想到這裡，悠子感到有點恐怖。她開始擔心，或許，自己二人，今後恐怕無法接受彼此。

然而，悠子是和基在外遇之後，讓他和芭蕾舞者的妻子離婚才結婚的，所以無論如何都想保住婚姻關係。那多少也是被芭蕾業界私下罵得一文不值（想必是），身為芭蕾門外漢的悠子的矜持。這個念頭，到頭來，和選擇悠子的基，想必也有共通之處。

那麼，若問為何被吸引，悠子只能回答，她原本就是草桶基的鐵粉。至今看到基宛如肌肉標本的肉體，還是會很感動自己有幸見到如此美景。

而基，對於雖然完全沒經過芭蕾式的鍛鍊卻有適當脂肪的女體，其實也很喜歡。彼此渴求自己缺少之物的二人一拍即合。

不過，悠子知道，基經常看前妻的臉書和IG。她自己也不時偷窺。呈現在那裡的，是所謂「幸福」的模樣。

溫柔且身為同行能夠理解的丹麥人丈夫，可愛的混血兒孩子。身為芭蕾舞者的事業很成功，身為女人也過著充實的每一天，前妻的這種模樣，雖讓背叛她的基有點安心，或許也讓他對現在的生活感到不滿足。然而悠子認為，前妻的社群帳戶，似乎是為了爭一口氣。

想起前妻的悠子，又打開前妻的臉書看。規律地每隔數日便會更新。最新內容，是丈夫替她慶祝四十一歲的生日。

在餐廳，穿著黑色洋裝的前妻，和丹麥人丈夫臉貼臉舉起香檳酒杯。芭蕾舞者特有的修長脖頸，和細緻的項鍊很相配。

想起此人突然來到這個工作室的往事，悠子瞥向玄關的鐵門。

公寓大門有自動上鎖的保全系統，所以訪客必須先按對講機。透過螢幕確認來者身份後才會打開大門，可前妻不知是怎麼進來的，突然就站在門外。

雖然按了對講機，螢幕上卻未出現人影，悠子連喊幾聲「喂？哪位」後，房門被輕聲敲響。發現對方是直接來到自家門前按對講機，悠子以為八成是同棟公寓的其他住戶，或是先去了別家的送貨員，沒想到開門一看，是他的前妻站在眼前。

那天下雨，對方穿著外型像風衣的黑色雨衣，拎著滴水的塑膠傘。頭髮綁起來了所以碎髮特別顯眼，站在陰雨天的走廊上導致臉孔看起來很蒼白。悠子一瞬間不知對方是誰，還在思忖這張有點眼熟的面孔是誰。

看到悠子這種反應，前妻只報上姓氏「我姓草桶」。悠子回答：「啊，是草桶佳奈女士啊。」也不知自己為何說出全名。

「要進來嗎？」她問，「不，在這裡就好。」前妻搖頭，瞥向狹小的小套房深處。

悠子跟著回頭一看，工作桌上很凌亂。隨手放著咖啡已冷掉的馬克杯，擤過鼻涕的衛生紙揉成團，電腦上，正開著網購的網頁。換言之，就是不修邊幅時的工作室情景。當時，還開著震天響的音響，放的是哪張CD已經忘了。

前妻對室內觀察片刻後，向悠子說道：

「妳認識我，我卻不認識妳，我覺得這樣不公平，所以特來一睹尊容。老實說，我不明白基為什麼會看上妳這樣的人。跳芭蕾的人，會被跳芭蕾的人吸引，也會互相憎恨。就是這麼狹小的世界。不過，想必妳也有妳的長處吧。雖然我看不出來。」

然後，前妻說聲「打擾了」躬身行個禮，轉身就走。

悠子沒有把前妻的突然來訪告訴基。或許是因為自覺被前妻鄙視。抑或，是因為感覺到，背叛妻子的基，雖然抱怨要和妻子離婚很困難，可妻子似乎早已對他死心了？

不管怎樣，雖只是那瞬間的邂逅，為何卻莫名地難以忘懷？儘管並未受到滔天怒火的攻擊，對方也沒有流淚哭訴，但悠子覺得受到冰冷的蔑視，好一陣子都很沮喪。

對講機響了。正好在想起前妻的時候，為何會發生這種巧合？悠子感到有點毛毛的，一邊湊近看螢幕。

頓時，只見朋友寺尾莉莉子在螢幕中揮手。莉莉子戴著古怪的貝雷帽，但是螢幕是黑白的，看不出顏色。

她這才想起，今早，LINE的確收到莉莉子「我要去附近辦事，可以順便過去找妳一下嗎？」這則略帶顧慮的訊息。已經這麼晚了嗎？她慌忙關閉前妻的臉書畫面。

「抱歉打擾妳了，方便嗎？」

莉莉子的聲音聽來很不高興。

「沒事。快進來。」

莉莉子是悠子就讀美術大學時的朋友。專攻日本畫的莉莉子畢業後成了畫家，除了每年在原宿的畫廊開一次個展之外，幾乎完全不接商業性工作。整天只畫畫也能生存，是因為家裡經營醫院。莉莉子單身，當然沒有小孩。也沒有情人。

「哈囉。打擾了。」

一打開鐵門，身材纖細的莉莉子一溜煙鑽進來。貝雷帽原來是鮮豔的朱紅。和黑髮很相稱，除此之外是黑襯衫黑裙子黑襪子，一身黑。完全沒化妝，稀疏的眉毛和浮腫的眼睛，讓莉莉子看起來像個邪惡的巫婆。

「抱歉打擾妳工作。我馬上就走。」

莉莉子嘴上這麼說，拎著一盒看似西式甜點的伴手禮，卻大步走進室內。把甜點盒交給悠子後，也沒客套一下徵求同意，逕自看著桌上的樣稿問：

「這是什麼？」

悠子回答，是受託畫封面圖的作家新作。那位作家看了插畫家年鑑，很喜歡悠子的作品，指名找她。所以，她必須拿出卓越的創意，卻完全想不出好點子。

「噢？是什麼樣的小說？」

「男人從妻子身邊失蹤的故事。」

「為什麼會失蹤？因為渴望被認同卻得不到滿足？」
莉莉子拿起那疊樣稿，隨手翻閱。
「渴望被認同？」
見悠子歪頭不解，莉莉子斷然表示：
「對呀。就是因為無法得到認同，才會討厭待在那裡，結果，自然就會轉向能夠得到認同的地方啦。失蹤的故事，大抵都是這樣。」
若是如此，基想要孩子，或許也是渴望得到認同的表露。悠子驀然想到。或許基覺得自己明明如此完美，也具備生孩子的能力，卻無法正當展示，因此感到不滿，才想證明一下。
當基站在中央的舞蹈位置時，美麗的大腿四頭肌扭轉著沿著粗大的骨頭浮現。如此俊美的男子，想要孩子也是理所當然。不知不覺，自己似乎笑了。
「喂喂喂，妳一個人笑什麼。」
莉莉子板著臉說。
「想起好笑的事。」
「超詭異的。」
莉莉子在工作桌前坐下，蹺起二郎腿。黑裙和黑襪之間，露出雪白的裸足。
「這個，可以打開嗎？」

悠子拎起甜點盒子示意，莉莉子點頭。

打開盒子一看，裡面有二個大泡芙。據說是銀座WEST的。

「在這世上，我覺得這家的泡芙最好吃。」

「妳還專程去銀座？」

「嗯，去了。」

「就只為了買二個？」

「那當然。」

悠子很傻眼，但她還是去廚房開始燒開水。

「小基最近好嗎？」

莉莉子喊基「小基」。這個稱呼，在芭蕾粉絲之間，因為有點失禮遭到禁止。不過，悠子還是回答「嗯，很好呀」，把二個肉桂茶的茶包放進茶壺。有點糖分，所以手黏黏的。

莉莉子在悠子做筆記用的成疊傳真紙背面，自行開始塗鴉。

「欸，後來孩子的事怎麼樣了？」

悠子之前就和莉莉子提過，她的卵子老化不堪使用，有不孕症，已經束手無策。

「基突然幹勁十足讓我很頭痛。」

「要借助卵子銀行？」

莉莉子抬起頭。浮腫的小眼睛流露狐疑。

「還有代理孕母喔。」

「這樣孩子豈不是和妳毫無關係了。妳不在乎？」

莉莉子邊動手邊問。

「不知道。我之前想都沒想過，因此現在很動搖。妳想想看，連卵子都是別人提供的，子宮當然也要借用其他女人的吧。就連會有什麼感覺，我都已經不明白了。」

「可是，妳很排斥吧？」莉莉子若無其事地挑明。

「嗯。」悠子老實點頭。

「小基是男人所以或許無所謂吧。只要是自己的種子，在哪發芽都沒關係。」

這種說法，讓人感到些許惡意。莉莉子自稱討厭男人。打從學生時代，就沒和任何人交往過，還宣稱自己四十四歲仍是處女。不過，她好像也不是同性戀，也沒聽說那樣的傳聞。但她喜歡講黃色話題。

驀然間，往莉莉子的手邊一看，她用線條滑稽地勾勒出陰莖插入陰道的模樣。還故意給蹙眉的悠子看。

「欸，就用這個當新書的封面圖吧。作家應該會很高興。」

「妳連性交都沒經驗，畫這什麼啊。」

莉莉子沒回答，只是賊笑，還給陰莖加上寫實的青筋。莉莉子專門畫浮世繪風格的春宮圖。個展也以春宮圖為主，所以她說展場來了很多怪怪的中年大叔很傷腦筋。

「那種人會在開幕酒會時跑來，擅自大吃大喝，色迷迷地盯著我的畫作看，還想黏著我說話呢。他們以為我是色情狂，覺得有機可趁。可是，他們連一幅畫也不買。」

悠子倒肉桂茶，把二個馬克杯拿到桌前。莉莉子道謝後，開始吃泡芙。可以看見卡士達醬。

「真好吃。雖然熱量可能高達一百萬卡路里。」

悠子只拿卡士達醬上方的泡芙皮，用來沾卡士達醬吃。和注重維持身材的基一起生活，不可能買高糖分的西式甜點，所以她吃得很香。

「繼續剛才的話題，雖說種子在哪都能發芽，對象還是要挑選一下。換言之要注重卵子的品質之類的。簡而言之就是當作商品。」

「對呀。」

悠子點頭同意後暗想，說不定，對自己來說，那才是最排斥的一點。既然有所謂的高品質卵子，就算貴一點，也要買健康年輕的卵子。如果用健康年輕的卵子，一定能生出健康的好孩子吧。對，只要選用那幅插圖那樣有光澤的新鮮鮭魚子就行了。而且，負責生產的，是貧窮國家願

---

1. 已有生產經驗的婦人。

意出借肚子的經產婦[1]。

「我討厭的，就是這個挑選。該怎麼說呢，好像連那種地方，都標明價碼。」

悠子嘀咕，莉莉子把手指伸進泡芙的洞裡挖卡士達醬。

「好，我要強姦你喔。」

「神經病。」

雖然發笑，但她很快又再次沉浸自己此刻想到的念頭。好的卵子。好的精子。這，不就是所謂的優生思想嗎？她當下反射性地想起則之和小侄女。可是，自己夫婦說不定馬上也會助紂為虐。她覺得有點彆扭。不意間，她察覺如果選擇他人提供卵子或代理孕母，自己的遺傳基因就會遭到排除這個事實。想到基八成正如此期待，她悲傷得心跳急促。

莉莉子沒發現悠子的變化，豎起沾了卡士達醬的食指展示後，吸吮了一下。

「像不像吹簫。」

莉莉子老是搞這種幼稚的黃色笑話，悠子懶得再和趣味低級的莉莉子打交道，板著臉回嗆：

「這種說法，不嫌落伍？」

「不然現在是怎麼形容？」

「應該就是直說口交。」

「那不就很好了。」

莉莉子完全不受打擊，又在做筆記用的傳真紙背面開始畫畫。她用漫畫的筆觸，畫出浮世繪風格的瓜子臉男人跳舞的模樣。男人做作地閉著眼，臉朝右邊，在空中跳躍。是貓躍（pas de chat）。緊身褲的股間被刻意強調顯得鼓鼓的，所以悠子立刻看出這是畫跳芭蕾舞時的基。歸根究柢，「小基」這個稱呼，本來就是對穿緊身褲的基刻意揶揄。

「這什麼啊。是基？」

悠子苦笑。

「不不不，是炫耀老二的懷特塞德[2]殿下。」

「這張臉，才不是詹姆斯．懷特塞德。妳明明畫的是基吧？」

莉莉子沒回答，繼續添加上王子會穿的那種服裝。悠子一邊感嘆莉莉子的畫技比自己好太多，同時也覺得，莉莉子如此揶揄好友的丈夫，應該是因為看基有點不順眼吧。

當初宣布要和基結婚時，莉莉子也是用「啊？是喔。那真是恭喜妳喔」這種一聽就明顯不是真心祝福的說話態度。不過，悠子倒也沒有不高興。像莉莉子這種事事淡然處之的人，不難想像大概也只會有這種反應。

莉莉子公開宣言，自己討厭男人所以毫無性經驗，卻對男女之間的性行為很感興趣，只想畫

2. 詹姆斯．懷特塞德（James Whiteside）：美國芭蕾舞者。現為美國芭蕾舞劇院的首席舞者。

那個主題。面對莉莉子時，就好像在和滿口黃色笑話的處男說話，令人疲憊不堪。

「莉莉子妳為什麼只畫春宮圖？」

悠子小心翼翼地舔舐沾了奶油的手指以免被莉莉子嘲笑，一邊如此問。

「這哪有什麼為什麼，妳覺得不可思議？」

莉莉子頭也不抬地回答。她把臉貼近畫作，專心描繪的模樣，簡直像小學生。

「對啊，妳根本沒有性經驗吧？既然如此，我很好奇這是為什麼。」

「哇噢，一針見血地直指本質性問題耶。」

莉莉子嬉皮笑臉說，但是眼睛沒有笑意。接著，她又開始勾勒陰莖勃起的線條。動作流暢顯然很熟練。

「我啊，喜歡陰莖的形狀。很美，而且妳不覺得也有點滑稽？所以，我想畫性交的場景。不過，我自己一點也不想嘗試。因為就算男人的陰莖再好，男人本身還是很噁心。」

「照妳這麼說，妳不覺得性交也很噁心？」

「一點也不。沒什麼行為比那更奇怪了。是把變大的陰莖插進陰道耶。那不是很有趣嗎？我是性行為發燒友。只想近距離觀察各種人的性交再畫出來。如果我自己上場，就不能畫畫了。」

由於春宮畫都會誇張地描繪性器官，悠子覺得很詭異。然而，莉莉子說她就是喜歡那種誇張。

「性交也是生殖喔。」

悠子想起自己和已經把製造孩子當做第一優先的基的性行為，故意這麼說。其實自己也知道，這並非真心話。

「那是你們的情況吧。」莉莉子毫不客氣地說破。「我喜歡的性交可不是生殖。純粹只是交媾。對了，高志舅舅曾經說過。在他小的時候，附近還有很多野狗，野狗和野狗交媾時，附近的大嬸就會出來，拿整桶水去潑狗。真可憐。他說看到狗的性交會厭惡的，多半是女人。男人通常只會說狗很可憐不用管牠們。」

男人們說野狗交媾很可憐不用管，這該不會是莉莉子的想像吧？以悠子的感覺，男人好像反而會很難為情。由此可見，實際的性行為有多麼滑稽可悲。莉莉子明白這點嗎？

然而，在莉莉子身上，放肆的好奇心像勃起的陰莖那樣膨脹。不過，那不是出於慾望，有種像是在評估什麼似的冷靜。雖然相識多年，但悠子對這個朋友還是有很多不了解的地方。

附帶一提，所謂的「高志舅舅」，是莉莉子母親的單身弟弟，應該已超過七十歲，現在和莉莉子的家人同住。五十幾歲就早早辭去公務員的工作，跑來投靠富裕的姊姊，每天畫自己喜歡的畫。能夠容許那樣的小舅子闖入生活，莉莉子的父親也很奇怪。基的看法是，「一切都是因為有錢」。想必如他所言吧。

「莉莉子，那妳當然不想要孩子吧。」

悠子再次確認，莉莉子用力甩動鮑伯頭短髮。

「不需要，不需要，不需要。絕對不需要。一想到會在肚子裡發育，變大後從陰道鑽出來我就覺得噁心。我知道有些人的體內有條蟲，不就跟那個一樣嗎。聽說有人的條蟲中途斷掉，只剩下頭的部分。條蟲這種東西，好像會用鉤子鉤住腸壁，死賴著不走。光是想到自己體內有那種異物，不會昏倒嗎？那是異形耶。人類的小孩也一樣。」

「就這個角度而言。陰莖不也一樣？都會進入體內。」

「所以我早就說過我討厭性交。」

「可是，妳對別人的性交有興趣吧？」

「嗯，與其說是別人，應該說是對性交整體吧。」

「性交整體？莉莉子，我真搞不懂妳。」

莉莉子抬起頭。

「不懂沒關係。不提那個了，下次，讓我瞧瞧妳和小基性交的場景吧。我想畫出來。」

「別鬧了，低級。」

悠子很不愉快，但莉莉子似乎一點也不在意。

「小基有鍛鍊身體，陰莖和全身的比例想必也不錯。」

莉莉子開心地笑著，又開始畫別的陰莖。這次的特別長。

「欸，長的和粗的，悠子妳喜歡哪種？感覺上，如果是粗的就想說是『陰莖』，如果是長的就想稱為『老二』。妳不覺得嗎？」

「我沒想過。」

和基做愛的次數，正在急速減少中。那是打從悠子被宣告不孕，且卵子老化，要生小孩幾近不可能的時候開始的。二人都意氣消沉無法投入房事，久而久之熱情好像就冷卻了。

莉莉子覺得性行為有趣，卻唯獨忽略了一個觀點。那就是人也會透過性行為互相傷害。

「所以莉莉子才討厭性交吧。」

不禁說出口的悠子，令莉莉子一臉愣怔。

「妳說什麼？」

「沒什麼。」

悠子若無其事地垂眼看手機。差不多到了基傳LINE過來詢問晚餐吃什麼的時候了。悠子順便檢查郵件時，莉莉子突然問：

「欸，關於剛才的話題，妳不惜找代理孕母也想要孩子？」

「我自己已經糊塗了。如果是我和基的孩子，本來會很期待生出來的是什麼樣的孩子，也打從心底想要。可是，如果是找別人提供卵子和代孕，懷疑是否有必要做到這種地步的心態更強烈。」

「這樣子，夫妻不會吵架？」

吵架倒是不會，但裂痕想必會擴大吧。悠子是這麼想，卻刻意沒說出口。驀然回神，才發現莉莉子一直盯著她的臉。想到自己正被觀察，她有點惱怒。

「事不關己就覺得很好玩是吧？」

莉莉子朝她聳聳肩。

「小孩的事，一點也不好玩。只不過，我對小基不惜那樣也想要孩子的心理狀態很感興趣。」

「對呀，我也是。」

悠子一低頭，眼淚就出乎意料地差點流出來。朝莉莉子那邊一看，只見她假裝專心畫畫，把臉撇到一旁。

5

基在尼斯的芭蕾舞團待過二年多。當時，據說他是在公寓自己開伙。所以他很擅長法國料理。結果，今晚也是基掌廚，還開了一瓶白葡萄酒。基因為要控制醣類攝取，做菜以蔬菜和動物性蛋白質為主，完全沒有碳水化合物。

「偶爾也想吃吃義大利麵。」

悠子喝著葡萄酒說，基粗脖子上的小臉猛搖頭。

「白色食物有百害而無一利。如果妳真的那麼想吃，就趁我午餐不在時自己吃好了。」

為了防止血糖值急速上升，基先吃生菜沙拉。他把自己做的有酪梨、葡萄柚、章魚及蝦仁等等五彩繽紛的沙拉，用餐具充分混合後，先把葡萄柚放進嘴裡。酸味令他皺起臉。期待基漏點食物到地上的馬修，一臉認真地仰望著基的臉。

「今天午餐你吃的是什麼？」

「長壽庵的蕎麥麵。」

「蕎麥麵是醣類喔。」

「可是，那是褐色的，我覺得至少比白色好。」基自我安慰。

基或許是因為父親早逝，和母親千味子的感情非常深。母子倆幾乎天天在芭蕾教室碰面，午餐也是一起吃。有時是千味子掌廚，也有時二人好像會出去吃。害怕千味子的悠子，對二人的親密感情很不滿，但人家母子倆一起經營芭蕾教室，所以她毫無辦法。

「還特地去長壽庵？」

「不，叫外賣。」

「不管是褐色還是白色，一樣都是醣類。」

悠子自己也察覺，她挑毛病的並不是針對攝取醣類。母子倆討論午餐吃什麼的畫面浮現眼前。

「是沒錯，但我已經不是現役舞者了，所以我覺得小小的放鬆應該沒關係。完全不攝取醣類恐怕也太偏激了。」

「是啊。我今天也吃了莉莉子帶來的泡芙。這麼大，甜甜的很好吃。莉莉子就愛吃泡芙。」

基抬起頭。

「噢？哪家的泡芙？」

「她說是銀座WEST。」

「那是昭和風情的老店。如果要吃泡芙，惠比壽的WESTIN DELI好像最好吃。聽說如果不預約就很難買到。下次妳不妨告訴莉莉子？」

好啊，她含糊回答。如果告訴基，莉莉子想看他倆的性行為，基不知會說什麼。八成會露骨地厭惡吧？或者，搞不好他會說，可以像舞台上的表演一樣包君滿意。

驀然間，她也有點想知道基的反應。身為舞者的基，雖然時時不忘客觀看待自己，但是好像也有點陶醉於舞台上的自己。拋棄芭蕾舞者前妻選擇悠子，或許也是認為彼此自我主張的場域不同，應該有助於啟發自我成長。那種胡思亂想，以前她想都沒想過，可見二人的關係已經漸漸變質了吧。

「那個莉莉子，還在畫寫實的春宮圖吧？」

基給喝光的酒杯倒入葡萄酒。

「對，是十八禁喔。所以，網路上也無法全部展出，能夠開個展的畫廊據說也有限。為了找場地好像滿辛苦的。」

「那種東西也能稱為藝術？我實在不大懂。」

基喝了酒，臉就會有點紅。提到莉莉子的話題後，泛紅的臉孔好像變得更紅。

「基本上，她自己說是藝術，也這麼認為喔。好像也有固定的粉絲。只要她開個展，據說也有些人一定會去看。」

「是專程去看莉莉子的男人吧？他們只是想見識一下畫那種色情畫的女人長什麼樣子。她是妳的朋友，所以我不想批評，但我真的很討厭那些畫。完全沒有藝術性，我認為純粹只是色情。只是猥褻地畫出男人和女人性交的場景。簡而言之，是江戶時代的春畫。」

「那就是莉莉子的創作意圖喔。她就是想成為春畫作者。」

酒精作祟，基的脖子浮現粗大的血管。莉莉子如果見了，大概會說很像陰莖。這麼想像著，悠子不禁笑了。基不滿地望著她的側臉。

「有什麼好笑的？」

「我想起莉莉子，就忍不住笑了。」

「什麼事？」

沒什麼，她含糊其詞。如果說出是因為血管浮起讓脖子看起來像性器官，基鐵定會發怒。對了，那好像叫做「怒張」來著？笑意再次湧現。

或許是察覺端倪，基臭著臉開始說話。

「莉莉子為什麼想畫那種春宮圖呢？我實在不懂。基本上，妳和莉莉子要好就讓我難以置信。我真的很怕應付她那種人。就算和莉莉子單獨漂流到無人島，我也絕對不會和她性交。」

「我想她應該也會這麼說喔。」

基在一瞬間面露困惑的樣子，並未逃過悠子的眼睛。自信十足的基，或許無法相信，居然會有女人不想和自己上床。以前在尼斯時，不只是女人，據說他也受到男人的頻繁追求。

「那，如果莉莉子說願意替我生孩子，你會跟她性交嗎？」

「不會。我好歹也想挑選一下。」

想挑選。那句話好像會引起過度反應。自己的丈夫，要挑選好的卵子，借用好的子宮生孩子嗎？對此，他覺得不痛不癢嗎？

「那你會挑選什麼樣的人？什麼樣的人，你才願意跟她生孩子？」

悠子窮追猛打似地追問。她很好奇基會怎麼回答。然而，基似乎察覺悠子的心情，非常謹慎。

「我可要先聲明，我只想要妳的孩子喔。性交也是，我不想跟任何人做。我想做的對象，只有妳。」

「可是，你想要孩子吧？」

基略為躊躇後，望向一旁。他的視線前方，掛著悠子畫的畫。那是學生時代用油彩畫的自畫像。悠子覺得畫得很爛，但基說非常喜歡，還特地掛在客廳。

「老實說，我想要。說出來或許會被笑，但我最近，甚至很羨慕江戶時代的幕府將軍。大奧後宮有無數女人，想生多少孩子都沒問題。可以做各種實驗，看自己的種子會讓什麼樣的女人生出什麼樣的孩子，我覺得那樣很有意思。那或許是男人的夢想吧。」

「大奧？」基的想法令悠子不由笑了。「現在又不是江戶時代，你也不是幕府將軍。你只能和我這個做妻子的性交，可我生不出孩子喔。怎麼辦？」

「所以才傷腦筋呀。」

沒想到基會說出傷腦筋這種字眼。悠子自己早已過了困惑的階段，現在都已經逐漸認命了。

「我們如果要有孩子，只能請別人提供卵子，用那個卵子和你的精子製造受精卵，然後移植到代理孕母身上讓對方生下來。不僅要花費數千萬圓，光是挑選卵子就很麻煩，要找代理孕母更是無法在日本國內實行，所以想必更困難。我認為一點也不現實。」

「錢我會想辦法。」

八成是千味子出錢吧。之前治療不孕的費用，也是千味子出的，但是一想到必須生下草桶家的繼承人，悠子就覺得壓力好大。

「不只是錢的問題。」

「可是，那的確是很大的問題。光靠我倆，根本付不起。」

「所以我才覺得只能放棄。」

「我媽說要出錢。媽她應該也很想抱孫子。」

悠子不語。雖然無法妥切說明，但自己在意的並非金額多寡，而是討厭自己夫婦付錢去挑選的這種行為。如果付了錢，最後一定會想挑選更好的卵子更好的子宮。因為金額的多寡會左右結果。那不就等於用錢去切割與自己同性的女體嗎？

這時，基苦悶地點點頭。

「妳的心情我理解。真的，我很理解。如果叫妳把一個和妳無關的孩子，當成我倆的孩子扶養，我想那的確很難受。可是，我之前不是就結過婚了。當時，假設我和前妻之間有小孩，離婚後由我撫養那孩子，那妳不也得當那孩子的母親嗎？換言之，我認為妳只要把那孩子想成是繼子就行了。」

然而，愛上有孩子的基，和愛上只有妻子的基，她覺得二者情況大不相同。

「如果當初愛上的是有孩子的你，我想我會愛屋及烏全部接受。可是，現在的情況下，我完全無法參與，所以我不知該如何是好。」

「生物學上的參與，真有那麼重要？」

「如果你也這麼想，直接領養孩子不就好了？」

基沉默不語，悠子見狀大怒。

「看吧，這下子答不出來了吧。你太自私了。只要能留下自己的遺傳基因就什麼都無所謂吧？」

「這有那麼十惡不赦嗎？」基始終低著頭，幽幽說道。「如果有自己的孩子出生，我會很高興。我想我會很疼愛那孩子。反過來的情況也沒關係。如果我沒有生殖能力，就算妳利用精子銀行生下孩子，我也會很高興。我樂於撫養那孩子。簡而言之。我只是想去疼愛某個生物。照顧那種如果沒有我們就會死掉的弱小生物。當然，那如果是我的精子孕育出來的我會很高興。我想見到再版的自己。因為我認為那也等於認識我自己。況且，我不是已經四十三歲了嗎。明年就四十四了。如果在四十五歲之前沒孩子，等孩子大學畢業時我都快要七十了。如果可以我還想讓孩子攻讀碩士，所以我必須活到那時候。如果要有孩子，當然是越快越好。」

基已經考慮到這麼遠了嗎？悠子受到衝擊。

「那你對付錢買女人的卵子有什麼看法？根據上次那個仲介青沼的說法，不是說會按照年齡和容貌劃分等級嗎？我聽了之後有點反感。」

悠子鼓起勇氣說出來後，基把撕碎的法國麵包放到盤子上。

「為什麼反感？」

「因為那樣劃分等級，身為女人會感到屈辱。」

基微微笑了。悠子總覺得被他瞧不起。

「有什麼好笑的？」

「因為在這個資本主義社會，一切都要劃分等級不是一種宿命嗎？我就是在等級分明的世界長大的，所以很清楚，劃分等級，已是無人能夠抗拒的傾向。那沒有好壞可言。已經是世界的常識。就連肉類和白米都有等級。不信妳看美食評鑑網tabelog。就連餐廳，也一樣被打分數劃分等級。我們的芭蕾教室，也同樣受到評鑑劃分等級。這點對妳來說應該也是吧。插畫家年鑑，不就是劃分等級用的型錄嗎？說那不能適用在人體才奇怪。」

「換句話說，你的意思是我太天真？」

「我可沒有這麼說。」

「不，這跟你說了沒兩樣吧。我討厭的是只有女人的身體被劃分等級出售。就像現在，雖不清楚卵子提供是怎樣，但是當代理孕母的，不都是不算富裕的國家的貧窮女人嗎？那樣子，不是剝削嗎？」

「有必要想到那種地步嗎？我認為像美國那樣合理地思考最好。擁有的人，賣給缺少的人即可。這是偉大的助人事業。所以，缺少的人對此支付相應的價格。就這麼簡單。」

「『助人』可真是方便的字眼。就是不知是真是假。」

「精子銀行的精子也一樣有等級之分。大家都一樣，很平等。有了孩子或許能夠更快樂，所以全人類都該協助。」

真的嗎？悠子想反駁，卻想不出該說什麼。

「那麼，孩子是屬於誰的？」

「想要的人的。」

「未必吧。孩子自己的人生呢？」

「妳這才真的是天真。我打從記事起，就已經在學芭蕾舞了。總之，從我小時候就被灌輸了要靠這條路生存的概念。所以，我的人生當時是屬於父母的。等我終於可以相信人生是屬於自己的時候，是在我贏得大賽冠軍之後了。」

「你想重複那個過程啊。」

「我認為不是壞事。」

悠子有點受不了越說越激動的基，本來要說的話又吞回肚裡——「那你當時如果輸掉比賽，又會怎樣呢？」

6

理紀任職的北向綜合醫院，老舊又不方便。被紅磚風格的磁磚覆蓋的五層樓建築看起來就陰森寒酸，正面玄關陡峭的樓梯對病人來說恐怕也很吃力。道路和建築物之間毫無距離因此沒有下車處，從馬路就要突然走上七層陡峭的台階。

只有救護車可以打橫停靠在建築物側邊的搬入口，但那個停車地點也很狹小，是停在馬路上讓急病患者下車。

好不容易走上玄關前的階梯後，會發現左側放了二台飲料自動販賣機。炎炎夏日的確很方便，可是看起來簡直像公司的員工宿舍或者雜居大樓的入口，完全感覺不到醫院的格調。

這十年來一直流傳醫院要改建的小道消息，不過似乎萬事俱備只欠資金，據說實現的可能性幾近於零。不過，雖說如此，醫院倒是天天門庭若市。雖然風評不太好，但大概是因為附近沒有其他的綜合醫院吧。附帶一提，病人幾乎都是老人。

從正面玄關一走進去就是候診室，首先映入眼簾的，是廉價白板挖空的掛號窗口。掛號窗口很寬很大，可以看見裡面有穿著白襯衫藏藍長褲這身事務員制服的男職員，正在忙碌地四處走動。

掛號處左邊，是繳費的窗口。這邊只有掛號窗口的一半大。窗口前面有台子，右側有收銀台。左側也有位子，但那只是裝飾，會計是理紀一個人的工作。

從正面看來，最左邊，也就是繳費窗口左邊的窗口，是預約掛號用。不過，向來空無一人。在北向綜合醫院，就算事先預約也總是人潮擁擠必須苦等許久，因此被病人抱怨的醫生，並未積極利用預約制度。偶爾也會被問「不能預約嗎」，每次事務員都格外老實地回答：「那個由醫生決定，我們這邊不清楚。」

候診室內，背靠背並排放著三組紫藤色塑膠皮包覆的細長長椅，放的位置和繳費及預約掛號的窗口成直角。候診室狹小，所以長椅末端已緊靠窗口旁。繳費窗口和長椅之間，寬度只容一人勉強通過。

長椅是按照成年人可寬鬆坐四人來計算。不過，候診室經常客滿，長椅少有空位。病患們挨挨擠擠，總是坐了五個人。

今天也是，就在繳費窗口的理紀面前，坐著五人的長椅末端，大半個身子都被擠出椅子的年長男人，像要窺視理紀的手似的監視她有無疏漏。

看完病的病人，會拿著護理師給的裝有資料的透明檔案夾來到繳費窗口。收下那個，轉交給後方的會計處理，就是坐在窗口的理紀負責的工作。說是轉交，其實也只是扭身交給就坐在身後的會計人員。

然後，根據診療內容及保險種類等等經過複雜計算後得出金額，資料又回到理紀這邊。理紀再喊名字，讓對方付錢，就是這樣單純的系統。藥局在院外。

「高橋先生，高橋修造先生。」

計價完畢的檔案送回來了，於是理紀喊名字，坐在長椅末端盯著的男人抬起頭，用卡痰的聲音回應。年紀大概七十出頭吧。容貌令人聯想到頭上有白毛的鳥，雖然瘦骨嶙峋一臉疲憊，服裝卻意外地走年輕人路線。穿著深色牛仔褲，沒牌子的球鞋。白T恤外面套了卡其色襯衫。襯衫似乎剛從洗衣店拿回來，還有明顯的摺痕。

「高橋先生嗎？」

「對啦。」

高橋不客氣地回答，再次湊近看理紀手邊的檔案。好像很不信任理紀的辦事能力，正在檢查那到底是不是自己的。

「總共一千六百四十圓。」

高橋默默點頭，從黑色尼龍製後背包取出用了很久的皮夾。拿出二張千圓鈔票和一百四十圓零錢。收集五百圓銅板的好像多半是老女人，理紀一邊這麼想，一邊把找的五百圓和收據交給他。本以為高橋把找回的零錢放進皮夾後就要走，沒想到他看著理紀的眼睛突然說：

「小姐，妳去過聖路加嗎？聖路加國際醫院。對，日野原醫生的那家。那裡繳費已經全部自動化了。是自己用機器操作喔。所以速度非常快。電腦系統非常完善。所以，不會像你們這樣，光是繳費，就得等上二、三十分鐘。我前面那個人，等了四十五分鐘左右。我覺得，不管再怎麼說四十五分鐘也太誇張了吧。」

「對不起。」

理紀肅然道歉，客訴嗎？可以感到背後的事務員一下子緊張了。

「不不不，我不是在責怪妳喔。這家醫院，很復古對吧。這當然也是一種好處。否則如果引入聖路加的那種系統，老太太她們不懂操作方式會很困擾。當然，我是能夠應付啦。我想說的，就只是這個。」

原來是炫耀嗎？可以感到豎起耳朵的事務員倏然放鬆。

不過，理紀不是正式職員，所以完全不在乎。反正就算賣力工作，也不會加薪更不可能升為正式職員，總之只要上面分派的差事不失不過就不會有問題。這大概就是所謂的奴性吧。奴性只會讓人變得負面，絕對不會幸福。

「不過，就算對妳說，也沒用吧。」

高橋露出自嘲的笑容。

「是啊。」理紀老實承認。一點也沒錯。就算對自己說，也沒任何用處。「這不是我能決定的。」

「我想也是。小姐，因為我看妳每次好像都做得意興闌珊。」

理紀吃驚地抬頭。雖是負面的指摘卻說中事實，令她很不甘心。就在她吞口水想發話的瞬間，她察覺計價完畢的檔案一角戳到後背。轉頭一看，阿照裝作面無表情地把檔案交給她。

「這個麻煩妳。」

理紀接下檔案，喊出檔案上寫的名字。

「宮城女士，宮城郁惠女士。」

高橋已經放棄說話走掉了。理紀轉頭一看，阿照露出小嘴無法完全包覆、看似健康堅固的大牙對她笑。順便也做出瞄牆上時鐘的動作。大概是暗示她，午餐休息時間再慢慢說吧。

「那個老頭子，該不會是對理紀妳有意思吧？」
「別鬧了，怎麼可能。」
理紀噁心地扭動身子。
「那可難說喔。妳想想看，他說妳每次都看起來意興闌珊，這不就表示他一直在觀察妳嗎？妳沒見過他？」
「高橋修造這個名字太普通了。我根本不記得。況且老頭子看起來全都長得一樣。」
「的確，全都一樣。」
阿照用笨拙的動作打開塑膠容器的蓋子。今天好像是她自己做的便當，可以看到大量類似紅色番茄醬的東西。
「那是什麼？」
「水煮蛋和蔬菜。」
二顆偏小的水煮蛋，幾根看似冷凍食品的四季豆，淹沒在番茄醬的汪洋中。
「番茄醬不會太多？」
「我愛吃番茄醬。這是我唯一的奢侈。」
「這個我知道，但就算這樣也太多了吧？」
「食材不夠沒辦法。我窮到爆。」

阿照除了醫院的工作之外，週末還去打工賣春，為什麼還會缺錢呢？

「為什麼會沒錢？」

阿照給商品標籤很陌生的泡麵注入熱水壺的滾水，一邊面露煩惱。

「他又回來了。所以，我把錢借給他了。」

「是喔。原來如此。」

阿照有個堪稱孽緣的男友。打從國中時就開始交往，阿照來東京時本來已經分手了，結果男人千里迢迢追來東京，賴在阿照的住處不走。之後，因為發現阿照兼差賣春憤而離去，沒想到很快又回來道歉和阿照復合，這樣的模式已經重複好幾次。

男人被稱為「頌太」。本名據說是頌洽什麼什麼塔拉，是更長的名字，阿照說省略之後改成日本式的稱呼。頌太是日本和泰國的混血兒。母親是泰國人，父親是日本人。二人本來在愛知縣的電器用品製造廠工作。但頌太還在襁褓時，父親就辭職離開了。

母親得了憂鬱症，據說後來幾乎沒出過家門。所以，聽說都是頌太在照顧她，但頌太高中輟學，工作也是在建築工地不定期上工，所以總是缺錢，全靠阿照養活。

理紀最近才知道，阿照之所以就算想辭去賣春的兼差也無法辭去，不只是為了償還自己的獎學金貸款，也是因為頌太母子巴著她不放。不過，好一陣子沒聽說頌太的消息，她本來就在擔心這傢伙是不是又該回來了。

「這是第幾次了？」

理紀為了避免讓周遭聽見，低聲囁嚅，阿照頓時苦著臉：

「第五次左右吧。我知道妳要說什麼，又來了對吧。」

「我可什麼都沒說喔。」

理紀打開裝滿昨晚剩菜的便當蓋子。芝麻醬豬肉和炒高麗菜和白飯。看到飯上泡爛的海苔香鬆，阿照一瞬間面露羨慕。

「頌太媽媽的狀態據說不太好。所以，他說不能放著不管，只住了一晚，立刻就走了。」

頌太家是真的赤貧如洗，泰國母親已經被所有人放棄，據說在宛如廢墟的公寓一室鋪著被褥整天躺著。

「所以妳就借錢給他了？真辛苦。」

「沒辦法。日本已經沒有任何人能夠幫助頌太了。頌太一副快哭出來的樣子說，就算借錢給他也無法立刻還錢，對不起。我就忍不住說，是我自願給他的，拿去用吧。」

阿照是那種最吃虧的老實人類型。她爸媽連同生活費在內超額貸款獎學金，拚命打工還債的卻是阿照，男友家很窮，不忍見死不救的也是阿照。

阿照家同樣不富裕，據說本來根本不打算上大學。可是她覺得好歹得有大學文憑否則好像很遜，於是就申請了獎學金。阿照很後悔，說那是一切錯誤的開始。理紀不知聽她說過多少次「就算大學畢業，也是鄉下地方沒沒無名的大學，根本毫無意義」。

「妳借給他多少？」

理紀放下筷子問。

「我有的全給他了，五萬多一點。妳想想看，他為了來找我借錢，特地一路搭便車來東京耶。聽說每天只吃一餐。多可憐啊。」

「那的確是很可憐。可是妳自己距離發薪日也還有二個星期喔。妳沒問題？」

「我週末會去店裡，應該能想辦法弄到錢。」

話雖如此，即便在八大行業，據說像阿照這樣的人現在大量加入。競爭好像相當激烈。阿照的外表看起來就很苦命，而且牙齒不整齊，恐怕釣不到出手大方又溫柔的客人。

「如果真的沒辦法，搞不好只能下海拍A片了。」

「別傻了，妳一定會後悔一輩子。實在不行的話我還可以借妳一點。不過，頂多一萬。」

理紀的生活也不寬裕。縱使想存錢，薪水也幾乎通通花光，幾近有一天過一天。不過，至少總比背著債務和頌太這個包袱的阿照好一點。況且，只要看病人繳費時的樣子就知道，這世上，富裕的人其實並不多。能夠掏出萬圓大鈔的病人寥寥無幾。理紀每次看到沒錢的病人，總是會鬆一口氣，之後，又覺得落寞。

「不用了，我知道理紀妳過得也很苦。」

阿照邊咬被番茄醬染紅的水煮蛋邊嘟囔。靈巧地用免洗筷按住滑溜溜的雞蛋，小心翼翼給蛋黃的部分沾上番茄醬。吃掉雞蛋和四季豆後，慎重給塑膠容器蓋上蓋子。剩下的番茄醬，八成還要用。

「對了，我一直想跟妳說。昨天晚上，我接到電話了，是普蘭特打來的。」

「普蘭特？怎麼說？」

記得阿照填資料時不是隨便寫寫，已經被捐卵審核剔除資格了嗎？之後，也脫口而出自己本來就放棄報名。

「問我是否還是沒意願。」

「可是，不是說妳沒有通過審核嗎？」

「不，對方說我的報名表寫得太隨便，叫我重寫，否則這樣無法審核，所以我就放著懶得管了。不知怎麼搞的，突然很反感。想到必須做到這種地步，忽然覺得窩囊。結果，昨天有個叫做青沼的女人，突然打電話來嚇了我一跳。她問我報名表的項目都寫好了沒有。所以，我就告訴她還沒寫，也已經沒興趣了，結果她說不用寫太詳細也沒關係，叫我一定要去公司一趟，給她一個說明的機會。而且，她還遊說我，叫我不嫌棄的話能否再考慮一下當捐卵者。她說採卵很簡單，而且能出國。況且，她還問我難道不想趁著年輕幫助有困難的人。叫我助人有屁用，我自己都還想求人幫我咧。我心想這傢伙在說什麼廢話。」

阿照珍惜地一根一根吸泡麵，然後笑了。之前提到代理孕母時，她明明那麼厭惡，現在當捐卵者就願意了？理紀很訝異。

「那妳有興趣了？」

「嗯，與其說有興趣，主要是我現在缺錢。」阿照大剌剌地說。「我現在已經覺得，做什麼都一樣了。不管是對陌生男人的老二又摸又舔或者被插入，還是被採卵，其實都無所謂。對我來說啦。雖然我沒生過小孩不能當代理孕母，如果可以的話，就連那個都無所謂了。我現在只覺得，叫我替人生小孩也沒問題。反正只要是能賣的，我什麼都賣。」

「欸，阿照，妳這樣會不會有點自暴自棄？」

「嗯，就是自暴自棄。我說真的。」

阿照斬釘截鐵說。可是，理紀無意阻止也無意勸誡。因為自己也有類似的心情。這樣下去，一輩子都只能過著貧窮的生活。年輕時尚且抱著一點希望倒還好，老了以後，恐怕只會更悲慘吧。

貧病交迫的老人，在北向綜合醫院她已看到不想再看。而孤獨的老人，也在北海道的老人安養院看過太多。

安養院的老人，幾乎都是沒有親友來探訪的人。就算有孩子來探訪，也不過待個幾十分鐘就走。感覺上大家都已被家人拋棄，被迫等死。

也有老太太因為太寂寞，把所有的財產都給了頻繁來探訪、自稱遠親的男人。調查之後才發現，那個男人根本不是親戚。事後慌忙趕來的兒子們大罵母親愚蠢、老糊塗，但那個老太太，看起來似乎在心裡偷笑。

自己無疑也和他們、她們有著同樣的命運。沒有錢，也沒有家人。即使跟誰結了婚，一定也是同樣的窮鬼，所以想必還是手頭拮据。和那樣的人如果生了孩子，那簡直萬事皆休。只會走上和頌太的泰國母親同樣的路。悲劇明天就會降臨自身。

「我們已經走投無路了。前途一片黑暗。」

「嗯，真的，好希望自己有錢。欸，理紀，妳不當代理孕母？」

青沼說，希望她盡快答覆能否當代理孕母。如果同意的話就繼續下一步，不同意就直說不同意，當捐卵者也可以。

「我還在猶豫。我雖然懷過一次孩子，但是沒有生產過。想到第一次生產居然是替別人生。我就有點猶豫。」

「既然如此，先見面看看是什麼樣的夫婦不就好了。說不定意外地感覺不錯喔。」

「會嗎？」

「當然，對方怎樣一點也不重要。重點還是錢，是錢。」

上次，阿照明明是這麼說的：「我希望，至少我的孩子是和喜歡的人生的。況且，孩子如果生下來，可能會覺得超級可愛吧。我認為自己也有母性。這麼一想，根本無法做代理孕母。」

阿照似乎是因為這次借錢給頌太而變節了。

「阿照，妳變了好多。」

阿照喝光泡麵的湯，把免洗筷往裡一扔，小聲嘆氣。

「事實上，我正考慮和頌太分手。」

理紀並不訝異。不知聽阿照說過多少次要分手了。又來了嗎，見理紀哭笑不得，阿照露出苦澀的表情。

「這次是真的。雖然覺得頌太可憐，但是不斷借錢給頌太母子的我，不也很可憐？對吧？他到現在一毛錢都沒有還給我。我打從之前就在想了，我懷疑，我對他們母子來說，該不會是最佳搖錢樹？」

阿照的嗓門扯高，「搖錢樹」這個字眼響徹安靜的休息室內。阿照驚愕回神，連忙打量四周。身為正式職員的中年女事務員正在專心看手機，除此之外，只有二個男性檢查技師，一邊窸窸窣窣講悄悄話，一邊吃超商便當。就算被聽見了，想必也無人關心理紀與阿照。

理紀低聲詢問：

「可是，妳不是很喜歡頌太嗎？」

「嗯——」阿照沉沉思。「不好說。我當然不討厭他。何況我們交往這麼久了。雖然的確是孽緣，但我還是希望他不要再依賴我，從此自立自強。所以，我打算當捐卵者，也趁此機會擺脫他們母子。捐卵不是得出國兩三週嗎？既然如此，這不是正好？乾脆把工作辭了，公寓也退租，出國待一陣子。之後的事情，之後再考慮就好。」

阿照語氣爽快地說。

「獎學金的債務呢？」

「我當然會還。不過，我想休息一下。不管怎樣，現在的我絕對沒錢出國，也無法休息。這麼一想，就會覺得什麼都無所謂了。如果只能趁年輕賣卵子，那就賣好了。」

聽著阿照的敘述，連理紀也開始覺得，能夠拿到三百萬，還可以休息一年的話，當代理孕母或許也不錯。懷孕期間如果什麼都不用做，那段期間再慢慢思考產後的出路就行了。像現在這樣被生活所逼，完全沒有餘暇思考其他的出路，就算要踏出新的一步，也需要時間和金錢。

星期天下午，二人相約去普蘭特。

阿照先被青沼叫進房間。在裡面待了很久，大概是因為要填寫各種資料吧。

最後，阿照神情略帶興奮地從房間出來。手裡拿著第一天理紀也曾領到的小瓶愛維養礦泉水，以及似乎裝著車馬費的白信封。

「怎麼樣？」

阿照頻頻對她點頭。

「嗯，我決定幹了。因為我問她是要去泰國嗎，結果她說是夏威夷。起先聽說是泰國，我心想那是頌太的故鄉，還有點排斥，如果是夏威夷就沒問題了。而且我一直想去看看。」

「如果是夏威夷，那我也想去。」

「我們一起去吧。」

那樣或許也不錯。採卵雖可怕，但如果能和阿照一起在夏威夷待上兩三週，無論遭受多大的痛苦，感覺似乎都很划算。

「大石小姐，請進。」

這次輪到理紀。走進被各種深淺不一的粉紅色淹沒的房間。青沼穿著花色可愛的洋裝，帶著滿面笑容。

「歡迎妳來，大石小姐，今天妳能和朋友一起來，真的很謝謝妳。妳朋友已經答應捐卵了。她年紀輕，又積極樂觀，真是太好了。這是感謝妳帶朋友來的謝禮，以及今天的車馬費。」

青沼給她一個白信封。她沒想到還有介紹費可拿，因此喜出望外。她打算待會和阿照去吃點什麼。

「對了，上次我提議的代理孕母那件事，請問妳考慮過了嗎？」

「對。我想至少可以先聽一下對方的詳情。」

「謝謝。這就是我說的那對夫婦。」

青沼從桌下取出一個檔案夾。只給她看夫婦的大頭照。

「這是草桶夫婦。」

「草桶（KUSAOKE）？」

好奇怪的姓氏。如果是阿照，大概會說：「臭桶（KUSAIOKE）？桶裡裝了什麼？」做丈夫的，留著近似小平頭的短髮，臉部略微偏側面。那種做作感似曾相識，但理紀並未見過此人。

接著，視線移向妻子的照片後，她不禁倒抽一口氣。的確長得跟自己有點像，但照片中的女人雖然比自己年長卻遠比自己美麗。也許是因為可以感到對方的意志吧。到底和自己哪裡不同，又有哪裡相似呢？理紀盯著照片目不轉睛。

Chapter 02

與時間戰鬥

1

理紀公寓的停車場，空間只能容納五輛車。那五輛，早已確定歸屬。總是任小孩哭的單身媽媽的淑女車，忙著四處打工的大學生的運動型自行車，神色疲憊的中年上班族的黑色自行車，某人的無印良品，以及理紀通勤用的中古腳踏車。

這五輛車，佔據停車場已久，排放位置也大致固定。不知車主是誰的無印良品靠右邊，理紀停在靠左邊。其他三輛的順序也是固定的。

然而，不知幾時起，一輛銀色的破舊腳踏車霸道地硬生生插入。不管大家排得多麼整齊，深夜回來的銀車車主照樣粗暴地插入，所以如果不把銀車推出來，就無法牽出自己的腳踏車。偶爾踏板或龍頭互相卡住，無法輕易取出。而且，銀車是老舊的大型腳踏車，特別沉重。所以要牽出腳踏車，成了趕時間的早晨一大麻煩。

銀車的車主，總是深夜回來，中午之前出門。雖然猜到應該是二樓東邊那間的住戶，卻連想抱怨都找不到人，也不知對方是什麼樣的人物。

或也因為這樣，銀車最後往往被扔到馬路上。彷彿要表達五人的氣惱，有時龍頭歪七扭八，也有時踏板都快掉下來。因為沒有停車的空間，銀車車主的確有點可憐，但或許是那人霸道的停車方式惹人嫌，總是被大家惡意對待。

今早也是，銀車就像要覆蓋理紀的車似的倒在她車上。似乎是一大早就出門的那個騎運動車的學生嫌銀車礙事，粗暴地推開銀車取出自己的車造成的結果。之所以這麼說，是因為學生的腳踏車已經不在了。

理紀嘆氣後把布包斜背，裝便當的紙袋放到地上，動手挪開銀車。可是，今早踏板複雜地卡在一起，很難拆開。而且銀車上了鎖，踏板動不了，所以必須抱起整輛腳踏車。重得她氣喘吁吁，費了幾分鐘，這才總算成功拆開卡在一起的車子。

「混蛋。」

理紀按捺不住惱火，一腳踹倒銀車。

「喂，等一下。」

這時，上方傳來男人的怒吼。理紀吃驚地轉頭仰望，只見一個男人從露天樓梯跑下來。頭髮花白身材略胖的男人大約五十上下。穿著灰色運動褲，領口鬆垮的白T恤，似乎是剛睡醒。

「妳對我的腳踏車做什麼。」

「啊，對不起。」

雖然覺得被對方撞見很尷尬，卻也很氣憤自己幹嘛立刻道歉。

「因為你停的亂七八糟，害我的車牽不出來。」她補充。

「我哪裡亂七八糟了。沒有地方停，也不能怪我吧。況且，每次被你們扔出來，我的車都快壞了。上次還被雨淋濕。」

「那可不關我的事。」

「可是，妳剛才踢我的車了吧。我親眼看見的。」

男人大概也很不爽，特地早起監視。如此說來，理紀剛才的奮鬥，這傢伙事不關己地就在上面冷眼旁觀。

「不是我的錯，是有人把你的車推倒在我的車上，我的車牽不出來。所以我才生氣的。」

男人也不知有沒有在聽，彷彿覺得為了爭一口氣絕對不能自己扶起車子，站在倒地的腳踏車前交抱雙臂，陰森森地閉上眼。

「妳這是什麼態度。別想推卸責任。給老子乖乖道歉。」

「我剛才就說過對不起了。踢你的車，的確是我的錯，但是你的車壓在我的車上面，我也很生氣。」

「少來這一套。我還天天生氣咧。」

許是覺得理紀的態度像在唱反調，男人的怒火不僅沒有平息的跡象，反而越發激烈。

「對不起，我趕時間，得走了。」

推開男人想跨上腳踏車，卻被男人拽住胳膊。力氣大得出人意料，理紀的手很痛。

「放開我，你這是性騷擾。」

她甩開手大聲嚷嚷，但男人文風不動。

「什麼狗屁性騷擾。把我的腳踏車扶起來妳再走。」

沒辦法，理紀只好把男人的腳踏車扶起來豎起腳架。這時，腳步聲響起，中年上班族從露天樓梯下來了，是那個騎著黑色腳踏車總是一臉疲憊的男人。今早也是，眼睛底下粉紅色的眼袋清晰浮現。理紀求助地看著上班族，對方卻倏然移開視線。

「喂，老兄，你看看這個。」

銀車男對上班族發話，但是上班族沉默地牽出腳踏車，匆匆離去。

「什麼態度。」男人苦笑。

「那個人說不定也做過同樣的事情。你怎麼不說他。」

男人惱怒地反駁，

「我幹嘛非得說他。現在踹我車子的明明是妳。」

「是因為你們都是男人，不想起爭執吧。」

理紀小聲抱怨。男人總是袒護男人，互相通融。銀車男看理紀是年輕女人，所以態度傲慢地發脾氣。

「妳這是什麼話。妳怎麼不想想自己幹了什麼好事。」

憤怒的男人，眼角有灰色的眼屎。理紀轉開眼。這傢伙大概臉也沒洗就盯著樓下監視。自己等於掉入陷阱。

她覺得再跟對方糾纏也很可笑，跨上自己的腳踏車。這時，男人拽住理紀的布包。

「慢著。」

「幹什麼。」

「把我車子的泥巴擦乾淨再走。」

「你別鬧了。」

「我叫妳不准走。」

理紀沒回答，甩開男人的手，逃命似的拚命踩腳踏車。男人沒有追來，卻大吼：

「妳要負責洗車。聽見沒有，妳給我記住！」

她毛骨悚然，開始害怕今晚回公寓。甚至考慮是否該報警說自己遭到恐嚇。可是，如果那樣做，只怕會遭對方記恨造成反效果。到底該怎麼辦。

不過話說回來，男人的怒火只針對她一人令她很不甘心。把男人的腳踏車倒在自己這輛車上的，分明是那個打工的學生，中年上班族想必也曾多次用力把銀車丟出去。

突然捲入麻煩的不快與不安，令理紀心情沉重。而且，這場風波害她快遲到了。理紀拚命踩腳踏車，可是不知怎的，老是碰上紅燈，前方被人堵著無法前進。

結果，抵達北向綜合醫院時已經快到上班時間了。即使她急忙衝去打卡，還是遲了二分鐘。雖只是二分鐘，但遲到就是遲到，會影響上班考績。然而，比起那個，只要一想到今後可能也會和那個二樓的男人起爭執，她就憂鬱得要命。

偏偏這種日子，不見阿照的人影。她慌忙看手機，原來LINE有傳來「太累了，我今天請假」這條訊息。之前忙著和男人爭論，完全沒留意。

「了解。多保重。」

她隨手選個貼圖傳送，一邊遺憾不能向阿照發牢騷，一邊在寄物間換上制服，前往事務室。好不容易結束上午的無聊業務，到了午休時間。正要去休息室，才發覺自己把裝便當的紙袋遺落在停車場前。她想起早上挪開銀車時，把紙袋隨手放在地上。

便當雖只是二個飯糰和水煮蛋、豆芽涼拌小黃瓜，內容很寒酸，但今早大手筆在飯糰裡放了鮭魚，所以此刻備受打擊。雖然裝在塑膠容器裡，這些刻八成已進了野貓的肚子。

迫不得已，理紀只好去醫院旁邊的7－11買飯糰和泡麵。意外破財令人心疼，但更擔心的，是今晚能否平安進入公寓的房間。

吃泡麵的同時，她傳LINE給阿照：「身體好一點了嗎？」阿照回覆：「其實我在打工。現在和客人在一起。」阿照說過沒錢了，所以理紀也猜想可能是這樣，但是本想和阿照商量二樓男人的糾紛，以及代理孕母的事，所以阿照沒來上班令她很鬱悶。

傍晚，順路去三好超市，在熟食賣場買了半價的炸豬排和通心粉沙拉，提心吊膽回到公寓。她推著腳踏車，盡量不發出聲音地接近停車場，沒看見銀色腳踏車。對方似乎還沒回來，她鬆了一口氣，把車停在停車場的固定位置後，走向一樓從西邊數來第二間的自家房間。

她發現門前放著紙袋。是早上忘記帶走的便當袋。是二樓的男人撿起，替她放在這裡的？不，以當時的火爆場面，對方不可能這麼好心。拎起紙袋發現輕得異樣。她雖然有點毛毛的，還是姑且拿著紙袋走進房間。

開燈後打開塑膠容器一看，果然，是空的。而且吃完也沒洗，裡面還放著一張紙條。「下次記得放妳的鮭魚子。」

她當下尖叫。把塑膠容器整個扔進垃圾桶，從上面用力踩扁。無處發洩的不快令心情惡劣，厭惡得要命。就像被人扔泥巴、被逼著吞泥巴，身心都受到玷污，而且那種污漬好像永遠都洗不乾淨了。

討厭，討厭，討厭。一旦說出口，就再也無法停止。討厭，討厭，討厭，討厭。唉，超討厭，噁心死了。最後，連眼淚都出來了。如果待在本來是唯一逃避空間的住處也無法安心休息，今後到底該怎麼活下去？連搬家的錢都沒有不是嗎？

這時，走廊好像響起腳步聲，理紀屏息。一想到二樓的男人說不定在監視自己的歸來，就覺得恐怖。理紀慌忙關掉室內的燈，大氣也不敢出。

黑暗中手機響起。有人打電話來。她以為是阿照，在黑暗中一看發光的來電者，原來是北海道的母親打來的。已有好幾個月沒打電話，而且現在又正害怕，因此她如釋重負地嬌聲接聽。

「喂，媽。」

「理紀嗎？」

「嗯，怎麼了？」

母親如果有事向來都是用LINE聯絡，突然在睽違數月後打電話，沉鬱的聲音令她萌生不祥的預感。

「我跟妳說，佳子剛才過世了。」

「啊？佳子阿姨？」

「最近，她身體一直不好。可是二星期之前明明還很有精神。甚至還說想吃鰻魚。結果，我在超市買了一盒，微波之後給她送去。就算是超市賣的也很貴喔。」

母親雖然聲調低沈，還是滔滔不絕。如果不管她，恐怕可以說到地老天荒，很詭異。

佳子阿姨是理紀母親的妹妹，未婚。年紀才大約四十八歲。原先任職農會，後來在「公路休息站」打工。五年前乳癌開刀，聽說術後恢復得很好本來還很安心，卻在二年前發現胃部也有癌細胞。不是乳癌轉移，是原發，而且據說是嚴重的惡性。

「她直到臨死前，還說想見妳。」

「我也想阿姨了。」

理紀從小就被這個阿姨寵愛長大，她喜歡阿姨勝過親生母親。所以，無法在阿姨死前見到最後一面令她很悲痛。

「她還說，是和時間的戰鬥。她很焦慮，說她想看妳出嫁，生孩子，可是時間或許已經來不及。」

佳子阿姨就像是理紀的姊姊。然而，過了四十歲後，阿姨有點變了。她變得很在意自己無法結婚的事，動輒想打聽老同學和朋友的動向。佳子阿姨甚至開著她上班常用的小轎車載著理紀跑遍各戶人家。

「那家的老大去了札幌，和上司搞外遇喔。所以，聽說到現在都沒結婚。那家的孩子，雖然相親很多次，但是都不順利，還沒對象。對面那家的人比她高一年級，去札幌就讀短大是還好，問題是在那邊就業後就不回來了。聽說不敢回來是因為到現在都沒結婚。」

這是「未婚女子巡禮」。當時理紀大概才二十一歲吧，如果自己有一天也被那樣批評未免太悲慘，而且用安心的語氣評論同學不婚的阿姨也很可悲。所以，她才會起意存錢來東京。

「喂？理紀，妳在聽我說話嗎？」

母親擔心悄然無語的理紀。

「嗯，我在聽。媽，我無法回去參加喪禮。因為我沒錢。」

「這也不能怪妳。我想佳子應該也明白。」

理紀的老家位於北海道東北部的鄉下，沒有多餘的錢讓女兒返鄉。

「嗯，不過，還是很震驚。」

「不過，佳子走得很安詳。妳放心。」

母親安慰啞然的理紀。

「嗯，知道了。」

「那我掛了，再聯絡。」

母親匆忙掛斷電話。電話那頭，傳來父親正和誰通電話的聲音。佳子阿姨的近親只有母親，所以母親他們八成忙著準備喪禮。

以往從未覺得無法待在故鄉的自己可悲，但今天或許是因為心情軟弱，她很想回家。

和草桶基與悠子夫婦見面，是在三天後的星期天。距離理紀與阿照一起去「普蘭特」，已經過了二週。

青沼拜託她，無論如何，至少先和對方見面談談，然後再答覆即可，於是她抱著不怎麼情願的心態出門了。

約定會面的地點，在澀谷高層飯店內的義大利餐廳。理紀從來沒去過高層飯店這種地方，因此手足無措。連該穿什麼衣服赴約都不知道，甚至特地請教在公司上過班的阿照，這才決定穿著。

「如果是午餐，平常的打扮就行了。」被阿照這麼一說，她穿著黑長褲和T恤、開襟外套這種平日服裝就去了，但她並不希望被對方輕視，認定她就是因為貧窮才想捐卵當代理孕母，所以心情不太舒服。

而且，如果是提供卵子，本來匿名就可以，代理孕母卻要面試，就像要檢查自己身為雌性的生育能力，感覺很不自在。到頭來，自己真的不惜做出這種事也要賺錢嗎？她陷入這樣的自我厭惡，中途甚至有好幾次都想打退堂鼓回家。但是發生二樓腳踏車男的事件後，一直心情鬱悶也是事實。從那天早上起，雖然沒有被二樓的男人騷擾，但她一直提心吊膽過日子。

理紀抵達餐廳時，已經比約定時間晚了幾分鐘。於是，只見青沼憂心地站在門口。青沼穿著外國女人會喜歡的那種鮮豔的藍色連身裙。

「啊，太好了。我還在擔心妳不來呢。」青沼開心地跑過來。「草桶夫婦已經來了。」

是嗎，我沒趕上電車——她含糊地嘟嘟囔囔辯解。但，青沼似乎根本沒在聽，彷彿怕理紀臨陣脫逃，緊抓著她的手。

穿黑衣的服務生穿梭店內，室內裝潢很豪華。大片玻璃的窗邊座，坐滿看起來就荷包滿滿的客人，他們一邊談笑一邊睥睨下界用餐。理紀有點心虛，裹足不前。

被青沼推著，她慢吞吞往裡面走。包廂的門開著，只見姿勢挺拔的男人，帶著斯文的笑容站在那裡。黑西裝搭配襯衫的男人，用不著介紹也知道，正是草桶基本人。

他的妻子悠子坐在桌前，看到理紀慌忙起身。她穿著灰色襯衫配黑裙。脖子掛著珍珠項鍊。夫妻倆都穿著昂貴且極有品味的服裝。

「歡迎光臨。今天謝謝妳特地前來。」

基不勝感激地行禮。如果沒聽說他是舞者，或許會覺得此人舉止矯揉造作，但那種洗練優雅的感覺並不壞。

「來來來，請坐。」

青沼替她拉開椅子，理紀在鋪著白色桌布的桌前坐下。青沼坐在旁邊，對面是草桶夫婦。基重新自我介紹。

「妳好。敝姓草桶。這是我太太悠子。」

「是。」她略微點頭打招呼。

「妳好。今天打擾妳休假，不好意思。」

悠子微笑說。理紀看出，此人似乎不大情願。和自己一樣，無法預測接下來會發生的事，正感到手足無措。

基打開菜單放到理紀的面前。

「大石小姐，妳想喝什麼？」

看來這個男人事事打點周到。無視妻子，不分大小事宜，似乎都俐落地決定。不難想像，孩子的事，八成也是基率先決定的。

「我喝水就好。」

基愉悅地點頭。理紀本來還害怕自己遭到審查，但是可以感到，坐在眼前的草桶夫婦打從一開始就喜歡自己，於是她也逐漸恢復鎮定了。反而是他們夫婦，拚命想討好自己。而且，期盼著理紀能夠替基生孩子。

可是，悠子又是怎麼想呢？她和基抱著同樣的心情嗎？理紀朝做妻子的悠子望去。悠子很拘謹，不大說話。看起來似乎一切交給丈夫基來決定，但她不時望著理紀的眼神令人有點懷念。啊，是佳子阿姨。理紀唐突地想到。青沼之前很驚訝理紀與悠子的相似，但毋寧該說，悠子鵝蛋臉的輪廓，酷似死去的佳子阿姨。

想必自己長得和悠子有點像，也讓草桶夫婦感到安心吧。那是盡量接近親生母子的條件。然而，理紀想，那和自己毫不相干。

「大石小姐，冒昧提出這種事實在很抱歉。我想妳應該已經聽青沼小姐說過了，我們長年來一直在治療不孕。但是使盡方法還是無法生出孩子。去年，被醫生診斷出悠子幾乎不可能懷孕。我們受到的衝擊，想必只有經驗過的人才能理解。但我還是無法徹底死心，和青沼小姐商量後，聽說有代理孕母這種方法，因此決定把希望寄託在那方面。目前，能夠做代理孕母的國家有限。

只有美國的某些州，以及烏克蘭、俄國。不過，如果可以的話，我們還是想委託日本人。我知道在法律上做不到，可是如果委託外國的代理孕母，總覺得有點格格不入，會懷疑那樣機械化的做法真的好嗎。女性的身體不是用來生子的機器。如果可以，我們希望請我們覺得親近的女性生孩子。而且，也希望替我們生孩子的女性，能夠理解我們的心情。因為我們期盼，自己的孩子，能夠盡可能接近自然懷孕、自然分娩。在負責生孩子的女性看來，這種想法，就算被批評過於自私也沒辦法。我們甘願接受那種批評。不過，能否請妳聽一聽我們夫婦渴望有個孩子的懇求？大石小姐，我就不兜圈子直接拜託妳了。大石小姐，能否請妳用人工授精的方式，生下我們的孩子？在妳生產之後，那孩子會成為我們正式的養子。還有，懷孕期間，以及生產後體力恢復之前也請讓我們來照顧妳。這是要借用妳寶貴的身體，所以我們會盡力而為，一切可以放心。千萬，千萬，請妳好好考慮這件事。拜託了。」

基長篇大論之後低頭行禮。悠子遲了數秒，也跟著鞠躬。從來沒被成年男女這樣恭敬行禮的理紀，當下不知所措，大口灌下杯中的水。

這時青沼插嘴：

「加州那邊我認識的仲介業者，規定不能使用代理孕母的卵子。那是因為，如果讓代理孕母強烈意識到這是自己的孩子，日後可能會引起糾紛。而且，也是因為把孩子的福利放在第一優先。所以採取的是某人提供卵子，和先生的精子做成受精卵，然後再植入代理孕母的子宮。不過，說到那樣能否順利著床，失敗的例子還是很多喔。就算考慮母體的安全，也是人工授精的方式最好。大石小姐，妳覺得呢？」

「問我也沒用，我又沒生過小孩。」

理紀沒有繼續說。她根本不知道該說什麼才好。

「說得也是，突然被問到這種問題，只會覺得困惑吧。對不起。」

青沼像要道歉似的，把手放到理紀的肩上。

「對不起，沒考慮妳的心情，只顧著自私地說我們的想法。」

基沮喪地垂頭。

「請問，人工授精要怎麼做？」理紀問。

青沼在一瞬間瞥向悠子。似乎有所顧忌不知是否該說明。然而，悠子點點頭催促她。

「有很多種方法，最準確的，就是用導管把精子放入子宮的方法。」

理紀聽了，看著基的臉。把這個男人的精子放入子宮內，生下這個男人的寶寶？不經意間，她和悠子的目光相接。悠子什麼也沒說，但是理紀覺得，她明白自己在想什麼。

「妳年紀輕，或許還沒有感覺。可是對我們來說，能否有小孩，是和時間的戰鬥。至少，我希望在五十歲之前有孩子。那樣的話，還可以看著孩子長大成人。」

和時間的戰鬥。佳子阿姨也說過同樣的話。大家都已經走投無路了。

「拜託。我們已經沒時間了。真的，這是和時間的戰鬥。」

好想搬家。想擁有可以自由使用的錢。我也一樣，因為個人問題走投無路了。理紀長嘆一口氣假裝思考，其實心裡已有決定。

2

快點快點快點。再不快一點，就來不及了。佳子阿姨生前，總是十萬火急。「理紀，女人啊，如果拖拖拉拉的，就會來不及喔。」到底是什麼來不及？為何非得這麼焦急？阿姨沒有明確說過理由，但那種無言的風壓，一直不停推著理紀向前走。那在理紀上國中時變得更加明顯，所以阿姨顯然是在三十歲後突然開始感到焦慮。

阿姨也說過，「好想早點離開這種鳥不生蛋的鄉下。」阿姨想趁著結婚，去都市快樂生活。實際上，那句話，也成為促使理紀離開故鄉的起因，但阿姨那邊始終沒有紅鸞星動，不過，也沒有一起四處遊玩的夥伴，枯守在冬天有半年都被大雪封鎖、人口不足五千的小鎮任由年華老去，最後生病死去。人生沒有任何亮點可言。

理紀始終模糊地認為，「來不及」或許是指人老珠黃，但是來到這裡，她才想到，阿姨說的是女人生殖能力的期限。有生育能力就是可以結婚的證明。對阿姨而言，結婚就等於逃離無趣的小鎮，是在經濟和精神方面都能逃脫貧困的方法。她自己已過了期限，所以才會直到死前都殷殷期盼外甥女理紀能夠順利結婚生子得到幸福。

如今，自己二十九歲。能夠提供卵子的只限三十歲以下，所以明年就已經「來不及」。的確，女人的人生，總有「來不及」如影隨形。

理紀悄悄望向坐在斜對面的悠子沉穩的臉孔。此人宛如佳子阿姨的時髦洗練版，眼神充滿知性，舀了一勺飯後甜點的義式冰淇淋吃，隨即似乎察覺理紀的注視抬起頭。

理紀想，這個人，也是被斷定為「來不及了」的人。可是，她的丈夫基，很在意撫養小孩長大耗費的時間。女人的期限和男人的期限。理紀不知怎的有點難過，看著正和青沼大聊芭蕾舞的基。像陰莖一樣又長又粗的脖子上是小巧的臉孔。單眼皮有點沉重，但是眼尾挑起，五官有點可愛。想和基性交、替基生孩子的女人想必不在少數。

然而，基對此感到困擾。他純粹只想養育他和悠子的孩子，所以不能和孩子的母親有特殊關係。因此，他寧願找一個想賺錢、除了身體健康別無優點的年輕女子生孩子，以免惹上麻煩。

比方說理紀，如果提議不用人工授精，想直接和基性交懷孕，草桶夫婦會作何反應呢？假使能提高成功機率，基大概會答應。基這個人，有種為達目的不擇手段的危險，但悠子又如何呢？

想到這裡，理紀驀然回神。自己能夠讓一個不熟悉的男人，只為了生殖就把性器插進自己的陰道嗎？頓時，她感覺這種狀況似乎相當猥褻，不禁感到羞恥。即使一本正經談論生殖的話題，但那本來就是從男與女的性交開始。理紀內心非常慌亂。

「不好意思，我去上個廁所。」她說著站起來。

因為太突然，青沼擔心地作勢起身。

「廁所在門口那邊。我陪妳一起去吧？」

她拒絕青沼的陪同，獨自走出包廂。開襟外套還放在位子上，他們應該不會以為她要逃走吧。

上完廁所洗手時，理紀凝視自己映在鏡中的臉孔。剛才雖已下定決心，現在卻又開始動搖。

這樣真的好嗎？只為了錢，就可以替一個不喜歡的男人生孩子？今後，當自己真心喜歡的男人出現時，該怎麼對那個男人解釋？即使不告訴對方，生過孩子的事難道就不會被發現？北海道的父母如果知道了，又會怎麼說？還有，生產之後，自己不會想要那孩子嗎？三天前過世的佳子阿姨錯愕的神情浮現腦海。阿姨一定會責備：「妳明明還來得及。」

然而，每次這樣猶豫時，就會想到，到頭來自己大概會為了錢放棄一切。她迫不及待想拿到一筆超過百萬的錢。那是如果繼續做派遣人員的工作，一輩子都存不到的金額。

只要有那筆錢，就可以搬到沒有銀車男那種人的更好的公寓，說不定還可以從派遣業脫身，接受職業訓練以便從事其他工作。甚至可以去職校進修。或者，真正休假一段時間，去從來沒去過的海外旅行，再不然開始什麼興趣嗜好也行。自從來到東京後，一直忙著工作、毫無希望的生活，她已經受夠了。

源源不斷冒出的想法太混亂，理紀無法釐清思緒。就在她呆呆看著自己的臉陷入沉思之際，悠子開門走進來。

「大石小姐。」悠子對鏡中的她一笑。「剛才不好意思。草桶嘮嘮叨叨講了那麼多，我有點不放心，怕妳反而會被擾亂想法。他那個人，就喜歡滔滔不絕地講自己的想法。請妳別介意。」

「哪裡，我沒事。」

洗完手舉到烘手機前烘乾正想出去時，悠子說聲「等一下」抬手制止她。

「老實說，這次的事情我其實不大願意。因為對擔任代理孕母的人或許負擔過大。同樣身為女人，我實在無法釋懷。或許根本用不著做到那種地步非要有孩子吧？我其實很猶豫。不過，今天見到大石小姐，如果大石小姐願意替我們生孩子，我想我很樂意試著撫養孩子。這是真的。」

「為什麼？」

「不知道，總覺得對妳有種親近感。就像是自己的妹妹。不過，在妳看來，大概是非常自私的論調吧。我也認為我們夫婦是徹頭徹尾的自私。真的。所以，我想請妳原諒這一點。」

「可是，我也是當成買賣。」

「噢？」悠子露出沉痛的表情。「真的是這樣嗎？」

「是的。我想要錢。所以，這是買賣。」

理紀避開鏡中相接的目光說。

「如果是買賣，我覺得雙方應該更平等。」

悠子沒什麼自信地說。

「會嗎？」

理紀想起佳子阿姨的臉。會嗎？佳子阿姨。我付出子宮，對方給我錢，這樣不算平等嗎？如果拿到一千萬左右就是平等？

悠子抬手摸頭髮，一邊對著鏡中的她說話。

「或許這是我多管閒事，但妳沒有男友，或是喜歡的人？以妳這個年紀，應該有對象吧？況且妳長得很漂亮。」

理紀默默搖頭。我這個人，一點也不漂亮。我一點也不漂亮，所以妳不用講客套話。在心中，另一個自己拚命搖頭。

理紀不是美女。唯獨一六六的身高算是得天獨厚，但是體格壯碩，渾身肌肉，體重也不輕。可是五官很古典，高高的額頭，讓人感到同樣份量的渾圓下巴。小學時，曾被男生嘲笑是「女子摔角選手」、「葫蘆女」留下心理陰影。佳子阿姨是美女，但她的美是那種把理紀的五官稍微升級，變得很有魅力才能達到的美。

「都沒有嗎？真的？可是，妳應該不討厭男人吧？」

「並沒有。」

理紀不客氣地回答後，悠子像反省似的辯解。

「對不起。我這樣像是在質問吧。我其實沒那個意思。只不過，像妳這樣年輕貌美的人為什麼願意當代理孕母，我覺得非常不可思議。想到妳日後或許會後悔，我就很擔心。」

這大概是真心話。

「就算後悔，想到跟我毫無瓜葛就無所謂了。」

理紀自己都覺得語氣很衝。

「不見得吧。」悠子歪頭。「我沒有小孩所以不清楚，但是如果有了孩子，我覺得應該會產生不同的心情。就像是打開某種不同的頻道，我想應該會有不同的心態。難道妳不會想要看看孩子？」

「絕對沒問題。」

「是嗎，那就好。對不起。」

見理紀堅持不肯打開心扉交心，悠子似乎也放棄打探她的真心話，扭身想離開。這時，入口的門再次開了，是青沼走進來。看到二人站著說話，她瞪圓了眼。

「你們這是在廁所開小會啊。」

「是啊。我家草桶只顧著說自己的，我怕大石小姐會不高興。」

悠子苦笑。

「草桶先生看二位一直沒回去，正在擔心呢。」

青沼似乎是機靈地來接她們回去。悠子苦笑著走進靠裡面的隔間。

「我先走了。」理紀丟下青沼走出廁所。

「去了這麼久啊。妳跟我內人在聊天？」

理紀一開門進去，把咖啡杯放回碟子的基就主動問道。

「對，聊了一點。」

「我很擔心，怕大石小姐該不會心生遲疑。假使妳有任何不愉快，那就拒絕沒關係。雖然我會很遺憾。」

基神情失落地說。

「不是那樣。我只是，有一點猶豫。」

「我想也是。妳畢竟還年輕，今後的人生還不知道會怎樣呢。我們卻拜託妳這種事，真的很抱歉。假使，妳願意接受，我打算按照妳希望的金額給妳一筆謝禮。」

「那大概是多少錢？」

「妳想要多少？」

基反問的神情很認真。

「一千萬。」

雖然覺得這個金額不可能實現，還是想試探一下基和自己。

「沒問題，我給。」基停頓了一瞬，卻還是用格外開朗的聲音說。「只要妳願意接受人工授精和懷孕、生產。而且，生產後，不會有任何抱怨，願意立刻把孩子交給我們的話。」

用基的精子生下孩子，交給基的話，就能拿到一千萬。理紀默默點頭。這是一生僅此一次的大買賣。頓時，基雙手一拍。

「謝謝。真的謝謝妳。大石小姐，我衷心感激妳。」

或許是聽見拍手聲，包廂門開了，悠子和青沼出現。

「大石小姐答應了。」

聽到基的報告，「哇，太好了。大石小姐，謝謝妳。」青沼也拍手誇張地表達喜悅，但悠子只是面帶微笑。

「那麼，大石小姐，近日之內請妳來我們事務所一趟。我會擬妥簡單的合約。放心，這只是備忘錄，不用太在意。關於一次生產要多少錢，必須確定金額，也要決定付款方式。分期付款比較好吧？」

「一次付清不就好了？我也省了麻煩。」草桶說。

「草桶先生，我想你最好先和你的會計師商量一下。這麼大筆的金額，會被追究用途。況且，突然收到這麼大筆的錢，這麼年輕的小姐也會慌了手腳。當然也可能改變心意。」

青沼雖是耳語卻讓大家都聽得很清楚，基不禁苦笑。

「應該不會吧。」

對面座位上，悠子一個人像要充分體會覺悟般抿緊雙唇。

理紀的手中，有一個寫著「謝禮」的白信封。

「今天謝謝妳。請用這筆錢坐計程車回去。既然已經決定了，大石小姐的身體很重要，請妳多吃點好吃的東西，千萬不要感冒或受傷。」

基臨走時這麼說塞給她的信封用漿糊牢牢封口，回到公寓拆開一看，有五張嶄新得幾乎割手的萬圓大鈔。對於月薪十四萬的理紀而言，這是相當於薪水三分之一的鉅款。一瞬間，心情雀躍，她在想，要用這筆錢去舊衣店以外的服裝店買新衣，還是約阿照去吃烤肉呢？

然而，以一千萬的代價，自己要出借子宮孕育孩子。孕期四十週。前後加起來，幾乎有一整年必須奉獻給懷孕和生產。而且，生下來的孩子會成為草桶夫婦的養子，自己只會變成一個經產婦。

這麼一想，再也遏止不住那種虛無感。一旦感到虛無，身體中心好像變成空洞，湧現一股異樣的渴望，想用什麼去填補那個空洞。

到目前為止和三個男人睡過。第一個對象，是高三時坐在左側的同學。純粹是朋友，彼此想說什麼就說什麼，暑假在超商偶遇時忽然感到新鮮。對方似乎也是，之後在遊戲中心再次偶遇，雙方都萌生好奇心，於是徒步走向郊外的汽車旅館。

不過說到初體驗，並不完美。同學好不容易才要插入就射精了。理紀的大腿被精液弄髒。或許是覺得太丟臉，對方意氣消沈地垮著肩，也沒有慰問理紀。

之後，那人在教室也對她視若無睹，畢業後去了札幌的專門學校再也沒見過。後來，聽說那個男同學在朋友之間吹噓和自己發生關係，理紀為之啞然。那是不愉快的初體驗仿冒品。

第二個對象，是在老人安養院時的上司，是個三十歲的有婦之夫。算是所謂的不倫戀。或許是妻子正懷孕，上司完全把理紀當成妻子的替身。

和那個男人的性交，讓理紀體驗到高潮，但理紀才剛迷戀上性交的滋味，男人就因妻子生完孩子後恢復正常生活，若無其事地裝作和她毫無關係。和這個男人去過多次的汽車旅館和初體驗時是同一家，不過這次是坐男人的小汽車往返。

第三個對象，是在那家洋貨行一起工作的北關東山羊鬍男。當時幾乎是半同居狀態，所以理紀懷過一次孩子，也墮胎過。然而，理紀之所以對男人深深厭倦，也是因為這個不成熟的山羊鬍男。

和山羊鬍男大吵一架分手至今，已有三年。之後，她沒和任何人做過。可是，一旦決定要當代理孕母，為何卻開始飽受飢渴難耐的性慾折磨？就好像身體的核心在吶喊：喂，妳不處理一下快樂方面的需求嗎！

理紀想問阿照，用LINE打電話給她。

「結果怎麼樣？」

阿照立刻接聽。之前說過要和草桶夫婦見面，所以阿照想知道經過。

「嗯，感覺還不錯。尤其是那個太太很溫柔。」

「噢？我還以為太太會最排斥。」

「我本來也這麼想，但對方看起來很溫柔。」

「那個丈夫，就是草桶基吧？好像很有名耶。他太太不是芭蕾舞者？」

「好像不是。」

想起悠子看似柔軟的身體，理紀如此回答。悠子的魅力，很難向旁人說明。

「那，妳要做嗎？」

「要。我已經受夠這種生活了。」

理紀毅然說。

「那不是很好嗎。我要是能當代理孕母，我也想當。」

難以想像這是之前還憤慨表示小孩很神聖的人說的話。被頌太母子拿走所有的錢，阿照大概也走投無路了。正因如此，理紀無法告訴阿照，談判結果最後要了一千萬報酬。

就算對方爽快付出一千萬，也無法借錢給阿照。因為那是付給自己身體的報酬。即使雙方立場對調，也一樣。用身體工作得來的報酬，只能全部花在自己身上。

或許是明白這點，阿照也沒有詢問詳細的金額。過了一會，阿照突然想起似的說：

「我決定提供卵子了。」

「那妳要從醫院離職吧？」

「對呀。理紀妳也是，一旦懷孕就要辭職吧？」

「那當然。我就是為此才決定當代理孕母。」

「真的很想離開那種地方，好好休息。」阿照用開朗的聲音說。「我也要去夏威夷好好放鬆一下。」

「夏威夷啊，好想去喔。」

「那就一起去嘛。」阿照說，好像很開心。

「其實，我決定當代理孕母後，不知怎麼搞的，突然非常想嘿咻。身體甚至飢渴得發疼。這種情形還是第一次。」

阿照哈哈哈的笑聲傳來。是那種彷彿可以想像她張開牙齒不整齊的大嘴大笑的聲音。

「我好像可以理解。」

「這種時候，該怎麼辦才好？我討厭自慰。不能花錢買男人嗎？」

「當然可以買。」阿照不當一回事地回答。「大家都在買。」

「大家是誰？」

「做我們這種特種行業的。我覺得頌太可憐，所以沒去過，但我同事好像為了發洩自己賣身的鬱憤，都會去買男人喔。和牛郎店是同樣的原理。因為賣春，所以自己也去買春。感覺彼此扯平了。」

阿照嘴上說是因為頌太可憐，其實是沒有那麼多錢吧。不難想像阿照隨口敷衍同事的樣子，理紀感到心疼。

「那要怎麼買？不會有危險嗎？」

「應該沒問題吧。偶爾好像也會被問可不可以插入，但聽說通常都會拒絕，說那樣違法。和女人賣笑的行規一樣。禁止真槍實彈。不過，大家如果看得順眼好像還是會插入喔。怎麼，理紀妳想被插？換言之妳想要真正的性交？」

「嗯，我想被插。想盡情讓自己爽一下。因為我馬上要賣掉子宮了。感覺上不是應該有前一個階段嗎？我現在就是少了那個。」

「說的也是。沒有前一個階段，突然就懷孕的確很怪。」阿照像是現在才發覺，連珠砲般同意。「那我打聽一下風評比較好的牛郎店再把網址告訴妳，妳自己去問。對了，妳有錢嗎？」

「有。今天收到謝禮。」

「收到多少？」

阿照大概覺得謝禮就可以問問沒關係。

「嗯，不多啦。」

她不敢說有五萬。

「理紀的心情我懂。加油。」

過了一會，阿照傳來網址。是「棉花糖俱樂部」這個俗氣的名字。阿照還附帶「聽說這家的三號大輝給人的感覺不錯。不過，據說他很紅，星期天恐怕很搶手」這段評論。

理紀立刻看網頁。阿照推薦的那個大輝，個人資料寫著現年二十八歲，身高一百七十六公分，體重六十五公斤。血型是O型。還標榜是「長相神似男星東出昌大的療癒系男神」。再看下面的留言，通通都是讚美之詞。看來此人的確風評不錯。

理紀加了LINE好友。結果立刻收到預約申請表。希望利用的日期和時間，她寫今晚，時間是一百二十分鐘。她寫上「第一次」。至於自己的姓名，她寫的是「小托瑪」。碰面地點，是澀谷的八公銅像前。碰面時的服裝，是一如往常的黑長褲、白T恤和開襟外套、球鞋。辨識目標她寫的是「DEAN&DELUCA的黑色布袋」。附帶一提，這個DEAN&DELUCA的購物袋，也是她在二手網站MERUKARI用四百圓買到的中古品。

對方立刻回覆。「小托瑪小姐，謝謝妳的預約。很幸運，正好有人取消，所以可以如妳所願。晚上八點在八公銅像前碰面可以嗎？我會穿牛仔褲和黑T恤，戴紅色棒球帽。辨識目標，是左手腕白色錶帶的APPLE手錶。請多指教。」

至少，LINE的回覆迅速令人頗有好感，但是眼看滿足慾望的準備已經逐步完成，唯獨心情卻跟不上。該去赴約嗎？還是該作罷？理紀思索了一會。

這時，房門前傳來徘徊的腳步聲。會是二樓的銀車男嗎？之後，房門被略帶顧忌地咚咚敲響。理紀用雙手掩耳。門外的人，知道理紀在屋內。儘管如此，她還是不想去應門。理紀大氣也不敢出地靜默片刻後，腳步聲終於離去。

理紀開始匆忙梳妝打扮。她決定先上街，至於要不要見大輝就等偷偷觀察之後再說。她從信封抽出三張萬圓大鈔，把裝有剩下鈔票的信封放進冰箱門上的架子。

3

理紀在開往澀谷的電車上，再次檢視大輝的個人資料。評論區一律都是「優良」的評價，所以她才安心預約，可是隨著逐漸接近約定地點，她忽然很不安。

阿照是根據從同事那裡聽來的評價推薦大輝，但是阿照同事們的高度評價，是針對男人的哪一方面，她很後悔沒有更仔細打聽。是臉蛋好、身材優，還是個性值得信賴，抑或是性愛技巧高明？

大輝自己的「自我介紹」，寫著「基於職業關係，經常傾聽別人說話，可以給出中肯的建議」。咦，大輝還有別的職業？她很驚訝，再仔細一看，上面寫著「曾任教師，目前從事貿易」。

沒想到他是貿易公司職員。而且，曾任教師，不知是哪種教師，語焉不詳之處有點可疑。就算當過老師和從事貿易都是真的，他才二十八歲，經驗想必也不多。

那麼可疑的男人，要讓他看身子摸身子，說不定還要被插入。抱著這種不安的心緒，真的能得到快樂嗎？理紀突然膽怯，抬頭環視車廂內，思忖是否該立刻回家比較好。然而，馬上就到澀谷了。

和包括申請獎學金在內事事採取的行動只能說莽撞短視的阿照相比，理紀認為自己算是很謹慎。可是，應該很謹慎的自己，卻輕易答應當代理孕母，甚至為了買男人來到街上。

雖然反省自己是否應該更深思熟慮，但是現在的理紀，優先考慮的，是即將到手一千萬，以及怎樣才能迅速得到性的歡愉。催促她來不及的佳子阿姨，以意外的形式展現薰陶成果，就好像無法阻止的列車終於出發了。

車抵澀谷。理紀終究對於在八公銅像前等候有點躊躇，決定從連結井之頭線和JR的通道俯瞰八公銅像前的廣場。她打算從遠處搜尋大輝，如果不中意，就悄悄離去。

八公銅像前的廣場，擠滿外國觀光客以及看似相約碰面的男男女女。大輝會是哪個男人呢？她透過樹木搜尋紅帽子，卻遲遲找不到。

忽然感到某人的注視，她望向上下車乘客穿梭的聯絡通道深處。柱子後面，一個戴紅帽的男人正在看她。那個男人，像要展示手腕白色錶帶的蘋果手錶，用左手輕觸帽簷。
她驚訝之際，男人已經走近，親密地笑了。整齊的白牙給人格外清潔之感，理紀不由呆立原地。
「妳是小托瑪小姐吧？」
大輝指著理紀的DEAN&DELUCA的布袋。
個人資料明明寫著身高一七六，但是大輝本人，似乎比那個數字還要矮幾公分。而且體型偏瘦，說不定理紀的身體還比他厚實。他的膚色黝黑，眼睛很大，五官輪廓很深。但是，好像有點土氣。
「是的。」
雖然停頓了一瞬，理紀還是誠實回答。之所以停頓，是因為她覺得被對方發現自己從二樓俯視很丟臉。不過，大輝也一臉難為情。大概是同樣在偵查對方吧。
「我是治療師大輝。幸會。」
對方自稱治療師，令理紀很驚訝。不是帶來性愛的歡愉嗎？
「啊，彼此彼此。」她鞠躬。
「哇，小托瑪小姐這麼可愛，嚇我一跳。」
此人講話有點鄉下口音。

「啊？我可愛嗎？」

理紀已習慣人情世故，甚至氣惱地覺得這樣拍馬屁也太浮誇了。

「嗯，很可愛。妳的服裝我也喜歡。那件開襟外套，是古董衣？」

大輝很羞澀，不敢正眼看著她說。在舊衣店買的開襟外套，被讚美成古董衣，理紀覺得此人很會說話，感覺倒是不壞。

「那個，如果不嫌棄，我可以聽妳談各種心事提供建議喔。如何？」

大輝憂心地湊近理紀的臉觀察。

「當然可以。」

「太好了。這種時候，我每次總是心裡七上八下。我怕萬一妳說不滿意我，要直接離開，那我不是太悲慘了。」

大輝誇張地做出撫胸慶幸的動作。真的有女人只看到長相就要走嗎？理紀很想問卻還是忍住了。

大輝看左手腕的蘋果手錶確認時間。

「那我們換個地方吧。去能夠二人獨處的安靜地方。然後，我會聽小托瑪小姐的要求，照著要求做。」

自然而然變成連袂同行。大輝引導理紀走樓梯。

「我想去賓館，可以嗎？或者，這是第一次見面，妳比較想先去咖啡店聊一聊？」

「不，直接去賓館就好。」

「太好了。那個，請妳不要太緊張。我保證，絕對不會做妳討厭的事。」

以前半同居的山羊鬍男，就算理紀說討厭也充耳不聞，照樣命令或逼她做種種行為。在老人安養院工作時偷情的男人也一樣。彷彿覺得女人上床時如果不聽從男人的擺佈就毫無價值。

可是，大輝說，他絕對不會做理紀討厭的事。那是因為理紀付錢，買了大輝。對，這是買賣。可是，女人賣身時，並不會對男人保證「我絕對不做你討厭的事」。不僅如此，甚至有可能伴隨生命危險。

自己也決定以一千萬的巨額，出借自己的子宮一年。既然如此，自己也絕對不能做客戶草桶夫婦討厭的事吧？比方說，和其他男人保持固定的性關係，抽菸喝酒，或者把草桶夫婦的事情告訴別人。那樣會違反商業道德？

這時，她又想起悠子說過的話。

「如果是買賣，感覺應該更平等。」

女人賣身或者提供子宮及卵子時，等於把自己的身體和生命分割出售。的確，那大概算不上真正的商業買賣。

提供精子很簡單，但是提供卵子據說必須使用排卵誘發劑，讓卵子成熟，再拿針刺卵巢採集卵子。光是聽到這些程序，就已經害怕了。不過，懷孕更可怕。自己的子宮，即使孕育和人生無關的孩子也能照常發揮機能，之後也會繼續發揮機能嗎？果然，自己或許正插手不敬神明的逆天之舉。

見理紀突然陷入沉思，大輝擔心地問：

「妳沒事吧？如果不喜歡，取消也沒關係。不過，既然已經見面了，好歹喝杯咖啡再走。也可以改約下次。」

「不，我沒事。」

大輝意外的體貼讓她放鬆。仔細想想，好像從來沒有被男人如此體貼對待過。

「是嗎，那就走吧。」

大輝牽起理紀的手。他的身材雖纖細，手掌卻厚實寬大，像麻糬一樣柔軟。

「手好軟。」

理紀不禁說，大輝在掌中捏捏理紀的手。

「我很擅長精油按摩，技術很好。交給我吧。」

語尾帶著情慾的誘惑。理紀不由看著大輝的臉，大輝一臉認真地回視。「是真的。相信我。」

他以為理紀不相信他說的話，認真保證。男人的自信究竟從何而來？理紀感到不可思議。

「我相信你，但——」

「但是什麼？」

「你憑什麼知道女人得到了快感？」

「我當然知道。」大輝哭笑不得地扯高嗓門。「我可是讓女人高潮的專家。」

見理紀沉默，大輝當真動了氣。

「是真的啦。我一定會讓妳感覺超舒服。」

理紀萌生違和感，當下止步。可是，她不知那種違和感因何而來。

「是真的啦。」

大輝緊握住站定不走的理紀的手。應該是覺得難為情吧。這反而讓違和感更強烈，理紀望向大輝的臉。我渴求的，是這種事嗎？

然而，大輝已不再回頭看理紀，大步拉著她就想往圓山町的賓館街走。途中發現自動販賣機，他問理紀，

「我要買飲料，妳想喝什麼？」

「我喝水就好。」

「水？也有啤酒喔。」

「不了，水就好。」

大輝買了礦泉水和二罐啤酒，罐裝啤酒放進自己的後背包，礦泉水交給理紀。

「那個，我要給你錢。」

「不用了，這點小錢。」

「不好意思。」

理紀猶豫著是否該把水放進布袋，就這麼拿在手裡。如果立刻放進袋子，她覺得好像太厚臉皮。冰透的礦泉水瓶身滑落水珠，沾濕了手。

「這裡可以吧？」

大輝指的，是拐進小巷走到底的一間不起眼的賓館。根據入口的照片挑選房間，在無人的櫃檯取出鑰匙。理紀雖猶豫，卻又不知該如何是好，還是跟著大輝進房間。

一走進房間，大輝老馬識途地走進看似狹小的浴室，開始放熱水。理紀來到東京後是第一次上賓館，所以忙著四處打量房間配備。

窗口雖掛著暗色窗簾，但是好像從外面用木板釘死了。角落，有一套小小的沙發。

大輝拉開罐裝啤酒的拉環，把其中一罐遞給理紀。

「相逢自是有緣，乾杯。」

理紀聽命行事，和他碰了一下罐子。聽著浴缸放熱水的響亮水聲，理紀在幾乎感覺不到椅墊彈力的沙發坐下，喝罐裝啤酒。大輝坐在床邊，笑咪咪地看著理紀。

「有什麼問題要問我嗎？關於這套遊戲規則的問題也可以喔。」

大輝在個人資料寫的二十八歲這個年齡如果是真的，那他比理紀大一歲，可是就膚質和臉部五官看來，理紀懷疑他其實應該大五歲以上。但，她不好意思追問年齡。

「那個，『自我介紹』那一欄，我看你寫說當過教師，是哪種教師？」
大輝像要說「還真的被問了啊」似的聳聳肩。
「是國中老師啦。我以前在沖繩當教師。」
「真的？」
「真的。」
大輝露出整排牙齒笑了。理紀察覺，看樣子，此人對整齊的白牙引以為傲。
「那你為什麼辭職了？學校老師不是很好的工作嗎？很穩定，而且我聽說要當上老師很不容易。」
嗯——大輝像要搜尋答案般望著空中。
「簡而言之，我想來東京。」
「啊，跟我一樣。」
「妳也是？」
大輝語帶欣喜。
「嗯。我也是一心一意只想趕快離開鄉下。沖繩還好，可是我的家鄉，是北海道很小的小鎮。」
「北海道不錯啊。我就很想去。」

「不，路途遙遠，要回去一趟都不容易，而且也沒你想的那麼好。」
想起自己連佳子阿姨的喪禮都無法回去參加，就感到心痛。
「沖繩也一樣。無法輕易回去。況且，說是沖繩，但我那裡可不是那霸。雖然經常去那霸玩，但我想去更大的城市。而且不是大阪，既然要去當然去東京。」
大輝沒有說自己是沖繩什麼地方的人。
「那你在東京也當國中老師不就好了。」
「不，不行不行。我沒辦法。叫我應付東京的小鬼，光用想的就不行。」
「所以，你現在做貿易？真厲害。」
「一點也不厲害。」
「哪家公司？」
「這個拜託妳就別問了。」
白天在公司上班，晚上在特種行業工作嗎？可是，辭去國中教職來到東京，一邊在貿易公司上班，一邊成為女性專用性慾「治療師」，這種選擇理紀實在無法理解。
她很想打聽詳情，但大輝伸出手，撫摸理紀的膝蓋。
「不談我的事了，小托瑪小姐現在有什麼煩惱？不嫌棄的話，要不要說給我聽？」
「該說是煩惱嗎……」她才開口，立刻詞窮。「該怎麼說呢。為了自己做的決定，現在有一點點懷疑吧。很猶豫。可是，決定的事，的確已經定案了。」

連自己都覺得說得含糊不清。

「是決定結婚嗎？不確定對方是不是理想對象？」

理紀搖手。

「不是，不是。不是那樣。」

大輝歪頭納悶。大概不太明白吧。

「服務女性的風月場所，有很多抱著性愛煩惱的人上門喔。上次我有個客人，說是過著無性生活。和老公已經超過五年不做愛，很煩惱是否該繼續這樣任由年華老去。所以我就聽她傾訴，給她治療了一下。她非常高興，我也很高興。另外，也有客人來找我說不希望到死都是處女之身。」

「那個人幾歲？」

「大概快五十歲了吧。」

「那你跟她做了嗎？」

「做了。本來這樣等於賣春其實是不可以的，但我當作助人為樂還是做了。」

大輝不當一回事地說。

「助人嗎？」

「嗯，我的工作，有這樣的一面。女人被塑造成無法完全配合自己的慾望。就算欲求不滿，也無法表現出來。男人還有風月場所這類完善的發洩管道所以倒還好。所以我覺得女人很可憐。因為只要慾望得到滿足基本上就算治癒，又能快樂生活了。社會大眾應該認識到，女人也有那種欲求。重點是，女人自己應該知道。如果慾望無處發洩，再來利用我們就行了。」

原來如此，大輝以前說不定真的當過國中老師。很有說服力。她微微歎氣後，大輝似乎一直在觀察她，立刻問道：

「小托瑪小姐也有那種感覺？」

「不，那種感覺的確也有，但我不知該怎麼說明我現在的狀況。」

為什麼說不出自己只想要快樂？自己也很訝異。是因為其實並非如此？為了掩飾自己，她又喝了一口啤酒。

洗澡水似乎放滿了，水聲出現變化。大輝起身，去關掉浴室的水。

「可以洗澡了。時間不多，所以洗澡之前我先說明費用，並且決定服務項目吧。」

大輝從後背包取出透明檔案夾。以彩色印刷標明費用。一百二十分鐘一萬六千圓。

「延長的話，三十分鐘五千圓。第一次有優惠，折價三千圓，很划算喔。」

「時間是從見面時算起？」

「不，從現在算起就好。」他說著，看手上的蘋果手錶。

「不好意思。那就按照事前預約，麻煩你二小時。」

「服務項目就選精油按摩和性感按摩可以嗎？那是最普通的項目。如果覺得難為情就告訴我。我準備了眼罩。」

大輝從後背包取出眼罩給她看。

「那個別人也用過？」

「不，是新的。我在百圓商店買的。」

「也有賣眼罩啊。」

「什麼都有喔。我用的油是真正的精油。」

大輝給她看裝有超鮮豔綠色液體的塑膠瓶。液體濃稠地晃動，在理紀看來，那像是漱口水。

「是柑橘類的香氣。」

「柑橘類啊。」

「去洗澡吧。這是放鬆的最佳良方。」

她點點頭走進浴室，卻還沒有下定決心。最後又服裝整齊地從浴室出來了。大輝毫無驚訝的神色，拿著透明檔案夾站著。

「怎麼了，打消念頭了？」

「我總覺得有點不大對。雖然我也不太會解釋。」

理紀深深感到，唉，自己果然是個不知變通又難搞的女人。雖然自稱是個性謹慎，但簡而言之，只不過是個優柔寡斷缺乏勇氣的人。

如果是阿照，這時會怎麼做呢？這麼想像時，她想起阿照說過，她可憐頌太所以不會買男人。理紀當時認為那其實是因為阿照缺錢，但她或許錯了，也許阿照說的就是真話。她覺得自己太輕視阿照的心意，不禁羞愧。同時，也羨慕有頌太的阿照。

本來覺得，懷孕前或許該得到快樂，但是錯了。她發現，其實需要的或許是得到快樂的前一個階段，也就是戀愛。

「妳哭了？」

被大輝這麼一說，理紀嚇一跳。

「不，我沒哭。」

她慌忙伸指抹拭眼角，這才發現自己的確在流淚。

「妳沒事吧？不介意的話不妨說出來。」

理紀頓時洩氣，在浴室前鋪地毯的地板一屁股坐下。眼淚滑落雙頰。她似乎這才發覺，為了代理孕母的事，自己有多麼違背本心，而且，也發覺不能出席佳子阿姨的喪禮，讓自己有多麼傷心、多麼痛苦。

「不嫌棄我的話就說說看吧。」

「在做這種事之前，我想先和誰談戀愛。」

「這種事，是指這個？」
大輝指著透明檔案夾。
「不是。是某種工作。」
「什麼樣的工作？」
「我不想說。」她搖頭。「或者該說，那應該不能告訴別人。」
「沒關係，不用勉強說出來。」
大輝摸摸理紀的頭。像在說好乖好乖。
「那造成很大的心理負擔，我快受不了了。可是，我還是決定要做。因為我沒錢，很需要那筆錢。只要有一筆錢，我就可以搬離公寓，應該也能做到很多事。我已經累了。沒有錢，總是省吃儉用，煩惱這個月該怎麼過生活。」
「我懂。我也是這樣。」
「可是，你不是在貿易公司上班嗎？」
理紀被淚水沾濕的眼睛，仰望大輝。大輝冒出苦笑。
「不，我是無約的貿易人員。並不隸屬於公司，是個人進口。所以賺的不多。」
搞了半天原來是這樣。她覺得可笑，不禁笑了一下。
「而且，我雖來自沖繩，但家在離島。是人口不到二千的小島。那裡只有國中國小。高中通常大家都會去本島。我也是去本島念高中和大學，卻因為來自離島遭到霸凌。後來回島上當教師，可是一旦見識過本島，就覺得離島無聊得再也待不住。既然如此，我心想不如去東京。」

「原來是這樣啊。」她不禁出聲。

「很失望，是吧？我做這份工作，也是因為混不下去了。不過，能夠認識各種女人還滿有趣的。」

「講這種話，不是逃避現實刻意美化？」

她想，自己內心深處原來還有說得出這種刻薄話的神經？然而，大輝不以為意，只是開朗地笑了。這點，看起來的確很像專門帶孩子的教師。

「不，我打從心底喜歡女人。也喜歡性交，我認為這是天職。妳也是，交給我就行了。」

不是那樣的。誰也不會明白。理紀為自己的深刻孤獨嘆了一口氣。

「啊，妳剛剛長嘆一口氣是吧。我聽見了。」

「啊？有嗎？」

「妳有，好長一口氣。妳就這麼討厭和我在一起？」

大輝討好地說，誇張地模仿唉聲嘆氣的動作。

「是嗎，我不知道。」

理紀歪頭裝傻。大輝很囉唆，讓她有點煩。這時，大輝間不容髮地低聲悠悠嘀咕，

「優柔寡斷哪，我是不懂啦。」
由於腔調聽起來突然不一樣，彷彿剝下一層皮，出現真正的大輝。理紀不禁看著大輝的臉。正因為他濃眉大眼，反而凸顯肉體的單薄。
和不熟悉的男人獨處，待在賓館的空間，令她感到很不可思議。自己為何會在這種地方？有種失去時空記憶為之心慌的徬徨。
或許是察覺理紀的動搖，大輝輕輕把手放在理紀的雙肩。
「放輕鬆，放輕鬆。如果不放輕鬆，不會覺得舒服喔。」
他用雙手來回撫摸她的肩膀。
「可是——」
「沒事，沒事。妳先坐下。來，放鬆。」
他把手伸到她腋下，將她整個人抱起來。讓她坐在床上後，一把剝掉她的開襟外套。大輝猛然隔著理紀的T恤碰觸豐腴的乳房。還想用指尖搜尋她藏在UNIQLO背心罩杯下的乳頭，理紀連忙扭身避開。
「不錯，有這麼豐滿的乳房真好。我最喜歡這種乳房了。真的，小托瑪小姐，妳很棒喔。是很正的女人。」
理紀的T恤被他一下子從頭脫掉，他對只穿背心愣住的理紀開朗地這麼說。八成是看理紀不配合，於是改變策略吧。

「如果要洗澡，我可以幫妳洗喔。沒什麼好害羞的。我已經習慣了。大家起先都很羞澀。也有點害怕和陌生男人在一起，不知該如何是好。我說對了吧？」

大輝那瞬間現形的本性，似乎立刻又小心翼翼潛藏到某處了。

「不，不過，不用了。」

理紀站起來，甩開大輝的手。她強烈感到，自己想要的，不是這種男人給予的性愛歡愉。大輝或許早已習慣這種狀況，依舊泰然自若。

「那我們稍微聊聊吧。」

「不，說了也沒用。」

「哎喲，這樣嗎？」

大輝就好像一下子被人拿走支撐，搞笑地做個跌倒的假動作。

「不好意思，我完全無意傷害大輝先生。」

嘴上這麼說，但是理紀認為大輝不可能因為這種事受傷。

「唉，我飽受打擊。畢竟我好歹是治療師。在職能上受到打擊。」

職能這個字眼，理紀沒聽過。

「你真的有治療師的執照？」

「正式的是沒有啦。」

大輝嬉皮笑臉，在硬得像木板的沙發坐下，把剩下的啤酒喝光。

「可是，你以前不是國中老師嗎？」

「對，這是真的。不過，我的事情一點也不重要。重點是，我們還是來談談妳吧。如果妳不需要我的治療，為什麼要在棉花網預約？」

似乎是把棉花糖俱樂部網站這個搞笑的名稱簡稱為棉花網。

「不為什麼。」

「不是因為欲求不滿嗎？不是想爽一下？」

「的確有那種想法，可是到了這裡之後，我覺得跟我想的不太一樣。」

理紀誠實回答。

「剛才妳說想戀愛。是因為那個？」

「可以這麼說吧。」忍不住脫口說出真心話讓理紀很難為情，慌了手腳。「我是覺得，應該還有前一個階段吧。我希望能喜歡上某個人。」

「我不行嗎？」大輝開玩笑，指著自己的臉。「別人經常說，我長得很像東出昌大。」

「只有眉毛像。」

「這麼嚴格啊。如此說來，妳的意思，如果不是我就好了？」

「不，我是指名找你的。」
大輝滿足地嗯了一聲點點頭。
「那妳剛才說的那什麼工作，透露一點給我聽嘛。不嫌棄的話我可以建言一下。」
「建言？」
「就是建議。」
大輝大概以為她沒聽懂，又換個說法。
「這點常識我懂啦。」
「我想也是。」大輝像要展示白牙似的笑了。「真的，我想聽聽妳的工作。因為妳看起來很煩惱。」
在日本，據說卵子提供和代理孕母的法律都還不完善，沒有得到社會的正式認可，所以想必也不能告訴別人，但是理紀還是忍不住脫口而出。
「我的工作是替別人生小孩。」
「噢？厲害。」
大輝似乎很吃驚，大眼睛瞪得更大。
「對吧？其實好像是違法的，所以你別說出去。」
「我怎麼可能會說。」

「嗯，謝了。我很窮，真的累了。所以，我一直想從事更好的工作。可是，在這世上，根本沒有那麼好的工作。打工或是當派遣人員的時薪都很少。我朋友，有個兼差賣笑的女孩，但她說賺不到什麼錢。所以，我也不想下海做那行，況且也討厭和陌生男人獨處，既然如此，我想乾脆賣子宮算了。換句話說，替不能生小孩的夫婦把孩子生出來。可是，我對這件事還沒有完全接受。」

「也就是所謂的代理孕母嗎？」大輝熱切地向前傾身。「我聽說過有這種工作，但這是頭一次直接聽當事人說。不過，只要是女人應該誰都可以做，所以今後很有展望喔。這是一門新買賣。」

「買賣」。她又想起悠子的話。「可是，這樣不平等吧？感覺好像只有我吃虧。」

「會嗎。可是，當代理孕母的話，應該能拿到不少錢吧。妳覺得那筆錢太少不划算？」

不是，理紀說著搖頭。

「對方說要給我很多錢。只是，我就是覺得有點無法接受。」

「那就別做不就好了。就這麼簡單嘛。」

他講話有鄉音，語尾加上「嘛」聽起來很做作。

「我害怕生小孩，而且也有風險。」

「說得也是。」

「可是，又覺得這樣可以幫助別人。」

突然間，大輝放聲大笑。

「助人應該是指我這樣的工作啦。讓欲求不滿的女人爽一下，帶給她們幸福。不過，只限當場。那種程度的事，才叫做助人喔。」
「懷孕生產不算嗎？」
「有點付出太多了吧。」
「所以不是助人？」
「嗯。是更大的事。所以，應該叫做買賣吧？」
「是買賣？」
理紀思緒混亂地重述。自從被悠子說「如果是買賣，感覺應該更平等」，從此她一直想當作「助人」，卻被大輝否定。
「如果不喜歡這個字眼，那就說是交易？」
「交易？」
的確，「交易」好像更貼切。但，問題是。她還是有點看不開。
「啊，妳又嘆氣了。」大輝指摘。「既然那麼討厭，那就別做了。就這麼簡單。對啊，妳不是厭惡到都煩惱得哭了嗎？」
被他說中了。可是，一千萬這個金額太有魅力。如果能得到一千萬的鉅款，好像也無法拒絕。當理紀沉思之際，大輝湊近看著她的臉。

「對方說如果生下孩子要給妳多少錢？」

「我不想說。」她搖頭。

就連對阿照她都沒透露金額。如果說出來，阿照鐵定啞然。而且，八成會很羨慕被人家苦苦哀求當代理孕母的理紀。

「如果那個金額可以讓妳接受的話，那就做嘛。」

「就是無法接受才會猶豫。」

這簡直是鬼打牆。問題果然不在金額。如果金額抬高到一億，那當然會做。不，一千萬也會做。五百萬大概也會做。但是，卡在心中的疙瘩是什麼？就是因為抓不到那個問題核心，才會一直舉棋不定。

大輝拍了一下理紀的肩。

「欸，不要太鑽牛角尖。已經過了一小時了。浪費時間太可惜，先去洗澡吧。待會我幫妳按摩。如果是和性愛無關的純按摩，妳應該可以接受吧？所以，妳就安心地放輕鬆吧。洗完澡出來時，記得穿上這個。」

交給她的，是捲起來的紙內褲。理紀接過內褲。只是按摩的話應該沒關係。況且，好久沒泡澡了還真想泡一下。因為捨不得水費和瓦斯費，她在公寓每週只泡澡兩三次，平時都是淋浴。

理紀坐在狹小的浴缸屈身抱著雙腿浸泡。水已經不熱了，卻在體內蔓延。難纏的堅持好像也在逐漸溶化。
不意間，她察覺自己付給大輝一萬六，再加上賓館房錢也由自己付的話，等於要花二萬塊以上。剩下不到三萬。草桶夫婦給的五萬圓如果全數保留，本來足夠回北海道的老家一趟。也來得及趕上佳子阿姨的頭七，自己卻白白浪費掉了。
我到底在搞什麼。頓時只覺坐立不安，發出嘩啦的響亮水聲走出浴缸。
「好大的聲音。妳沒事吧？」
浴室門外，響起大輝的聲音。
「沒事。」
「快來吧。妳已經泡了二十分鐘。」
穿上皺巴巴的紙內褲，用浴巾包裹身體出來一看，大輝穿著泳褲似的緊身內褲正在等候。床上，鋪著賓館提供的單薄大浴巾。
「妳趴著。」
背上被淋了濃稠微溫的液體。與其說是柑橘香，更像是廁所芳香劑的味道，但是理紀沉默地任他擺佈。
「有沒有哪裡痠痛？」
「脖子和肩膀。」

「性感按摩真的不要？」

「那個留待下次。」

或許是聽到「下次」心情很好，大輝精神抖擻地回答：

「遵命！」

不愧是大輝引以為傲的本領，他的確很會按摩。厚實的手掌靈巧移動，捏著理紀柔軟的皮肉，尋找痠痛的來源。脖子和背後的僵硬肌肉被揉開，很舒服。

不知不覺似乎打了個盹，做了短暫的夢。她夢見和阿照在同一家色情酒店上班。阿照和自己，不知怎的都穿著皺巴巴的紙內褲說話。這時，草桶基走進來，指著阿照說，就要這個人。理紀在夢中，半是如釋重負，半是嫉妒。

「很僵硬耶。」大輝的聲音吵醒她。「時間差不多到囉。」

理紀扭身，仰望大輝。微微喘息的大輝，額頭冒出汗珠。

「請問，可以跟我性交嗎？」

為何會脫口說出這種話，理紀自己也不明白。按摩的確很舒服，但並未刺激性慾。也沒有對大輝喜歡到想被插入。或許有一點摳門的想法，覺得這樣太浪費錢。雖非自暴自棄，但的確有點想做和以往的自己截然不同的事。總之，沒有明確的理由下，理紀在賓館的床上，張開雙臂仰臥。

「那就延長三十分鐘可以嗎？」

「不，麻煩你延長一小時。」

「好的。我帶了保險套，請放心。」

冷眼斜瞄著大輝扯下內褲一陣搓弄性器，理紀緊緊閉上雙眼。

大輝進入體內時，理紀沉浸在怪異的感慨。這樣子，無法告慰佳子阿姨在天之靈。如果佳子阿姨知道了，一定會生氣，罵她剩餘時間都已經不多了，為何還做這種無謂的事情。的確，和一個不愛也不熟悉的男人，不惜付錢給對方上床，這種事她以前想都沒想過，就算想過，也不認為自己做得到。

然而，理紀很滿足。她緊抱住騎在自己身上的大輝硬邦邦的身體。她是用自己的錢，買大輝的性服務，所以抱緊大輝，也等於抱緊自己。

「真好，小托瑪小姐，妳好棒。非常棒。」

大輝一邊這麼說，一邊繼續抽動身子。最後，大吼一聲結束。他喘著粗氣，溫柔撫摸理紀的頭髮。「妳到了嗎？」他問。

理紀強烈搖頭。在以往交往過的男人面前她總是怕得罪人，就算沒到也往往謊稱「到了」，可是她覺得對大輝還是誠實一點比較好。不過，大輝八成並不誠實。

「下次絕對會讓妳爽到，記得再指名我。不，待會我把我的LINE告訴妳，妳直接聯絡我就好。下次不透過店裡私下碰面吧。那樣也比較便宜。我想跟妳多聊聊，也想再見妳。可以吧？」

「可以是可以啦。」

「小托瑪小姐。妳很特別。是我從未遇過的類型。」

淋浴完的大輝，頂著一頭濕髮就穿上黑色內褲說。

「什麼類型？」

「無法用一句話簡單形容，這次先讓我想想。」

意思是下次見面時再告訴她？理紀認為，如果是大輝，付錢維持關係也無妨。自己和來歷不明的牛郎保持性關係，就像是對草桶基的復仇。

基想必期望，生下自己孩子的女人能夠更乾淨。理紀有種預感，自己這樣做，應該可以和那個「交易」找到平衡點讓自己接受。

從車站回家的路上，理紀用LINE向阿照報告。「大輝技術不錯。」阿照傳來兔子大叫「哇塞！」的怪異貼圖。幾分鐘後，她進入超商時，阿照打電話來。理紀走到店外，低聲和阿照交談。

「很爽？」

「不，也沒有，但我們做了。」

她壓低聲音說。

「噢，被插了。」

「對，被插了。」

大輝的陰莖插入自己的陰道。不，在那之前也插入手指，也舔過。雖然不喜歡大輝，卻也不怎麼討厭。雖然沒有愛，卻可以性交。理紀原本認為應該先談戀愛，不過不管三七二十一先上床再說，或許也能從中產生什麼。

「阿照，從性交中會產生什麼嗎？」

「什麼也不會。只會生出小孩吧？摩擦得好痛只覺得爛透了。」

阿照以清醒的口吻說。

「可是，妳會和頌太上床吧？」

「那當然。他是我的男朋友。」

「和頌太做很爽嗎？」

「馬馬虎虎吧。頌太會服侍我。」

「和客人呢？」

「做得不情不願。客人如果滴汗在我胸部，我就噁心得想吐，恨不得大叫住手。」

理紀覺得，如此說來，大輝好太多了。

翌日，理紀抵達醫院後，就發郵件給人力派遣公司，表達自己想盡快辭去醫院的工作，並且不再續約。那份通知想必也會立刻發給醫院，很快就要和事務長面談吧。不過，醫院方面只要派遣公司繼續送新的事務員過來就不會有問題，一切應該會順利進行。但她總覺得已經斷了退路。

午休時間，理紀一如往常去休息室，和阿照共進午餐。理紀的便當，是昨晚在超商買的飯糰和泡麵。阿照倒是稀奇，是據說從超市來買的雞絞肉漢堡排便當。

「晚上七點以後去買，便當會打四折。每次都賣完了，昨天正好還有，所以我買了炸豬排便當和漢堡排便當。妳知道嗎，二個便當不到五百圓欸。炸豬排便當我昨天吃掉了。」

阿照開心地說，掰開免洗筷。漢堡排雖小，但是還有燒賣和蔬菜、滷油豆腐等配菜相當豪華。

「真好，很豪華欸。」

「下次我幫理紀妳也買一個。」

「嗯，謝了。不過，我已經發郵件向派遣公司辭職了。所以，馬上就要離職。阿照妳也要辭職吧？」

阿照從便當抬起頭。

「那個啊，我打算再考慮一下。」

昨晚明明說要一起去夏威夷，這又是吹的什麼風？

「是頌太？」

「嗯，我跟頌太說了之後，他反對我捐卵。」

「為什麼？」

「他說我的小孩如果在別處出生太可憐。頌太說，他自己就是不知道親生父親是誰，所以不想讓小孩也落到這種下場。」

「原來如此。」

「所以，我打算搬回愛知縣，和頌太一起生活。如果二人一起賺錢，應該還夠糊口。」

可怕的失望襲擊理紀。當初正是因為阿照決定捐卵，自己才會同意當代理孕母。

「我就是因為有阿照作伴，才能忍受種種事情，決心當代理孕母。」

艱難地說出感受後，阿照道歉。

「對不起。我本來真的打算陪妳一起去，可是頌太那樣說，而且我也厭倦待在東京了，又存不了錢。我打算宣告個人破產，重新來過。」

「如果宣告個人破產好像會很麻煩，幹嘛不再堅持一下。」

阿照戳碎漢堡排的筷子停下。

「理紀，妳當代理孕母可以拿到多少錢，不是一直沒告訴我嗎？我想，一定是因為金額龐大，妳才不好意思對我說吧。可是提供卵子，頂多也只能拿到五十萬吧。我的債務還超過四百萬以上，那樣根本是杯水車薪，仔細想想我覺得很划不來。」

啊，阿照果然還是在意錢的問題。儘管如此，理紀還是說不出自己向草桶基開價一千萬。阿照表情僵硬地說：

「青沼小姐那邊，我會回絕。」
「知道了。」
也許是不忍心看理紀意氣消沉的模樣，阿照再次小聲道歉。
「理紀，對不起喔。」
這時，手機收到郵件。青沼就像算準了似的寄來通知。內容是說為了和草桶夫婦簽約，希望她週六來事務所一趟。
「只是當作備忘錄，所以不用想得太複雜。簽約之後，按照程序就會把訂金交給大石小姐。請用那筆錢調整生活環境和身體狀況，然後我們再來決定人工授精的日期。麻煩妳了。」
人工授精的日期。終於，把草桶基的精子放入子宮的日子即將來臨。
「是誰傳訊息來？青沼小姐？」阿照的直覺很敏銳。見理紀點頭，阿照鼓勵她：「加油。」但是理紀不知要如何加油。

4

由於工作進展不如預期，悠子回家時已經過了九點。

她之前傳LINE給基，「可能會晚歸，你自己先吃。」基明明回覆「好的」，桌上的飯菜卻原封不動。還有二個葡萄酒杯，也沒有喝過的跡象。

基的生活非常規律。每天早上六點起床，做伸展運動後，以咖啡和生菜沙拉、水果打發簡單的早餐。然後，帶馬修出去散步，順便漫步前往芭蕾教室。每週有二個晚上授課，不上課的日子就買菜回來做晚飯。基吩咐過六點半一定要二人共進晚餐，所以悠子也盡量在那個時間之前回家。

晚上有課的日子，就由悠子做飯，等基回來一起吃。週日二人也會外食，但二人都喜歡在幾乎一樣的時間，吃著幾乎一成不變的晚餐。

今晚也是，經常上桌的，是義大利單盤料理式的菜色。青菜燙熟後排放得五彩繽紛，順便放上生火腿和起司、奇異果等，撒上橄欖油和鹽巴。這是注重保持身材的基喜歡的簡易料理。不，甚至算不上是料理，不過光是這樣已足夠飽腹。

不過，工作到晚上還餓著肚子的悠子，開始翻冰箱考慮至少再煮個義大利麵。她找到冷凍蝦和起司，於是打算用來拌筆管麵。可是，基大概不會碰義大利麵，如果只有自己吃，這麼晚了還要烹飪，有點嫌麻煩。就在她逡巡之際，背後傳來基的聲音。

「妳回來了。」

基從寢室出現。大概是小睡了片刻，頭髮有點亂。

「抱歉，弄到這麼晚才回來。」

「沒關係，沒關係。辛苦了。」

基在這種時候很溫柔。

「你沒有先吃？」

「嗯，我睡了一會。」

「你在這種時間睡覺倒是很稀奇。」

「那個不重要，妳先看這個影片。」

基開心地遞上手機。黑色螢幕上，映出像圓形鏡片的東西。

「這是什麼？」

「總之妳看了就知道。」

基把手機拿到悠子的眼前。之後，逐漸可以看出鏡片中有大量宛如小蟲的東西在游動。

「這是什麼？」

「是我的精子。」

悠子很驚訝，看著基露出淘氣笑容的臉孔。

「這是怎麼拍的？」

「現在有賣可以放大觀察精子的全套工具。我就上網買來試試。順便也買了據說可以讓精子更有活力的保養品吃。不是醫院的產品，所以本來有點半信半疑，但是看來相當有效，我自己都嚇到了。看，我的精子，很有活力吧？」

基高興地盯著影片。

「的確，很有活力。」

悠子贊同後，基靦腆地笑了。

「嗯，老實說我很感動。都已四十三歲了，還這麼有活力。最近不是停止備孕了嗎。所以，我本來很擔心自己的精子是否還好好活著。因此，正式上場之前我想確認一下才買的。」

「噢？我都不知道現在還有那種工具。」

基和悠子，上週剛和理紀簽下代理孕母的合約。聘請理紀生孩子已經成為現實，所以基才會突然感到不安吧。不過，對於開心地一再重播影片看得入迷的基，悠子的心態很複雜。

備孕過程對女人而言很辛苦。算安全期無法懷孕，改為人工授精時，悠子就想放棄備孕，理由是輸卵管造影時，以及把導管放入子宮時的疼痛。硬生生從子宮口放入管子，當然會感到劇痛，但悠子感到的疼痛，不只是肉體上的痛，似乎還有更根本的痛。

擺出羞恥的姿勢，藉由他人之手，把基的精子注入子宮。那讓她想起以前曾在電視上看過家畜配種。她痛切地感到，不管人類或家畜，原理其實都一樣，不禁萌生悲哀與羞恥。

儘管經歷了那種悲慘滋味卻就是無法成功，最後還被診斷為「不孕症」和「卵子老化」。這些日子的努力全部化為泡影雖令她失望，但多少也覺得，這下子總算可以擺脫痛苦。既然如此，領養孩子也是一個選擇，或者乾脆夫妻倆廝守到老也好。就在她打算這樣改變想法之際，基卻選擇了意外的途徑。

「還是男人好命。」

想起痛苦的經歷，她不禁脫口說出這種話。於是，果不其然，基做出過度反應。

「哪有那回事。妳或許以為男人只要射出，但是男人也覺得好像被測試自己的能力，會很丟臉呢。」

「可是，至少沒有肉體的疼痛，和兩腳張開的羞恥吧。」

「話是沒錯。」基的臉蒙上陰影。「可是，男人的期限比較早。不是說女人直到化成灰都可以嗎。」

「那應該是騙人的吧。」

悠子嗤之以鼻。

「我是說可以性交。」

「或許不至於做不到，但我想說的，是生育能力喔。男人就算到了七十歲，不也照樣有人生得出孩子。女人可沒辦法那樣。」

不僅有不孕症，而且由於卵子老化導致懷孕幾近不可能，被醫生這麼斷定時的失意重現心頭。基或許是察覺了，輕拍悠子的肩膀安慰她。

「好了，那件事就別提了。反正已經委託大石小姐了。」

「是沒錯，但──」

悠子對於基那種好像已經大勢底定的說話態度有點不悅。

「但是怎樣？」基問。

「養孩子的是我們，所以我想，對於生不出孩子的我稍微抱著同理心也是應該的吧。」

「說的也是，抱歉。是我疏忽了。」

基作勢要摟抱她，但悠子覺得他還是不理解自己，扭身避開了。

「妳又怎麼了。」基聳肩。

「不說那個了，趕快吃飯吧。」

「嗯，餓死了。沒吃飯就忙著打手槍。」

悠子不禁看著基的臉笑了。是的，備孕不只是疼痛、羞恥又可悲，還有點滑稽。想像在醫院的小房間看院方準備的成人影片，自己打手槍的丈夫們，不也曾笑出來嗎。

結果，悠子煮了筆管麵，用解凍的冷凍蝦和起司拌在一起加菜。難得碰碳水化合物的基，或許是肚子餓了，也吃了一半以上。

「筆管麵真好吃。妳做菜很有天份。」

「是嗎，謝謝誇獎。」

基心情很好，脫口而出：

「將來生下孩子，雖然會繼承我的遺傳基因，但是另一半不同。不知廚藝如何。」

「哎喲，人家大石小姐說不定也很會做菜。」

「怎麼可能。聽說她是北海道的鄉下人，吃的都是鮭魚和鮭魚子的石狩鍋，想必根本沒吃過什麼高級料理吧。」

悠子聽到「鮭魚子」，就想起少女被壓著肚子，從陰道擠出一粒粒鮭魚子的藝術作品。

「你講話真毒。對於肯替我們當代理孕母的人，居然講話這麼過分。」

「抱歉。只是開開玩笑。」

基似乎有點喝醉。悠子轉換話題。

「大石小姐的名字叫做理紀耶。這個名字很像男孩子，她小時候想必不喜歡。」

基邊喝葡萄酒邊點頭。

「嗯，據說別人還喊她Ricky。」

「這名字的確很罕見。」

「那個女孩，身體壯實。是所謂的健康美。我想一定會替我們生個健康的寶寶。」

基愉悅地說。

「不過話說回來，我很意外大石小姐居然會答應。」

日前，雙方簽下的合約規定，等理紀辭去醫院的工作後，為了盡量減少負擔，會先做人工授精。如果那樣沒有懷孕，再繼續做體外受精。

作為預備金，會先給二百萬。確定懷孕時再付三百萬。等孩子生下來，會將餘額付清。繼而，孩子出生後，視其恢復狀況，必須盡快離開。代孕的事只會告訴青沼介紹的主治醫師，其他醫護人員完全不會知道。理紀在生活方面需要的東西由他們負責隨時提供，還有，理紀的身邊出現變化時有義務逐一報告。

「我很感激大石小姐。不過，我老媽很驚訝，她說都已經付錢給普蘭特了，怎麼還要給代理孕母一千萬。」

「媽她這樣說？」

如果是辛辣老練、看法向來嚴格的千味子，或許的確有可能說出那種話。

「她還說，難道沒有更便宜就能打發的人嗎。可是，我告訴她我很中意那個女孩。就算是借用肚子，她應該也不希望讓不知哪個國家的陌生女人生下孩子吧。」

「借用肚子這種說法，你不覺得失禮？」

「抱歉，一時嘴快。」

被悠子責備，基面露羞愧，但他內心想必就是這麼想吧。比起「不知哪個國家的陌生女人」，能夠讓身家背景清楚、看似健康的理紀生孩子，基非常滿足。

「對了，我媽還說，想讓大石小姐搬來舞蹈教室住。她說教室有空房間，確定懷孕後，住在那邊養胎就行了。我也覺得那的確是個辦法，所以打算向大石小姐提議。」

悠子不禁問：

「你認為她會同意？她可是這年頭的年輕女孩耶。」

「這很難說。不過，這樣不用付房租，三餐想必也由我媽包辦，她什麼都不用做，應該很輕鬆吧。」

基非常樂觀。但悠子不認為理紀會同意。理紀對於當代理孕母仍在猶豫。雖然猶豫還是簽了約，可見她目前的狀況必然相當困窘。悠子想起上次在餐廳的廁所，理紀凝視鏡中的自己時那種晦暗的眼神，心情變得很苦澀。

「如果是買賣，感覺應該更平等。」

那時，悠子不假思索脫口說出的話，令理紀浮現霍然一驚的表情。也許是理紀內心的糾葛，被悠子用言詞形容出來了。

「這年頭的年輕女孩，應該希望過得更自由吧。」

「可是，如果懷孕了，那是我的孩子，所以某種程度上，她必須聽我們的意見才行。和別人的交往也得慎重考慮。」

基的言下之意帶著一絲傲慢。而且，他沒有察覺自己的傲慢，或許是因為看到精子的活動量太安心了吧？

「你那種說法，聽起來很傲慢。」

「話雖如此，但我可是付出一大筆錢給她。」

「可是，這樣就有權利剝奪她的自由到那種地步嗎？」

「不是剝奪自由，是想給予她安全和安心。說穿了，不就等於是自家人嗎？」

安全與安心，問題是理紀自己不這麼覺得的話就毫無意義。所以，「給予」這種說法，聽起來很傲慢。悠子雖然沒吭氣，內心卻在和不斷湧現的疑問與不快格鬥。

「即將誕生的孩子，如果知道我不是親生母親，不知會怎樣？」

她忍不住這麼嘀咕，似乎被基聽見了。

「我認為，遲早必須告訴那孩子真相。那樣比較自然，而且在國外好像都是在更早的時期就會告訴小孩是領養的。」

「可是，那又不是真正的養子，這裡也不是國外。」

悠子反駁。雖是基的孩子，卻非她的孩子。那個孩子，不知會怎麼看待她。如果知道真相，會不會想去見親生母親理紀呢？

就算以母親的身份把孩子撫養長大，總覺得遲早還是會被背叛，這是因為自己說什麼都無法擁有自信嗎？

縱然費盡唇舌告訴基，自己有這種憂慮、有那種不安，或許也是白費力氣。女人和男人的感覺，永遠是兩條平行線，沒有交集。然而，儘管如此，我們終究是夫妻。

悠子把葡萄酒杯放到一旁，雙手摀住因為爭論而發燙的雙頰。

幾天後，寺尾莉莉子傳來久違的LINE訊息，雙方誰也沒有主動提議，自然而然就決定去吃飯。地點，由莉莉子負責預定。據說餐廳位於神田，賣的是中國東北菜。

那間位於高架橋下的庶民小館，氣氛就像大眾酒場令人躊躇半天不敢走進去。提早抵達的悠子，踩著吱呀響的樓梯上二樓。二樓早已擠滿看似上班族的男人，人人都在大聲說話。非常吵雜。

她正擔心莉莉子抵達之前，自己一個人要怎麼打發時間時，只見角落的座位上，莉莉子臭著臉朝她揮手。

黑色長T恤配黑裙黑襪，莉莉子依舊是一身黑的打扮，戴著鮮藍色帽子。上次是朱紅，這次是青藍。不僅脂粉未施，還板著陰鬱的臭臉，只有藍色貝雷帽看起來格外美麗。

「莉莉子妳這身打扮，很有藝術氣息喔。」

「先來一杯生啤酒再說？」

「也不寒暄，就直接上酒啊。」

悠子苦笑，在位子坐下。

「另外，再叫一份串烤羊肉，孜然炒羊肉，羊肉餡餅，涼拌豆腐乾，可以吧？」

莉莉子獨自看著菜單，自行決定要吃什麼後，這才抬起頭。

「悠子，妳可以吃羊肉吧？」

「我愛吃。不過，羊肉料理會不會太多？」

「會嗎？這點份量吃得下啦。」

點菜後，莉莉子雙肘撐著桌子像要罩住桌面，東張西望觀察店內。悠子也跟著張望。喝酒喝得很嗨的男人們，大嗓門響徹店內鬧哄哄。一個中年男人頗感興趣地看著莉莉子的臉，但大概是被她沒畫眉毛的臭臉嚇到，慌忙移開目光。

大杯生啤酒送來了。莉莉子喝了一口後，杯子都沒放下就問道：

「欸，那個，後來怎樣了？」

「哪個？」

「就那個嘛，那個。」

「妳是說描繪我們做愛的場景？」

「不是啦，那是開玩笑。」就連大膽的莉莉子也苦笑著囁嚅。「我是說孩子。」

「噢，那個啊。已經好找當代理孕母的人了。是個二十九歲的女孩。」

「哎喲，這倒是意外。是什麼樣的人？」

「來自北海道，據說目前在醫院掛號處當事務員。對了，北向綜合醫院妳聽說過嗎？據說她就在那裡上班。」

莉莉子是醫院經營者的女兒，悠子猜想她可能知道什麼才這樣問，但莉莉子也許是毫無興趣，直接搖頭。

「不知道。」

「噢。算了，那不重要。總之，在那裡上班的女孩，要代替我生孩子。不過，這件事要保密喔。我只告訴妳一個人。妳千萬別告訴任何人。否則小孩出生後，萬一聽到旁人議論會很可憐。」

雖然嘴上這麼說，同時卻也很煩，心想連這麼遙遠的將來都得擔心嗎。莉莉子或許懂得那種滑稽，報以苦笑。

「那種事，我當然不會說。對了，是什麼樣的人？」

「這個嘛，基說她長得有點像我，所以很中意。可是，我並不覺得我們像。感覺上，個性好像比我還內斂吧。我猜她應該日子過得很苦。體格倒是不錯。所以，身體應該很健康。她似乎現在就急著用錢，雖然好像尚未下定決心，還是跟我們簽約了。」

「要付多少錢？」

莉莉子把免洗筷插進豆腐乾的冷盤，一邊詢問。悠子沒回答，只是豎起一根手指。

「真猛。要一千啊。」

「聽說是那女孩自己開口要的。她說要她生產的話，就拿一千萬來。所以，基說只能答應她。不過，仔細想想，要把陌生男人的精子放進自己的子宮，如果懷孕了還要冒著生命危險生下來，拿那麼多的錢或許也是應該的。」

「妳倒是不心疼啊，悠子。」

莉莉子像要觀察悠子側臉般看著她。

「不，因為這筆錢由基的母親出。」

「為了孫子不惜一擲千金嗎。可是，那樣的話，妳不就成了局外人了？」

「對呀。」

局外人。這句話說得好。的確，自從決定要找代理孕母之後，基和千味子的關係似乎比以前更緊密了。或者該說，也許只是悠子自己的吸引力減弱了。

「而且，還說那女孩如果懷孕了，想叫她住在芭蕾教室。」

「住在基他老媽那裡？」

「對呀。」

「這是要圈養嗎？」

莉莉子咕噥，拿起接著送來的烤羊肉串。一邊用牙齒撕扯肉塊，閃著冷光的眼睛眨也不眨地盯著悠子。

「那樣子，妳不是越發被排除在外了？」

「嗯，感覺毫無著力點吧。」

「等寶寶出生，隨便打發掉那個女孩後，妳不覺得他們母子只會變得關係更緊密？草桶芭蕾教室也有了繼承人。」

「會那樣嗎？」

悠子從盤子夾起香噴噴的孜然炒肉。

「我要喝威士忌蘇打，悠子妳也要嗎？」

「要。」

悠子覺得，莉莉子說中了自己的不安。

「基這傢伙，還買了可以看見自己精子游動的工具，好像每天都用放大鏡觀察。」

「啊，那種放大鏡我知道。那是傑出的發明欸。」莉莉子猛然傾身向前。「欸，妳現在有那個影片嗎？」

「沒有。基只讓我看了一眼。」

「這樣啊，真可惜。」

難道想用在作品上？莉莉子看起來真的很失望。

「好像人人都能買，所以妳不如自己買一套那種工具，叫某人做給妳看？」

「不行啦，我沒有那種對象。我舅年紀大了，鐵定射精都射不出來了。唉，好想看那個影片。一定很有意思。」

她掏出手機，開始四處搜尋。

「啊，找到了。」

YouTube好像有很多精子的影片。莉莉子開始熱切地逐一點開觀看。她頭也不抬地對悠子說：

「精子能夠可視化，卵子卻很難觀察，真沒意思。」

「是啊。不過，反正不管怎樣都看不到我的。」

不是自虐也不是什麼，悠子率直地這麼說。

「也是啦，跟我也無關。」莉莉子格格笑著贊同。「不過，我一點也不難過，我一輩子都不會跟人上床。」

「我也不難過，但是總覺得好像被基拋下，只有自己迷失方向。不過，知道不會懷孕後，多少也覺得，今後應該盡情享受性愛。」

莉莉子賊笑。

「說得好，這才對嘛。就這麼幹。」

「可是基最近都不想做。」

「怕什麼，妳自己用情趣玩具玩就好了。我向來都是用那個。最近的吸陰蒂的玩意很不錯喔。」

莉莉子不假思索說出真心話。她整天畫春宮圖，所以所謂的處女之身應該是騙人的，她只是討厭和男人性交，還是照樣可以得到快感。悠子越發覺得，只有自己被扔下吃了虧。

莉莉子大聲頻呼陰蒂和性交云云，似乎勾起周遭上班族的興趣。每次莉莉子一說什麼，原本充滿嘈雜的整個店內，就像豎起耳朵似的鴉雀無聲。

「妳想想看，男人的想像力，都是出於自我本位很貧瘠。頂多以為只要把電動按摩棒插進陰道來回抽動，女人就能感到快感。可是，那樣子，根本無法讓女人高潮。就這點而言，吸陰蒂的玩意，真是太了不起了。我覺得這是科技的勝利。我能夠活在現代，真是太幸福了。」

莉莉子一結束熱切的評論，坐在莉莉子背後的中年男人，就特地把手搭在椅背上轉過身來，試圖看清莉莉子的臉。但是莉莉子壓根沒有注意到，逕自喝她的威士忌蘇打。

悠子和男人的目光相接。本以為男人會難為情地把身子扭回去，沒想到他竟然放肆地盯著悠子打量。大概是對二個女人在餐飲店不顧周遭反應大談露骨話題目瞪口呆吧。悠子躲開男人的視線，提醒莉莉子。

「妳講話小聲一點啦。很丟臉欸。」

「為什麼？這有什麼好丟臉的？」

莉莉子大聲反問。她有時會故意壞心地嘲笑悠子的膽小。那種情形，也經常出現在悠子從事商業性工作的時候。

悠子認為，莉莉子身為大醫院的千金，不用賣命工作也能衣食無憂，所以才能不斷描繪令眾人蹙眉的春宮圖，藉此維持身為藝術家的驕傲吧。

「這世上，也有人無法忍受聽到那種字眼。會被說是性騷擾喔。」

「什麼啊，悶死了。這裡的歐吉桑，明明都很高興。哪有什麼性騷擾。」

莉莉子嗤之以鼻，挑釁地睨視周遭。男人們或許是感受到莉莉子的敵意，慌忙撇開目光。

「別鬧了，人家會聽見。」

悠子提心吊膽，想制止莉莉子的胡鬧。頓時，莉莉子憤慨地反嗆：

「悠子妳怎麼會變成這麼無趣的人？是因為結了婚？」

莉莉子伸手拿香菸。這年頭的店很少像這裡這樣可以吸菸。所以莉莉子才會選這間店吧。除了她，也有幾個男客人公然吞雲吐霧。

「我這人，很無趣？」

悠子也火大了。把筷子往盤子上一放，環抱雙臂。

「嗯，妳變得很保守。」

莉莉子點燃香菸，噴出一口煙。

「會嗎？我反而想問，妳不覺得妳在故意扮壞人？陰莖的畫也是，妳故意做出下流的舉動，以藝術家自居。」

天啊，還是說出來了。自己都對自己傻眼。就算是閨蜜，有些話也不該說出口。

「藝術家以藝術家自居，有什麼不對？」

莉莉子鄙薄地淺笑。

「當然沒什麼不對。」悠子聳聳肩後，向她道歉。「對不起。今天我好像不大正常。」

「什麼東西不正常？」

「我是說，不是東西不正常，是我不正常。」

雙方雞同鴨講。

「那，趁這個機會，我就坦白講吧。也許是我多管閒事，但我反對你們夫婦找代理孕母喔。真的，妳想必不想聽到這種掃興的話，但我就是無法贊同。」

話題又回到生小孩。悠子早就料到莉莉子八成會反對，但她很想問清楚反對的理由。

「妳為什麼反對？」

「因為那是剝削子宮，剝削女人的人生。」

「可是，對方自己都同意了。」

「那是因為她缺錢，才會同意吧。換言之，因為沒有別的可以賣，只好賣卵子和子宮。那是徹底的剝削。那個女人，如果沒有金錢這個對價，根本不會替別人生孩子。」

這點不用莉莉子說也知道。悠子自己，內心也有和莉莉子相同的疑問。然而，自己夫婦，和世間無數夫婦一樣渴望孩子，真有那麼罪大惡極嗎？

男同性戀伴侶如果沒有女性的幫助，就無法擁有孩子。當他們渴望擁有孩子建立家庭時，對於協助他們的女性，莉莉子也能說那是「被剝削」嗎？

「照妳這麼說，男同性戀情侶沒有子宮，就不該有小孩？」

「基本上是這樣沒錯。」

「可是，話雖如此——」

生殖科技正以可怕的速度日新月異不斷發展。在英國，據說有女同性戀情侶的其中一方靠著別人提供的精子製造受精卵，把那個受精卵植入伴侶的子宮，二人一起生孩子。追不上生殖科技的，恐怕只有人類的感情和法律吧？

「話雖如此，然後呢？」

莉莉子要求她把話說完。

「莉莉子妳厭惡性交本身，所以才否定生孩子或者說生殖本身吧？」

「對呀。」莉莉子態度明確。「我就是不喜歡男人這種生物。所以，我認為，人類都該只為自己而活。」

「那，妳是LGBTQ？」

「如果要那樣說，應該是LGBTQIA。我認為，我是無性戀（Asexual）。我早就說過對別人毫無性趣。」

「無性戀？」

「就是不拘男女，完全沒有性的欲求，也不戀愛的人。」

悠子從未聽過無性戀這個名詞，但是從莉莉子對戀愛和性的超然態度，早就感到和自己不同的東西，所以可以理解。

「原來如此。莉莉子或許的確是少數派。不過，就算是這樣，也不必批判別人吧？每個人本就各不相同。」

「因為是少數派，就不能批判？真要說的話，我應該是從家庭制度脫落的真正反對派吧？這種反對派，如果不對社會常識拋出疑問，像悠子妳這樣的人，就會迎合男人的利益被左右。」

「原來妳認為，我是迎合男人的利益被指使得團團轉。」

很意外。的確，現在自己是被基牽著走。但是，治療不孕時，自己也曾在心裡發誓，總有一天一定要有自己的孩子。所以，就算是艱苦的治療不也熬過來了嗎。當時的自己絕對具有主體性。

「是我說得過分了。對不起。」莉莉子老實道歉。「不過，悠子妳不是才剛決定要做不生小孩的頂客族。結果卻急轉直下，委託年輕女孩生產，這也是妳家小基霸道決定的吧？」

「是沒錯啦。」

「妳無法說服他吧？」

悠子答不上來。在自己試著說服之前，好像就已敗給基渴求孩子的執念了。在悠子內心，如果二人之間有個孩子，生活不知會有多快樂的夢想，其實並未消失。如今生孩子自己插不上手，今後，還不知會有怎樣的未來，就是因為無法想像，所以才煩惱。雖然對答應當代理孕母的理紀抱著複雜的感覺，但她覺得並非莉莉子這樣憤慨的單純問題。

悠子這麼思忖之際，莉莉子托著腮，眺望店內牆壁張貼的附帶照片的菜單。自家製叉燒肉、火鍋套餐、豬五花肉燉酸白菜、辣味山椒炒飯。莉莉子唐突地說：

「如果說是為了繼承家業，那是江戶時代的思想。」

「繼承家業？不，他自己是說，想看到自己升等後的遺傳基因。」

悠子回想起來不禁笑著說。

「這又不是累積里程數。在我看來，那是自私透頂。」

莉莉子誇張地露出傻眼的樣子。

「的確，我聽說時也有點傻眼。」

「對吧？虧妳能和那種男人一起生活。」

莉莉子又用這種挑釁的態度說話。

「妳這才真是多管閒事咧。我是把基當做男人來喜歡。那是指性別的意思喔。」

「妳乾脆直接說妳喜歡他那一根就得了。」

莉莉子冷然斜覷她一眼，喝光威士忌蘇打。

「那一根嗎。只有妳會用這種字眼。照妳的說法，聽起來像什麼根莖類蔬菜，怪可笑的。」

悠子說著不禁笑了。基本人，大概做夢也想不到，妻子和閨蜜在聊這種話題。

「總而言之，我想問妳的是，妳究竟是因為想和小基睡，所以愛上他，還是因為愛上他，所以想睡他，就只有這一點。其次，如果因為做愛感覺很爽就會更愛對方，那麼即使不是喜歡的男人，只要在床上很合就可以了吧。這點妳認為呢？」

悠子很困惑。這麼私人的話題，為什麼非得在這種任何人只要豎起耳朵就聽得見的店裡談論不可？想到自己一點也不願被莉莉子這種故意扮壞人的舉動操弄，悠子一時難以回答，不過，倒也不是真的辭窮到不願回答。

正在猶豫該怎麼回答時，突然從意外的地方冒出聲音：

「那個，不好意思。我可以打岔說句話嗎？」

是坐在莉莉子背後的男人主動發話。就是剛才特地扭過頭凝視悠子的那個中年男人。此人頭髮已經有點稀薄，可見應該快五十歲了吧。穿著白襯衫，喝得醉醺醺臉都紅了。

男人有四個同伴，旁邊的年輕男人，抓著男人的肩膀想制止他。但那個中年男人用力甩開被抓住的肩膀，發出刺耳的聲音拉開椅子。身體完全對著悠子二人的桌子這邊。

「好啊，你要說什麼？」

莉莉子轉過頭，和男人的距離縮短。男人大概是因為近距離看著莉莉子的臉，突然膽怯了。

「打擾你們說話，很抱歉。」他再次道歉。「那個，從剛才就不小心聽見妳們說話，因為話題令人很感興趣，忍不住聽得入神，不知能否讓我也參與一下？」

他的同伴有的說著「課長，別這樣」勸阻他，有的對著悠子二人說「不好意思」、「這個人，已經喝醉了」，紛紛鞠躬道歉。

「不，你說。沒關係。」莉莉子說。

突然被陌生男人搭訕似乎讓她覺得很有趣，一直面帶笑容。或許是莉莉子這種態度令中年男人安心，他開心地發問：

「那個，二位的對談，令人興味盎然頗有收穫。不，我說的是真心話。那個，恕我冒昧，請問二位是從事什麼工作？可以請教一下嗎？」

「當然可以。我是日本畫的畫家。」莉莉子說。

「我是插畫家。」

沒辦法，悠子只好也誠實回答。正因為看得出莉莉子顯然鬥志昂揚已經準備和對方論戰，她很擔心接下來的發展。

眼看店裡唯一的二女團體被醉漢搭訕，其他的上班族團體，全都興味十足地圍觀。

「日本畫的畫家啊。果然。我就覺得妳與眾不同。大概是氣場不同吧。」

中年男人敬畏地說。

「雖說是日本畫的畫家，但我畫的都是這種畫喔。請多指教。」

莉莉子站起來遞上名片。名片上的頭銜是「春宮畫家」，印著莉莉子創作的彩色春宮圖。是一對男女背對女兒節雛偶祭的人偶，在猩紅色毯子上性交的畫作。想必是家有幼女的母親外遇的場景。重要部位用金色圓點遮住了。這幅畫，據說被偶然經過個展會場的派遣女社員一眼看中，以分期付款的方式買下這幅要價十五萬的畫。

「這麼驚人的名片，我頭一次看到。」

中年男人大吃一驚，把名片給同伴看。同伴也吃驚地輪流傳閱。

「可以也給我一張嗎？」

男人們紛紛說著站起來，遞上自己的名片。他們是總公司位於神田的某大印刷公司的職員。莉莉子也以平日作風難得一見的殷勤態度分送名片。悠子迫於無奈，只好也和對方交換名片。往好處想，或許藉此機會有工作找上門。

「這名片花了不少錢吧。紙質也好，色彩也印得漂亮。」

最初搭訕的男人不勝讚嘆地說。男人的姓氏很特別，叫做光森（Mitsumori），頻頻表示「我是愛估價（mitsumori）的光森」，同伴們喊他「課長」。

「對，一張名片就要將近一百圓。」

莉莉子歪頭說。莉莉子花錢八成毫無節制，所以大概的確花了那麼多錢吧。

「如果在我們公司印製可以算妳更便宜喔。請讓我估價。」

光森精明地說，引來哄堂大笑。

「那好，課長先生。下次我名片用完了，就拜託你了。」

莉莉子坦然自若說。大概是陌生男人聽到春宮畫就大批湧來個展讓她鍛鍊出來了，這種時候的莉莉子八面玲瓏。

「好，還請多多關照。」

這些男人，對於女性春宮畫家莉莉子，似乎非常感興趣。

「請問，妳作畫時，是看著真槍實彈上陣的模特兒畫嗎？」

有個男人問出這種性騷擾擦邊球的問題，被光森瞪視。

「對不起，妳沒必要回答。」

「不，沒關係。經常有人問這種問題。我是參考浮世繪春宮圖中的陰莖來作畫。通常被誇張地變形，我認為那樣才有趣。」

莉莉子說出的陰莖這個字眼很自然，一點也不猥褻。莉莉子似乎經常被抱著好奇來看畫展的客人問到同樣的問題，所以說明起來駕輕就熟。

「那麼，並不是看著實際的行為描繪囉？」

另一個男人一本正經問。

「對，就算我想參考，也不會有人讓我看。」

莉莉子的回答，令眾人再次爆笑。

「說得也是。」有人這麼說，另一個男人說：「可是，說不定也有人想展示。」

「對，重點就在這裡。在我看來，性交這碼事，因人而異，但是都有點滑稽。兼具拚命感和滑稽感。我就是想把那種可笑畫出來。」

這時，坐在靠後方，和光森同年代看起來有點嚴肅的男人開口了。

「古時候，所謂的春宮圖，不都是在女孩子結婚時讓她帶著出嫁的嗎？簡而言之，是缺乏資訊的時代關於性方面的教科書。在當今這個時代描繪那個，是基於什麼主題，或者說是什麼目的呢？」

莉莉子聽了，開心地笑了。

「純粹是因為我喜歡陰莖的形狀。」

這個過於直接了當的回答，令全場哄然。

「妳喜歡那種東西？」光森問。

「對，我喜歡。那玩意會變化不是很有趣嗎？」

「那個，我剛才稍微聽到一點，二位談論的話題令人頗感興趣。寺尾小姐好像很討厭男人。

既然討厭男人，卻喜歡陰莖？這樣不會自相矛盾嗎？」

「不會吧。我無法喜歡男人，但我愛男根。」

哇喔——感歎的聲音傳來。

「草桶小姐也是畫那種插圖嗎？」

坐在光森旁邊，起初按住光森肩膀勸阻他的男人，如此問悠子。那是個戴著黑框眼鏡看似斯文的年輕男人。

「不，我就是很普通的插畫家，有客戶找我，我就畫對方要的插圖交給客戶。」

悠子低調地回答，但莉莉子補充：

「她也做書籍的裝幀設計，也替雜誌畫畫。你們一定都在哪見過她的插畫。因為她很紅。」

「噢？」也有男人驚呼著重新看名片。悠子猜想，他們之中的某些人，基於職業病，事後八成會翻閱插畫家年鑑確認吧。

「那個，寺尾小姐。妳說討厭男人是吧。那我喜歡女人，也喜歡和女人做愛，這樣不行嗎？」

光森公平地來回看著莉莉子和悠子說。不管怎麼想，都像是為了炒熱氣氛刻意說的無聊問題。

「當然不會不行。隨你高興。」莉莉子回答。

悠子嘆口氣把臉撇開，光森道歉：

「抱歉，問這種沒營養的問題。」

「課長，你這是性騷擾喔。」

部下如此揶揄，光森嬉皮笑臉地嘿嘿笑。這時，黑框眼鏡的年輕男人略帶顧忌地插嘴：

「剛才，我聽到背後傳來無性戀這個字眼，是這麼說的沒錯吧？」

「對，我是說了。」

「其實，我也覺得自己好像是那樣。我在公司裡很有名，到現在還是處男。」

他的同伴哄然大笑，但是莉莉子一臉嚴肅地點頭：

「我也是。」

「對吧？」黑框眼鏡男開心地附和。「課長說喜歡女人，我卻從來沒有對女人產生愛情。對男人也是。當然，一般的喜惡倒是有，但純粹只是當作朋友或認識的人這種程度。」

「我也是。我沒有對男人產生過愛情，也沒有感到性慾。對同性也是。年輕時，我覺得自己很奇怪，但我發現勉強去喜歡只會讓自己噁心，所以我決定放任自己的感情。這種脫離社會的心情用來畫畫恰恰好。於是，我發現，我其實一個人就好。」

莉莉子看著黑框眼鏡男，淡然表示。

「聽妳這麼說，我稍微安心了。我本來很不安，怕自己這樣下去，會不會必須勉強結婚、勉強生孩子。明明不愛，我懷疑自己能否假裝愛別人。」

「小孩不用勉強製造也會自然產生喔。」

長相略顯嚴肅的男人打趣。

「可是，我根本不想和女人上床。」黑框眼鏡男說。

「但對方如果跟你說想要孩子，你就不得不做。男人大致上還是得聽女人的。」

另一個中年男人笑著說：

「生孩子的事嚴格說來，的確得聽老婆的。」

「對對對。」

男人們對這個話題熱烈討論，黑框眼鏡男一臉困惑地低下頭。

莉莉子朝悠子那邊瞄了一眼。大概是在擔心悠子是否受傷。

悠子對她點點頭示意自己沒事。世上有形形色色的人，各種型態的慾望，各式各樣的關係。所以，無論是性或生育，都沒有任何正確解答。既然如此，她想，自己不如就試著撫養丈夫和理紀生的孩子吧。這是彷彿失去心靈支柱的劃時代夜晚。

「謝謝妳找我出來吃飯。」

悠子向莉莉子道謝，但是聲音太小了對方似乎沒聽見。莉莉子正在假裝熱切地傾聽男人們說話。不過，悠子知道，她正浮現連自己都沒意識到的冷笑。

Chapter 03

受精行腳

1

理紀看著左手無名指的戒指。在女滿別機場過於明亮的燈光下，戒指冷然閃爍金光。雖然比一般的婚戒粗，卻是那種會讓人以為是丈夫贈送作為結婚證明的簡單造型。不過，根本沒有許下什麼永恆的愛的誓言，所以是很廉價的鍍金。

選這枚戒指的是理紀，出錢的也是理紀。在RUMINE新宿店買的，要價一萬二千四百圓。現在的理紀，是草桶基的夫人。戶籍上的名字，也變成草桶理紀。所以，作為已婚的證明，為了給家鄉父老親朋看，才特地買來的。除了爸媽、哥哥、囉唆的鄰居，那是個小鎮，八成也會遇到朋友和老同事，以及昔日交往過的男人。

在日本，除非有婚姻或事實婚的關係否則不能人工授精。因此，基和悠子，為了讓理紀做人工授精特地離婚了。接著，理紀改姓草桶，和基成為法律上的夫妻。本來也考慮過採用事實婚的形式，但是由於基希望能夠避免做手術的診所員工無謂的探究，也為了避免將來出生的孩子被當成養子，最後還是決定登記結婚。雙方已經約定好，如果順利懷孕，生下基的孩子後，理紀會把孩子交給基之後辦理離婚，悠子和基將會再婚。

假設懷孕、生產失敗了，基和悠子的離婚也會變得白忙一場，所以這的確是很麻煩的手續，但是普蘭特的青沼說，如果想合法且安全地人工授精，這是最好的方法，所以基、悠子和理紀都老實聽從。

本以為獨自被排除在外的悠子會厭惡這個手續，沒想到她似乎完全不以為意。雖然和理紀一樣，心情動搖過，不過大概已認清事實，知道為了擁有孩子不得不妥協吧。

那些條件，全都詳細寫明在普蘭特擬定的合約中。不過，理紀對於如果懷孕就住在草桶舞蹈教室準備生產的提案，聲稱不想被人監視到那種地步，所以拒絕了。基據說是勉強接受她的拒絕。

不過，理紀面有難色的，只有這一點，其他條件幾乎都欣然接受。例如，有義務對這份契約保密，人工授精期間不得與其他人發生性關係，為了母體和嬰兒的健康不得攝取酒精、香菸、藥物等。而且，如果生出來的孩子有身體障礙，合約也註明草桶夫婦會負責撫養。

不過，關於保密義務，理紀和阿照、大輝商量過，所以早就違反了合約，但理紀裝作若無其事，對青沼說她一直保守秘密。

理紀的人工授精，已經做過二次了。不過，到目前為止，尚無懷孕的徵兆。

第一次和第二次的人工授精，使用了可洛米分（Clomid）這種排卵誘發劑。可洛米分會對大腦產生作用，是誘發卵胞發育的口服藥。從生理期的第五天起，一天一錠，連續五天都吃了那個可洛米分。

事先就已聽說，這種藥的副作用，會導致顏面熱潮紅、視力模糊、尿量增加，令她忐忑不安，幸好只是尿量略增總算鬆了一口氣。附帶一提，卵胞發育似乎只要服用可洛米分就夠了，沒有懷孕，應該是時機不對。

連著二次都失敗，所以從第三次起，還加上確實促進排卵的hCG這種注射。口服可洛米分，一邊觀察卵胞發育，繼而藉由注射hMG/FSH，促進卵胞發育。而且，注射hCG三十四小時至三十六小時後開始排卵，所以據說會在那時，注入基的精液。

注射可以讓排卵更確實，反之，據說也會提高多胎懷孕及卵巢過度刺激症候群的風險，所以理紀是希望盡量不要使用。可是，她聽說在基的強烈要求下決定使用，因此很不高興。

進而，她聽說基其實從一開始就要求注射，但醫師想先觀察情況，沒有採用。即使是把代理生產客觀視為買賣的理紀，也對基這種不管理紀身體死活的態度心生反感。

「妳老公真是冷血無情。太太，他都不管人家有多辛苦。生產可是冒著性命危險。」

被中年護理師驚訝地這麼說，理紀再次體認到，為了換得巨款，自己的確出賣了自己這個母體。

而且，基就算在診所見到她，也幾乎不說話，留下在家事先取精的容器立刻就走了。看到基那種態度，診所員工之中，似乎也有人察覺，理紀或許是代理孕母。

「為什麼非要特地做人工授精？太太還年輕，如果和老公感情恩愛，很快就會有孩子。」

的確，年紀輕輕且生育能力毫無缺陷的理紀，這麼早就做人工授精想必的確很奇怪。可是，基似乎向知道內情的醫師抗議過，診所大概警告過那位護理師。之後，對方再也沒對她說過什麼。

必須長時間保持羞人的姿勢，放入導管時也很痛，基又那麼冷漠。而且，第二次人工授精也宣告失敗令她幾乎意志消沉。就在這種時候，接到悠子打來的慰問電話真的很開心。

「人工授精雖說負擔比較輕，其實還是很辛苦吧。大石小姐，我聽說妳沒什麼副作用的症狀，真是太好了，我之前服藥之後，總是臉孔發熱潮紅，嚴重頭痛。我深深覺得，女人真是辛苦。」

悠子在這條艱辛之路走了好幾次，最後被宣布幾近無望懷孕，之前的努力全都白費了。理紀打從心底同情悠子。自己是當成工作拿到報酬的，所以就算失敗也能忍受。可是，真正想要孩子的悠子，想必飽嘗失意的滋味。

前往公車搭乘處時，經過女滿別機場的販賣店前，一個年輕的女店員揮手衝出來。

「Ricky？是Ricky吧？」

是以前在老人安養院上班時的前輩美咲。美咲也是同一所高中的學姊，但她比理紀大三歲，以前在高中沒見過。

在安養院時，美咲一頭黑色短髮，看起來非常樸素。可是，現在染得幾近金色的褐髮中分，塗著大紅色口紅，看起來外表非常張揚，站在「六花亭」和「白色戀人」的大型廣告看板前。理紀好半天都沒認出是美咲。

「啊，難不成是美咲學姊？」

「對，好懷念喔。」

「好久不見。」

理紀和美咲手拉手，興奮得大呼小叫。站在其他賣店收銀台的中年歐巴桑，隔著紅色老花眼鏡望著這邊，很好奇到底發生了什麼事。每間店裡都沒看到客人，似乎生意清閒。

「妳後來去了東京吧。過得還好嗎？」

理紀感到，美咲的視線射向她的左手無名指。

「嗯，還不錯。我回來探親，其實這次是第一次回來。」

「啊？為什麼？那麼忙？」

「可以這麼說吧。」她死都說不出口是因為沒錢返鄉。「這次，是因為佳子阿姨死了，我回來掃墓。」

「噢，我聽說了。妳阿姨還很年輕，真的很遺憾。」

美咲神色肅穆。理紀家住的小鎮，是人口不到五千的小地方，所以居民的動向大家多半都知道。尤其是關於經濟狀況和不幸消息的傳聞，總是一眨眼就傳得滿天飛。

「喪禮的時候，我那時不巧有事無法趕回來。」

「這樣啊。」一瞬間露出沉沉鬱臉色的美咲，頓時轉為開朗的口吻。「不過，Ricky，妳變得好時髦喔。完全認不出來是誰了。不愧是在東京待了這麼久。」

「騙人。哪有那回事。我才沒變呢。」

「這次是請假回來的？」

「對呀。」

她臨時起意想在下次排卵前給佳子阿姨掃墓，所以回到故鄉。買的是廉價機票往返也要一萬七，不過她現在很有錢。

從基那裡，拿到作為這次預備金的二百萬巨款。如果順利懷孕還能立刻領到三百萬，生產後會再為成功的報酬支付剩下五百萬。普蘭特那邊，也得支付仲介費，所以砸下大筆錢的基，希望理紀確實懷孕是理所當然。

理紀一拿到二百萬立刻從醫院辭職，決定搬家。隨時有銀車男窺視的危險公寓，她本就打算一弄到錢馬上走人。

新的住處，是三鷹台車站旁的新建公寓，月租九萬。是鋪設拼木地板的小套房。房間雖狹小，和以前環境惡劣的公寓有雲泥之別，況且也順利擺脫了銀車男，所以她很高興。仔細想想，銀車事件堪稱是推動理紀下定決心的關鍵。

阿照幾乎也同時從醫院辭職，所以事後她聽阿照說，院內好像傳出流言說二人都轉為專職賣春。阿照已經搬回愛知縣了。

在東京沒有家也沒有家人，沒有學歷沒有錢更沒有人脈的年輕女子，就要被這種無憑無據的謠言糟蹋嗎？理紀目瞪口呆。不過，她已經無所謂了。貧困造成的折磨，就是如此嚴重。

不過，想到生產後的生活，到時又得找工作，所以也不能太揮霍。理紀的防衛本能稍微抬頭，但她覺得唯獨這個不能讓步，返鄉前夕還是買了新的羽絨大衣。以前在舊衣店買的是上市已有二年的UNIQLO的羽絨服，但這次是在百貨公司買的時裝品牌。能夠買下自己第一個穿上的新衣服也讓她很開心。

「哎，真的，妳變得好時髦。那件羽絨服，超可愛。」

「謝謝誇獎。」

「欸，Ricky，妳結婚了？」

美咲指著戒指問。

「對呀，目前是。」她跟著垂眼看戒指，用右手碰觸。「不過，也許很快就會離婚。」

理紀預先架起防線。

「啊？為什麼？妳幹嘛這樣說？」

美咲似乎很震驚地大叫。

「因為我逐漸明白彼此合不來。」

這是真的。

「妳老公幾歲？」

「四十多了。」

「做哪一行的？」

「舞台藝術家。」

「好酷喔。」

美咲羨慕地大叫。

「那種藝術家還是挺煩人的。」

「嗯，那種情形，的確常有。結婚之後才發現。那種事一開始不會發現，所以很慘。有個女孩本來在機場這邊的店裡上班，和羅臼某家海帶店的業務員結婚後就辭職了，可是婚後才發現，她老公是個超級家暴男。婚前可溫柔了，所以她說完全沒發現。」

「的確會有那種情形。」

理紀隨口附和。美咲似乎很想追問理紀的婚姻是哪點不和，湊近看著理紀的臉。

「出了什麼事嗎？」

「唉，一言難盡。下次回來再慢慢告訴妳。」

「咦，Ricky，妳什麼時候回去？」

「後天或大後天吧。我打算掃墓後就立刻回去。」

「對喔，這裡鳥不生蛋啥也沒有。對了，如果妳方便，要不要和大家在北見或哪裡聚一聚？我可以負責把留在這裡的人約齊。」

「啊，真的？那就拜託妳了。」

理紀之所以答應，是因為想起在妻子懷孕期間玩弄理紀的那個外遇男或許會來。這是她作為荷包滿滿的有夫之婦的衣錦還鄉。

「哇，太好了。」

之後美咲開始說起安養院那些老同事的八卦，包括誰誰誰和誰結婚，也生了幾個孩子，可是丈夫失業了，所以現在一邊領生活補助金一邊在努力，還有誰誰誰離婚後又回來了，結果原來整形了云云。理紀豎起耳朵以為會提到那個外遇男，結果完全沒有。

「說來說去，好像還是妳最幸福。」美咲如此做出結論。

「哪有那回事。」

如果告訴美咲，自己接下來要為了錢當代理孕母，美咲不知會有何反應。是厭惡？傻眼？或者，積極表態說她也想當代理孕母？理紀猜想，說不定，會是最後一種反應。

「對呀，妳結婚後住在東京吧。肯定很幸福。」

「會嗎。」

「有夫之婦，多讓人羨慕啊。我都已經三十二歲了，可是鄉下地方根本沒對象。」

「不會吧。」

「不，是真的。」

美咲露出「妳這丫頭明明也很清楚」的可怕眼神。這種時候，理紀對於成為人妻的自己有點沾沾自喜，同時也有點受不了。她也曾想過，如果結了婚夫妻都在工作賺錢，生活應該會比較輕鬆。可是，那只是逃避貧窮，理紀本來就沒有想結婚的念頭。

然而，雖說附帶期限，但這樣體驗了所謂的結婚後，好像能夠徹底明白，和單身女子相比，人妻這個身份是多麼輕鬆，受到多大的恩惠。不管丈夫是多麼不起眼的男人，只要得到妻子這個身份，就可以在世間大搖大擺橫著走。因為對於成為某個男人所有物的女人，世人都會很客氣。當然，那種客氣並非對妻子，主要還是對身旁的丈夫。

瞄到理紀的假結婚戒指，男人都會突然對她客氣起來，或是明顯對她另眼相看，這令理紀很驚訝，也頭一次發現，年輕男人會一臉漠然地認定這是和自己無關的女人。此外，年輕女人之中，也有人臭著臉氣呼呼的，彷彿在說只不過結個婚有什麼好囂張的。

從前的自己也是這樣。總是憤懣地認為，結了婚有小孩的女人，有點居高臨下地鄙視我們單身女子。然而，如今反倒明白，女人的人生要靠結婚才完成，社會就是這樣安排的。單身女子、人妻、寡婦，都是以男人為中心來設定的位置。

「美咲學姊，妳是什麼時候開始在這裡工作的？」

她仰望似乎是在機場租攤位的個人商店招牌。

「三年前吧。從那個安養院離職後，我等了一段時間才等到這裡有空缺。所以，中間有一年左右在酒廊打工。」

「噢？這裡的工作，好像很愉快。」

「嗯，在機場遇見熟人很有趣，比方說妳。還有那種偷情的情侶，也揭發過很多喔。」

原來如此，理紀這麼咕噥後，「那我走了。要找我的話麻煩妳打電話到我家好嗎？」理紀故意揮舞戴結婚戒指的那隻手。美咲含笑回答「好」之後，只見她突然神情嚴肅，扭頭對著店內。

大概是在意監視器吧。抑或，是對沒有透露LINE ID的理紀，察覺到什麼了？

從機場到老家，她決定搭公車。本來想坐計程車讓自己輕鬆一點，但是想到老家的父母和鄰居會說什麼，就無法下定那個決心。畢竟，鄉下就是躲不開旁人的眼光。美咲這時候，八成正在用LINE四處散播理紀的消息吧。

等了十五分鐘，開往北見的公車駛入。距離北見超過三十公里，從那裡換車，到自家附近的公車站牌還有十六公里。從公車站牌到自家要走將近二十分鐘。途中，理紀一路看手機。湊巧大輝傳來LINE。

——我猜想妳的班機應該抵達了。

還附帶一個漫畫人物烏龍少爺東張西望的古怪貼圖。

和大輝上床後，彼此就成了互傳LINE的朋友，不時也會私下見面。性治療師純粹是營業用的買賣，私底下的大輝，是個軟弱又愛發牢騷的窩囊男。

不過，理紀下定決心當代理孕母的這段過程的苦惱和恐懼，只能告訴大輝。那種時候的大輝，是能夠整理問題要點，帶給她勇氣的異性好友。理紀認為，他聲稱當過中學教師的過去應該不是謊言。

——嗯，現在在公車上。這裡什麼也沒有。

理紀拍攝從公車看到的原野風景傳送過去。

——哇，不錯的地方吶。

這次，是「男大姐」藝人IKKO的大臉貼圖。理紀想起講話有鄉音的大輝，講到「嘛」時那種不自然的腔調。

——不用勉強模仿東京腔講什麼吶。

——哪有勉強。況且那又不是東京腔。

再次傳來IKKO的貼圖。

——等我回去，就要開始第三次治療了。在那之前我們見個面吧。

——好。那妳路上小心。

這次是男性化的文章和文字，逗得理紀不禁笑了。她覺得簡直像在玩模擬戀人的遊戲。

抵達老家的理紀，遭到母親一連串問題的攻擊。理紀的名字從大石家註銷，雖說只是暫時的，畢竟改姓了草桶，只要一查就知道，因此她坦承已經結婚。

母親的質問，和美咲學姊問的幾乎完全一樣。對方是做哪一行的男人，今年幾歲，在哪認識的，怎麼開始交往的。對方家裡還有哪些人。理紀同樣聲稱對方是舞台藝術家，但母親對於自家女兒怎麼會認識那種時髦職業的男人非常不可思議。

不過，穿著UNIQLO刷毛外套的父親，聽了之後很生氣。他氣憤地說，對方和對方的家人為什麼都不來大石家打招呼。

「難道我說的不對嗎？理紀又不是小狗小貓。這可不是對方開口討，就能說聲『好，拿去』送給人家的東西。難不成，是覺得比我們家高尚？不想來這種破房子？」

父親那種演戲似的說法，令理紀不禁失笑。就是因為這樣，她才不想回來。

附帶一提，理紀家是老舊的公營住宅。三坪和不到二坪半的房間各有一間。廁所也是直到不久前還是老式的糞坑。因為房子小，理紀和哥哥無法有自己的房間，高中時，哥哥都是和父親睡，理紀和母親睡。

如果基來理紀家，想必會吃驚得目瞪口呆，不敢相信居然有這種生活。不過，應該也就只是那種程度而已了。因為基就算吃驚也向來留意，不會形諸於色。

「那是理紀的丈夫，你別說這種話。」母親很不高興，駁斥父親。「光是他肯跟理紀結婚，就是負責任的好人了。」

「是不是好人，不見面怎麼知道。」

父親雖然這麼說，但是如果真的和基見面，鐵定縮成一團什麼都不敢說。

「沒事啦，爸。我們處得不大好，所以說不定遲早會分手。」

父親這下子也震驚地閉上嘴了。內心想必很遺憾。但，這次是母親緊咬不放。

「為什麼？為什麼要分手？好不容易才結婚。」

「現在還不確定啦。我只是覺得年紀差距太大。」

「妳就別挑三揀四了。都已經和東京人結婚了，千萬不能離開那個家喔。就算要離開也得拿到該拿的。」

母親握緊骯髒的圍裙，拚命說。

「拿到什麼？」

「當然是老公的種。」

理紀啞然，說不出話。

「什麼，那妳的意思是，拿到種，我一個人養孩子？」

「那當然。只要先把孩子生下來，總會有辦法。」

母親像要鼓勵理紀般頻頻點頭。父親雖然低著頭，似乎也有同感。不停搔著花白的頭髮。

媽，爸，你們搞錯了。正好相反。是我把卵子給基，在我的肚子孕育喔。生出來的孩子，是屬於基的。她很想這樣告白，只好拚命抿緊嘴巴。如果說出來就完了，父母一定會抓狂。

然而，當晚為了歡迎久未返鄉的女兒，煮了成吉思汗火鍋。在紋別市農會上班的哥哥，也帶著在同一個職場上班的未婚妻回來，很是熱鬧。和草桶夫婦簽訂的合約中，規定簽約期間不得攝取酒精。不過，理紀自行判斷只要少喝一點應該就沒事，照樣喝啤酒喝得面紅耳赤，這時家裡的電話響了。母親接聽後，把話筒交給理紀。

「是美咲打來的。」

來了。理紀接過話筒。平時都是用手機，所以傳統的家電用品令她感到稀奇又懷念。

「喂？」

「啊，Ricky？聚餐時間已經敲定了。明天七點在北見的北寄酒場集合。妳是主角，所以千萬別遲到喔。」

「大家都會來嗎？」

「幾乎都會來。不是說了要把當時的小組成員都找來聚聚嗎。」

「副主任也要來？」

「啊？Ricky，妳該不會是討厭他？他現在已經是主任囉。我一開口，他就馬上說要去。我看主任好像很高興。」

當時的副主任，就是那個外遇男。看來這傢伙升官了。

「我不是那個意思。我以為只有同年代的人會來。」

「各個年齡層都有才熱鬧啊。」

「說的也是。」

理紀掛斷電話後，不禁偷笑。她慶幸自己虛榮地買了戒指。

「喂，那個草桶基，是跳芭蕾舞的，而且已經有老婆了嘛。」

哥哥的聲音令她驀然回神。哥哥似乎用手機搜尋了基的名字，給母親和父親看。父母特地戴上老花眼鏡，輪流閱讀文章內容。

「別鬧了。那個，是他的前妻。」

哥哥的未婚妻吃驚地看著理紀的臉。理紀裝出泫然欲泣的樣子。

「我們之間歷經種種波折。好不容易他才離婚，維基百科還沒有修改內容。」

「噢，這樣啊。抱歉抱歉。」

哥哥慌忙收起手機，父母或許是看到女兒哭哭啼啼，好一陣子都沒吭聲。理紀暗想，就繼續用這招吧。

2

理紀踩著居酒屋斑駁的紅地毯，從狹窄的樓梯走上二樓。走進小包廂後，比起排排坐的眾人，桌上的菜色倒是先映入眼簾。正中央裝生魚片的大盤，有螺肉、鮪魚、鮭魚、生雞胸肉、章魚頭、醃鯖魚。周圍放滿了各式料理。有炸雞塊、炸肉餅，頂上放了溫泉蛋的凱薩沙拉、涼拌豆腐毛豆、烤整顆洋蔥、泡菜起司煎餅，以及特大號的鹽烤真花魚。

「太豐盛了吧，吃這麼多？」

理紀才說出第一句話，就轟然響起笑聲。理紀在安養院工作時的五個同事，仰望著理紀拍手。

「哇，是Ricky。」

「好久不見。」

「歡迎回來。」

「好久不見。今天謝謝大家。」

理紀鞠躬後，俯視坐在中央的男人。日高。她想起他給老人看名牌時，總是說「我的名字是日高山脈的日高」。

除了眼角魚尾紋變得稍微顯眼，腮幫子略顯方形的臉孔和粗壯的體型幾乎都沒變。理紀站在原地猶豫該坐在哪裡時，也發現日高在一瞬間，迅速從頭到腳打量她。

「好了，Ricky也到了，接下來開始盡情暢飲吧。大家隨意。」

穿著豹紋毛衣的美咲，把一升裝的「男山」清酒往桌上重重一放，如此宣言。

「先喝啤酒。」

「我要喝這個。」

除了美咲，理紀以前的女同事也來了三個。大家爭相挑選要喝的酒。住在鄉下的女人，要不就是喜歡裝年輕充滿攻擊性顯得格格不入，要不就是突然變得格外蒼老憔悴。美咲是前者，另外三人是後者。過世的佳子阿姨，兩邊都不算徹底。

值得驚訝的是，在場的女性全部都已辭去安養院的工作。美咲在女滿別機場當售貨員。另一人當了居家服務員。一個已婚的在超商打工。還有一個嫁給農家。

「聽說妳在東京結婚了。恭喜。」

日高高高舉起裝有不明綠色液體、印著札幌啤酒商標的酒杯。

「謝謝。」

被安排在中央，換言之坐在日高旁邊的理紀，拿生啤酒的小酒杯和日高的酒杯碰了一下。

「Ricky，妳看起來好像很有錢。」

這麼發話的，是當居家服務員的前輩。一頭短髮脂粉未施。刷毛外套搭配暖褲。全身上下都是UNIQLO的商品。

「哪有那回事。」

「不不不，看起來就很貴。」

對方說著，碰觸她左手無名指的戒指。

「是便宜貨啦。」

「不不不，很有氣勢。」

「什麼氣勢？」

「當然是幸福的氣勢。」

「對呀，看起來就很幸福。真好命。」

在盤子堆滿料理，這麼說話的女人們看起來笑得才幸福。似乎是拿理紀的返鄉當藉口，趁機出來聚餐痛快喝酒。

理紀看著沙拉上的溫泉蛋，想起昔日談論「蛋的本質」的礒谷太太。得知那只是老太太從料理研究家那邊現學現賣後，對老太太變得很不客氣的，正是這個改當居家服務員的前輩。

「那個礒谷太太，妳還記得嗎？」

聽到理紀這麼問，居服員歪頭。

「是什麼樣的人？」

「妳不記得了？」

「完全沒印象。」

這時，日高想重拾中斷的對話，又插了進來。

「理紀，聽說妳在東京很努力啊。」

她很想學那個臭臉女明星澤尻英龍華一樣冷淡說聲「並沒有」。有什麼根據能夠說別人很努力呢？此人明明什麼都不知道。「我在替別人備孕，有事嗎？」很想這樣回答的理紀，只是呵呵笑著敷衍帶過。

在大輝面前為了代理孕母的事情都煩惱得掉眼淚了，可是一旦下定決心就事事都已無所謂，可以冷笑看待。當代理孕母，光是那樣就已墮落了嗎？她思忖，我到底賣掉了什麼？

或許誤以為她在謙虛，日高掃了理紀一眼誇獎她。

「哎，妳好像變得比以前更耀眼呢。」

說什麼屁話。你這傢伙，趁著老婆懷孕勾引我，第一個孩子一出生，不就立刻扔下我溜之大吉了？如果我說你老婆年紀大了卵子老化，你老婆有不孕症，所以我要代替你老婆替你生孩子，你會怎麼做？肯定會拒絕我，說你已經有小孩了吧。

「對了，日高先生。我離職之後，你立刻升任主任了吧。你可真厲害。」

明明是在反諷，日高卻不作此想。

「只要工作久了，誰都能當主任啦。」

日高把黑色連帽外套的拉鍊稍微往下拉，一邊酷酷地說。裡面穿的是白T恤。日高比理紀大九歲，今年三十八。如此說來，他的年紀和基差不多。

「對了，妳老公幾歲？」

巧的是，日高似乎也在想這件事。

「比日高先生大一點吧。我記得是四十三。」

「哎喲。」日高似乎頓時產生興趣。「理紀，原來妳喜歡年長的？」

「啊，日高先生。這是性騷擾，性騷擾。」

被一旁豎著耳朵的美咲指摘，「唉，傷腦筋。這樣也算性騷擾嗎？」日高故意抓抓頭。很像廉價的狗血連續劇。理紀在心裡破口大罵。

「妳老公是做什麼的？」

「舞台表演方面。」

「那很酷欸。」

日高浮現不甘心的表情。看他那樣是很愉快，但同時理紀也感到苦澀。因為她一點也不喜歡草桶基這個人。雖說是為了交易假扮他的妻子，但是要把一個無法尊敬的人當成丈夫還是有點牴觸。

「日高先生，你有幾個孩子了？」

理紀一改變話題，坐在對面的農家主婦，立刻伸出四根手指。

「四個，生了四個喔。」

「四個嗎。」

面對驚訝的理紀，日高面不改色地回答：

「分別是八歲，五歲，四歲，還有一個算零歲吧。」

「主任，四歲和最小的那個為什麼差了好幾年？該不會是意外中獎？」

美咲問，日高舉杯喝飲料裝傻。

「美咲，妳這才是性騷擾喔。」

「男人被人怎麼說都沒關係啦。」

「妳這是歪理吧。」日高做出苦瓜臉。

在日高的妻子懷有那個八歲的孩子時，他和自己發生關係，妻子生產的同時，立刻斷絕關係。那麼，生老二時又是怎樣呢？當時自己已經去東京了，他找了別的女人當作妻子懷孕期間的外遇對象嗎？說不定，就是現在在場的某人。既然生了四個小孩，該不會正好一人做過一次他的外遇對象？萌生奇妙幻想的理紀，正在來回審視四個女人臉孔之際，美咲帶著諂媚的聲音響起。

「主任，如果有你家孩子的照片，可不可以給我看。」

日高拿起倒扣在桌上的手機。給她看三個兒子比出剪刀手的照片。大概是放暑假，三人穿著一樣的T恤，曬黑的皮膚沾著汗珠發亮。

「上面三個都是兒子，最小的嬰兒是女兒。我媳婦每天雖然很辛苦，不過最後生出女兒很高興。」

「我家是三個女兒。」

農家主婦也沒人問起就自動回答。

「我家的一歲半。是兒子。」

驕傲地這麼說的，是在超商打工的那個。

「噢，這樣啊。是喔是喔。那真不錯。」

因為無關緊要，所以理紀的感想明顯毫無誠意。

「理紀，妳沒有孩子？」

日高問。

「接下來準備生。」

「我想也是。畢竟還年輕嘛。」

日高的視線，黏噠噠地在理紀腹部流連不去。小孩多達四個，這表示日高的精子比常人加倍有活力吧。日高的性慾也很強。理紀苦澀地想起，當初和日高上床時，第一次得到高潮。

那半年時間，幾乎每個週末都去汽車旅館。當時的自己，是被對方當成懷孕妻子的替身。這麼一想，理紀頓時察覺，自己還真的經常扮演妻子的替身呢。

日高的妻子懷孕時，她是陪對方上床的代理妻子。基的妻子喪失生育能力的現在，她是孕育基的孩子的代理孕母。搞什麼。理紀覺得，日高和基都超討厭。越想越荒謬，恨不得拔下無名指的假婚戒。

理紀一口灌下別人替她倒的日本酒。

「久違的旭川清酒滋味如何？」

日高拿著一升裝酒瓶，替理紀的杯子倒滿酒。

「很好喝。」

明明一點也不喜歡日本酒，卻說出違心之言。她只想趕快離開這個聚會現場。

「既然在東京結婚了，那表示妳已經不可能搬回這裡住了吧？」

比她資深二年的農家主婦，像要確認似的問理紀。

「是的。」

「真令人羨慕。」這麼嘀咕的是美咲。

「這一點也不值得羨慕。」農家主婦不知怎的憤怒地斷言。「這裡其實也是好地方。」

「會嗎，我倒想在東京生活。」

「那，美咲，妳也去東京不就好了。」
「對呀，很簡單啊。從妳上班的機場，搭飛機不是一下子就到了。」
「可是，事到如今就算去了，也只會吃苦受罪。」
美咲沒什麼自信地小聲說。
「那種小事算什麼。只要有幹勁，自然能殺出一條路。」
「對呀。妳去嘛。去試試看。」
幾個女人紛紛鼓勵，美咲看似退縮地陷入沉默。
理紀痛切理解美咲的害怕。就算去了東京，也只有最初幾天開心。緊接著不僅必須找工作，也得確定住處。可是，根本不可能成為正式職員，所以就算有工作，拿到的報酬也很少。因此，自然也住不起好地方，總是窮得要死搞得心情疲憊。
理紀忍住想說的話，始終沉默。因為她必須扮演草桶夫人。因為她必須假裝自己是已經揮別美咲那種處境的幸運女人。
理紀又喝了一口並不愛喝的日本酒。她在想，打破禁酒令，喝得爛醉的話不知會怎樣。
散會後幾個女人提議去唱卡拉OK，理紀以喝醉為由婉拒了，決定回家。
「理紀，我送妳。我是開車來的。」

立刻站在面前的，是日高。

「你找了代駕？」

「沒有，我只喝了哈密瓜汽水。」

被他這麼一說才想起，日高只勸人喝酒，自己倒是打從一開始就一直小口啜飲綠色液體。

「你每次都是這樣？」

「最近我都是開車回去。我在幌然買了房子。因為太遠了。所以，我決定要喝酒等回家再喝。」

日高說出理紀沒聽過的地名，聲稱家在那裡。距離安養院超過三十公里，所以據說不開車無法通勤。

「那，不好意思，麻煩你了。」

雖然覺得麻煩，但理紀事到如今也不想搭公車回去。

「小事一樁。」

二人默默走過通往停車場的陰暗雪路。

「就是那輛。」日高指著方形的白車。以前日高的車子是小轎車，現在已經換成四驅廂型車。果然是家中人口多的男人會開的車。

「你以前開的是鈴木吧。」

「對呀。」

或許是很高興理紀還記得，日高語帶雀躍地說。

打開副駕駛座的車門，車內瀰漫芳香劑的味道。也許是早就預想到理紀會搭車，事先放置的。日高用衛星導航打開電視。似乎是設定成開車期間也能看，正在播放搞笑藝人的綜藝節目。

「妳家還在以前的地方？」

「是的。」

日高發動車子。

「那一帶的公營住宅，不是聽說要改建？」

「真的嗎？我不知道。」

她的確不知道。因為她對故鄉毫不關心。頓時，彷彿看穿她那種心態，日高指摘：

「妳好冷淡。」

「會嗎。」

「嗯，妳已經覺得故鄉怎樣都無關緊要了吧。」

「或許吧。當初就是想離開這裡，才會去東京。」

這是真心話。

「是我害的嗎？」

被這樣直接挑明，理紀不禁看著日高的臉。

「不，不是的。況且我又不喜歡主任。」

「妳講話可真直接。」

日高苦笑。

「主任不也是嗎？」

「不，我那時很喜歡妳喔。因為妳很可愛。可是，那樣對不起家裡那口子，也對不起妳，所以我覺得必須在哪踩剎車。」

那麼，之後為何仍不斷逃避呢？她又沒有喜歡到非要追根究柢問清楚，反正也不重要了，所以保持沉默。好一陣子，彼此無言。

「不過理紀，妳真的變得好時髦。我都不敢約妳，接下來要不要一起去哪？」

「你是指去哪？」

「賓館之類的。」

「你還是沒變。」

「不，我可不是一直這樣喔。我已經完全不做那種事了，是見到妳後，才起了那種心思。如何？妳有老公了，不能做那種事？」

她差點說，不是真正的老公，所以沒關係。

因為急著懷孕，基從一開始，就希望採用副作用嚴重的注射。他提取精子後的態度冷淡。而且還私下調查理紀的家族有無遺傳性疾病。事後聽說這些，即使理智上能夠理解還是非常不愉快。要客觀地視為買賣，就必須解決心態的問題。那個光靠錢無法解決。更何況，事到如今她開始畏懼，如果真的懷孕了會很可怕。或許阿照反對代理孕母是正確的。

理紀沉鬱地遠眺車窗外無垠街景的黑暗，日高又對她發話。

「如果妳不願意就算了。否則事後惹出問題也麻煩。」

日高的嘴裡冒出這種話。

「問題是指什麼？」

理紀自言自語。

「各方面呀。」

既然如此，那我就來製造問題吧。反正下次排卵日是六天後。理紀變得挑釁，對著日高的側臉說：

「可以喔。」

「謝謝。太好了。」

不知怎的被對方道謝，理紀一直在思考那句謝謝的意思。想必，這也是一種交易吧，想起大輝說過的「交易」這個字眼她暗自恍然。

遠方，可以看見二人以前每次利用的汽車旅館的霓虹燈。

「就是那裡，很懷念吧。」

日高喜滋滋地說。

「為什麼會懷念那個？」

理紀指著冬季夜空浮現的紫色霓虹燈。「獵戶座」。那是以前就有的幽會賓館，是高中時經常在「我在獵戶座看見他們」或「在獵戶座碰面吧」這種玩笑話題出現的知名汽車旅館。

「因為有我們的回憶呀。」

理紀很受不了懷念老舊汽車旅館的日高。床鋪狹小，浴室一股霉味，房間總是有點潮濕。對理紀而言，那是想都不願想起的場所。不只是對日高，作為一成不變的風景始終在那裡的汽車旅館也讓她很受不了。

理紀是被變化迅速令人眼花撩亂的東京拯救的。不久前還是居酒屋的店，下次再去時已經變成家系拉麵店，本來是老式棉被店的地方，不知幾時已變成松本清藥妝店。如果想不起以前看到的是什麼景色，當時自己的心情自然也會變得不重要，所以總是能以現在進行式過日子。那，正是東京的好處。可是，鄉下毫無變化，只想把自己綁在過去。

日高一成不變地住在這個地方，往返同樣的職場。他難道沒發現，他生活的現在，和理紀所處的現在，早已是二個不同的象限？抑或，沒有發現的是理紀自己？和不斷增加的家族成員一起生活的日高，說不定還覺得理紀才是一成不變。

「我看還是算了。」

理紀拒絕，日高失望地大聲哀歎。

「真遺憾。我其實來聚餐就是別有企圖。」

「什麼企圖？」

「當然是妳成熟的肉體。」

日高在工作方面非常認真，可是一扯到性，就會故意用下流的說法。理紀想起，在相約碰面的店裡，日高曾經對她耳語：「如果叫妳在這裡脫內褲，妳敢脫嗎？」每次，自己都會把戲言當真慌張得手足無措。理紀覺得過去那個青澀的自己很丟臉，不禁皺眉頭。

「那樣很噁心。真的不太好吧，主任。你這樣只是個性騷擾大叔喔。請你不要在這裡侵犯我。我丈夫會生氣。」

說出丈夫這個字眼時，她覺得很反感。自己不喜歡草桶基這個男人，基想必也打從心底不滿意土氣的自己。

以前明明覺得那些因為有丈夫就動輒要守住自己身子的女人很膚淺，結果自己也是這樣。扮演冒牌妻子，欺騙家人和老同事還自以為有趣的自己，現在想想簡直愚蠢透頂。

「拿丈夫當藉口啊。危險危險[3]。啊，我自己也是吧。危險啊。」

日高自言自語似的說，嘿嘿笑了。

「別說無聊的冷笑話了，好好看著前面，送我回家吧。」

望著國道沿線不時零星出現的連鎖餐飲店以及大型小鋼珠店的燈光，理紀一本正經說。

「這才不是冷笑話。」日高放聲大笑。「我只是配合妳而已。才去了東京一下，結婚回來，好像就變得很拽。還說什麼丈夫咧。現在很少有人這麼說喔。通常應該說是老公吧。當初那個可愛的小理紀，到底去哪了。」

日高把手肘放在窗邊，只用左手開車，一邊滔滔不絕。

「看起來很拽的，是主任才對吧。都已經不是上司了，應該跟我沒關係了。我根本沒有和你在一起的必要吧。對喔，今後我喊你日高先生就好了吧。」

一說出完全沒有和你在一起的必要這句話，就感覺車內溫度好像變得很低。

「哇塞，理紀，妳現在變得什麼都有話直說欸。超級可怕。」

日高用雙手重新握住方向盤，面向前方。那間汽車旅館，就在左邊不遠了。那家是讓客人從靠裡面的停車場走去櫃台，自行挑選房間，所以從外面可以把車種和車牌看得一清二楚，她想起當時日高很在意這點。日高似乎也恰好想到同一件事。

---

3. 丈夫（oto）和危險（ottotto）發音近似，此處是雙關語。

「這間聽說最近給停車場遮起來了。以前不是一覽無遺嗎？」
日高用傳聞的語氣說，不過最近應該也來過吧。
「日高先生，請你在前面迴轉。這條路，和我家是反方向，請你趕快回頭。」
理紀用令人感到冷漠的語氣這麼一說，日高點頭說是是是，先把車停在路肩。接著一再打方向盤，將車子調頭。
「我會送妳到妳家附近，安心吧。」
「好，麻煩你了。」
二人都沒說話，看著黑暗的國道前方。道東的鄉下雪道，幾乎碰不上對向車。夜空中，只見滿天星斗。這裡是內陸，但是五、六十公里外就是鄂霍次克海，或許也因此感覺天空特別開闊。
「日高先生，製造小孩時，是刻意的嗎？」
「妳突然說什麼啊。」日高噗哧笑出來。「這次是製造小孩的話題？」
「對，我想參考一下。」
「還參考咧。怎麼可能是刻意的。做了就有，做了就有，就這樣連續生出來了。不過，只有第四次生下的女兒，是我媳婦說想要個女兒，所以稍微努力了一下吧。用的是那種生男生女推算法。」
「你說的那個推算法，要怎麼做？」
「幹嘛，妳對那種事有興趣？」

日高笑得鬼頭鬼腦。

「我對生殖醫療整體都有興趣。」

「還生殖醫療整體咧。理紀，我記得妳以前在安養院工作也很認真。現在也認真學習生男生女的方法，是打算和老公照表操課嗎？這麼有計畫啊。」

「可以這麼說。」

理紀隨口敷衍。

「我想想喔，我家嘗試的，是最不花錢的方法。在排卵日的前二天性交。妳知道嗎，排卵日的前二天，子宮頸黏液是酸性的，據說對X精子是比較好的環境。所以，只要正確掌握排卵日，生出女兒的機率會很高。不過，Y精子也會被排除，所以懷孕本身的機率會下降。我家是因為我媳婦精準掌握了排卵日，才能湊巧靠這招成功，不過那個方法如果沒用，我本來打算也嘗試一下層析法。所謂的層析法，就是人工授精。把精子沾上層析液，用遠心分離機分離出X精子和Y精子，只把X精子在排卵日植入子宮。」

「哇，你果然很了解。不過，為什麼用遠心分離機就能只取出X精子？」

理紀很佩服善於解說的日高。

「因為X精子比較重，分離機分離後沉澱的是X精子喔。不過，就算這二種方法都試過了，也不見得就一定能生出女兒。據說機率是百分之七十，所以精確度不高。比起那個，倒是有更確實的方法。那個嘛——」

「啊，我知道了。」理紀不等日高說完。「是體外受精吧。」

「對，理紀，妳知道得真不少。」

日高吃驚地從駕駛座看著理紀的臉。

「這點起碼的知識我當然知道。如果只把女生的受精卵放回子宮，懷的就一定會是女兒吧。」

自己如果做人工授精沒用，也會做體外受精。屆時，因為基想要的是兒子，將會植入男生的受精卵。

「對對對。理紀，妳要篩選生男生女？」

日高神色認真地問。

「不，我沒那個打算，只是很好奇。」

「可是，妳老公年紀比我還大吧？如果打算生孩子，還是盡量早點生比較好。妳還年輕倒是無所謂，但妳老公的精子會逐漸失去活力。以後會不容易懷孕。」

「真的嗎？」

「真的啦。」

日高模仿她的口吻。

「日高先生，小孩可愛嗎？」

「那當然可愛。或者該說，自己的體內，也有想要守護自己子孫的遺傳基因吧。我在長子出生前，對那種事完全不感興趣，可是第一次把長子抱在懷裡時，我真的這麼覺得。」

「嗯——聽起來很像什麼感人的散文。」

理紀嘲諷。懷長子時，日高把自己當成性慾的發洩出口。和自己上床的日高，戴套子射精時，日高的妻子，正在圓滾滾的肚子裡努力讓長子長大。

「理紀，妳一定認為我是個狡猾的男人吧？說的也是，畢竟我媳婦一生完孩子，我就突然嫌妳礙事了。那時我只想把我跟妳的那段，當作從沒發生過。」

日高說出意外之詞。

「該說是狡猾嗎，正好相反吧。我倒覺得你過分誠實。當時我還年輕，所以起初不知道你老婆懷孕了，還真以為你喜歡我。所以，事後察覺那根本不是喜歡，你純粹只是想性交，我覺得你可真是太誠實了。」

風向轉變，因此理紀老實回答。

「所以我才覺得很對不起妳。不過，我那時很喜歡妳，所以真的很難受。這可不是騙人的。」

日高伸出左手，想抓住理紀的手。理紀想，搞不清狀況也該有個限度。誤以為日高對自己有意思，因此昏了頭，是因為自己當時太年輕太蠢。

「日高先生，你是為自己陶醉吧。你為自己能夠利用鄉下村姑、欺騙別人感情而陶醉。你感慨萬千地想，哎，年輕時的我真是個壞男人，那個女人現在不知過得怎樣。」

理紀笑著這麼一說，日高面露訝異。

「哪會。我是真心覺得很抱歉。」

「好了啦，就跟你說那種事已經不重要了。你這樣道歉，只會傷害我的自尊。」

「自尊？是那樣嗎？」

日高愕然張嘴，歪著頭似乎無法理解。

這時，理紀的手機響起收到郵件的通知聲。基每次都不用LINE，他喜歡傳電子郵件，所以她有不祥的預感，果然是基傳來的。郵件主旨是「我是草桶。致大石小姐」。

「晚安。

我聽青沼小姐說，妳好像回北海道探親了。

這種時候，要出門之前，好歹請和我商量一下。

我希望隨時知道妳的下落，所以今後，麻煩妳不要擅自出門。

還有，恕我再多嘴提醒一次，請勿忘記契約內容。

千萬不要喝酒抽菸，保持清潔健康的身體，拜託妳了。

不，這與其說是拜託，毋寧是在契約規定下，妳該遵守的義務。

違反契約時，會有相應的處罰，請好自為之。

或許妳會覺得我太囉唆，但我們夫婦不惜假離婚，把人生的一切都賭在這次的專案上。

當然，這是有大石小姐參與的專案。

還請多多協助，拜託了。草桶上」

看似有禮貌實則傲慢，感覺不到絲毫體貼。只是為了督促和警告的單方面內容。打從理紀收下二百萬訂金卻拒絕搬去基的舞蹈教室那一刻起，基似乎就變了。一切都在商言商，動輒搬出契約，企圖綁住理紀。而且，還把這次的代孕生產定位為「專案」令理紀很驚訝。自己是「專案」的一員嗎？

對基的反感，再次冉冉抬頭。重讀這封帶著命令的口吻、只寫了叫她遵守契約的郵件就不由怒火中燒。對於被迫假結婚的「妻子」住在北海道的家人，也沒有任何關心，難道他都不會良心不安嗎？

理紀想起父親為了女婿沒有來岳家打招呼生氣的事。的確該生氣。

所以，當理紀暗示和基年紀差距太大，也許很快會離婚時，母親才會叫她至少要留下丈夫的種。可是，她討厭基，一點也不想要基的孩子。問題是理紀的子宮還非得孕育基的孩子不可。

「怎麼了，是妳老公傳來的郵件？大事不妙？被發現了？」

見理紀看完郵件後陷入沉默，日高似乎有點狐疑，如此問到。

「不，沒什麼。」

「真的？不用回覆？寫吧，他會很高興的。」

「丈夫會高興？」

「那當然。」

「寫什麼？」

「我哪知道啊。就寫I love you吧。」

如果寫那種東西，基八成會以為理紀瘋了。理紀想像那種情景不禁笑了一下。但，她把手機抱在懷裡思考。

能不能乾脆把錢退還，退出那對夫婦的「專案」？這段日子因為搬家和貧窮生活的反彈，已經花了將近一百萬，但是那筆錢，如果就自己這段日子使用排卵誘發劑及人工授精承受的肉體負擔而言，應該不用歸還吧。不過，想到基夫婦不惜假離婚，說不定自己反而還得付違約金。這下子，又該怎麼辦呢？

那也不行，這也不行，理紀陷入沉思，日高略帶顧忌說：

「跟妳老公吵架了？」

「不是那樣。」

「那就好。我可是很希望妳婚姻美滿。」

這傢伙剛才還說什麼「理紀的成熟肉體」挑逗她，可是丈夫的影子一出現，立刻變得安分。

「理紀，妳家是前面那個紅綠燈左轉吧。」

「對。」

除了不時有路燈照亮，幾乎已不見民宅燈光的深夜十點後，白得發亮的雪道彼端孤零零出現綠燈。幾乎沒有紅綠燈的唯一一條路，是理紀從機場搭公車回來時走過的路。她深深感到，自己果真是在寂寞的小鎮長大的。

「日高先生，你去過東京嗎？」

日高面向前方，悠然回答：

「有啊，去過二次。第一次，是蜜月旅行去迪士尼樂園。玩得很開心喔。第二次，是帶我爸媽去晴空塔和富士山那邊。理紀，妳去過晴空塔嗎？」

那種繁華的場所她幾乎都沒去過，自己和阿照，似乎一直在地面四處爬行。

「迪士尼樂園倒是去過二次，晴空塔我還沒去過。」

「反正妳住在東京，隨時都可以去。」

「對，也是啦。」

她把「反正不會去」這句話吞回肚裡。

理紀的父母住的公營住宅已近。排屋似的老舊房舍櫛比鱗次，是昭和時代的住宅。而且，還亮著橙黃燈光的窗子寥寥可數。許是聽說改建的消息後，不少住戶都搬走了。

「對了，今天正好在農會遇見妳哥。」

「你們認識？」

「對啊。妳哥認識我的老丈人。」

她對哥哥的動向不感興趣，所以從不知道。

「這樣啊。」

「妳哥說妳媽還感嘆，妳這個做女兒的太冷淡。去了東京之後，一次也沒回來過，連阿姨去世時也是，妳媽都已經通知妳了，據說妳還是沒回來。可是，突然間卻通知家裡妳結婚了，所以據說大家都很驚訝。」

就算想回來，那時也沒錢。不，那時拿到基給的五萬，其實足夠搭飛機了，可是她一時沒想到，用那筆錢買了大輝。

現在就算向日高辯解自己當時是因為沒有返鄉的路費，既已偽稱已婚，對方自然不可能相信。理紀突然覺得，自己似乎老是幹蠢事，不禁有點憂鬱。見她沉默，日高有點擔心。

「怎麼了？突然變那麼安靜。」

「會嗎。沒有啦。」理紀望著窗外憂鬱地呢喃，最後自己主動邀約，「日高先生，我們找個地方玩吧。」

「真的？為什麼？跟妳老公吵架了？」

「也算是吧。」

「那，去別的飯店也行？」

日高有點慌張地說。簡直像是焦急地想趁理紀沒有改變心意之前搞定。

「這附近有嗎？」

「嗯，要回到街上，不過有一家最近新開的。」

「那，應該一開始就去那家才對。」

日高沉默著什麼也沒說。理紀察覺，他一定是想和自己去充滿回憶的汽車旅館「獵戶座」吧。理紀一心只想拋開過去活下去，日高卻在慚愧的驅使下，對那長達半年的期間感到懷念，連那種慚愧似乎都樂在其中。

「日高先生，你好像很快活。」

理紀又出言諷刺。然而，日高一本正經地搖頭。

「沒那回事。一點也不快活。因為我得做看護這種辛苦的工作，養活四個孩子。」

她覺得日高雖然單純，但並非那麼討厭的人。

日高帶她去的飯店，就在剛才和大家喝酒的居酒屋後面。擁有「貝爾喬」這個時髦的名字。理紀認為，美咲他們還在附近的卡拉OK店這樣太危險，日高卻滿不在乎地把車開進飯店的停車場。而且，從蓋在周遭的大樓上層，可以把停車場一覽無遺。想必從居酒屋也能俯瞰。

「白車很顯眼，沒問題嗎？美咲學姊他們就在這附近喔。」

理紀很不放心，日高卻不以為意地聳聳肩。

「我猜他們應該是去新町那邊的卡拉OK。」

日高說完，握著理紀的手直接去房間。二人只簡單淋浴後就上床辦事。因為日高已經表明，他家有門禁，所以十二點之前一定得回去。

「那，實際上只有一個小時。」

「嗯，因為妳猶豫了半天，計畫都大幅亂了套。」

日高怪罪到理紀頭上。理紀默默在床上躺平。「貝爾喬」很新，所以和「獵戶座」不同，浴室乾淨，床鋪也很舒服。

和大輝睡過的房間，更狹仄更小。自己到底在搞什麼呢？她看著天花板鑲嵌的燈光想。

日高覆在她身上，一邊親吻理紀，一邊把無酒精啤酒哺入她口中。理紀喝下後，說：

「有點溫溫的。」

「因為我體溫比較高。」

日高的身體厚實多肉，的確很熱。被日高抱著，理紀想像基如果看到她這個樣子，不知會如何暴怒。想起郵件中「請保持清潔健康的身體，拜託妳了」這行文字，就覺得難堪。喝了酒且讓其他男人睡的自己，是不潔不健康的身體嗎？日高抽身退開說：

「怎麼了？沒興致？以前妳不是說更爽？」

「有嗎？」

「對呀。妳是有什麼煩惱吧？」

「才沒有。只是，已經不知該如何是好。」

「要離婚？」

日高直起身子，湊近看著理紀的雙眼。

「嗯，我想遲早會離，不過在那之前的種種事情想到就心煩。」

「什麼事情？」

「生孩子。因為丈夫想要孩子，我是生產機器。」

她心一橫試著誠實說出。她認為那就是真相。可是，日高似乎沒有按照字面去理解。

「那也沒辦法吧。如果妳老公年紀比我還大，現在八成很著急。再不趕快生小孩，自己老的時候，小孩可能還沒長大成人，會有種種顧慮。」

「那當然也是一個因素，但他說想留下自己的遺傳基因。」

「太一廂情願了吧。想看他和妳的遺傳基因結合會生出什麼樣的孩子，那才是一般的夫婦。」

理紀想，我們本來就不是一般正常夫婦，所以沒辦法。

3

隔天上午，理紀和母親去給佳子阿姨掃墓。那是她這趟返鄉的目的，所以打算搭下午三點零五分的班機回東京。

母親駕駛的小汽車，緩緩爬上前往墓地那條結凍的坡道。郊外徐緩山丘上的整片墓地，是十幾年前剛蓋的。還有很多區塊空著，建造的墳墓也很新。

除了阿姨之外，只有理紀的外公埋在這個墓地。現年八十七歲的外婆還健在，但是失智症已經很嚴重，因此住在特殊安養院。佳子阿姨終生未婚，所以和外公，也就是她的父親埋在同一個墓。

「妳不覺得這裡好像很冷清？」

初冬的山丘可以將小鎮一覽無遺，但是顯示哪些區塊尚未賣出的水泥隔板冷清蕭瑟，令理紀心情低落。

「不過，嚴冬的風景更好喔。葉子落盡，白雪皚皚，不是很美嗎。春天會變成整片蒲公英花海。」

母親辯解。然而，住在北方多年，現在哪還在乎什麼雪景。

「嚴冬來掃墓？」

「如果死在冬天，那也沒法子唄。」

母親用方言回答。返鄉第三天，終於恢復毫無顧忌的母女對話。

「說的也是。」

「妳爸爸說，要買這附近的墓地，等我們死了，妳也得來這裡祭拜喔。」

理紀望著被區隔成矩形尚未售出的區塊。積雪的地面被挖開，裸露黑土。自己如果未婚死去，大概也會埋在那一區遲早會建造的墓裡。和佳子阿姨是同樣的命運。儘管自以為已拋棄故鄉，一旦未婚死亡，遺骨還是會回到故鄉。

「看來一輩子都不可能斷絕關係了。」她喃喃自語。

「那也沒法子唄。」

不知是否聽懂理紀的言外之意，母親再次說出同樣的話。

「不過最近，不是有什麼樹葬嗎。我覺得那樣不錯。」

「就算是樹葬，也不便宜唄。」

自己如果死了，到底會是誰出這筆喪葬費？果然，或許還是葬在這裡最省錢。

理紀察覺母親握著小汽車方向盤的手，又增添了皺紋和老人斑。

「媽，妳變成老阿婆的手了。」

「這算什麼。老早就這樣了。」

母親用平板的聲音咕噥。

「看著父母逐漸老去很寂寞。」

「所以，妳就趕快生個孩子讓我們安心。一想到妳死的時候，孤零零地獨自死去，我就擔心得無法安心嚥氣。」

「像佳子阿姨那樣嗎？」

「佳子至少還有我在，所以還好，可妳只有一個哥哥，哥哥的老婆畢竟是外人。」

理紀的腦海浮現哥哥未婚妻那張不起眼且脂粉未施的臉孔。那個女人，顯然對即將成為小姑的理紀抱有戒心。理紀是刻意盛裝打扮返鄉，所以對方心裡或許很訝異，懷疑她在東京到底過著什麼生活。

「我可是已經結婚了。」

說著，心情變得很虛無。許是感受到她那種心情，母親霎時臉色一暗。

「是沒錯，但妳說也許很快就會離婚，而且妳老公也沒來咱們家打招呼，實在讓人搞不清狀況。」

「哎呀，交給我就對了啦。」她故意嬉皮笑臉。

「話雖如此。」停頓一下後，母親又想起來似的說：「對了，差點忘了說。這輛車，是佳子以前開的車。」

被這麼一說才想起，柔和的淺粉色車身顏色，以及後照鏡吊掛的迷你版捕夢網，似乎是佳子阿姨的喜好。昔日載著理紀進行「未婚女子巡禮」時，阿姨開的是黑色鈴木。

「這是前年才剛買的中古車。她很喜歡這輛車，總是精神抖擻地開車，所以我還以為她的病已經痊癒了。」

「佳子阿姨還是木村拓哉的粉絲呢。」

理紀伸指輕觸捕夢網。

「嗯，她像小女孩一樣，總是嘰嘰喳喳。那齣新的連續劇，真想讓她看看。」

母親突然感慨萬千，露出強忍淚意的神情。

「好想佳子阿姨。」

理紀很想問阿姨對代理孕母有什麼看法，聽聽她的意見。不過，佳子阿姨總是夢想著浪漫的邂逅，一定會極力反對吧。

「總之，多虧妳外婆已經老糊塗，根本不知道佳子死了，這是我最慶幸的。每次見面她都說，佳子上哪去了。」

「那媽妳怎麼回答？」

「很多種喔。看每次的狀況，有時說她去買東西了，有時說她去上班。每次，妳外婆都相信了，所以我想那樣就好。白髮人送黑髮人，是絕對不該有的悲劇。」

母親下結論似的說。

「是啊。那真是值得慶幸。」

理紀忍著呵欠，隨口附和。結果昨晚日高打破門禁，和她廝混到很晚，回到家已經是凌晨了。

「妳昨天是不是玩到很晚？」

母親似乎眼尖地看到她打呵欠。

「嗯，好久沒喝酒了。」

「是嗎。」母親迅速朝坐在旁邊的理紀掃了一眼。「妳都已經結婚了，做那種事沒關係？」

「只不過是聚餐喝點小酒，應該沒關係吧。」

「唉，你們年輕人或許都是這樣吧。」

母親苦澀地點頭。

「結婚真有那麼拘束？那種想法，已經落伍了。在東京行不通啦。」

理紀嘀嘀咕咕，碰觸左手的假婚戒。雖然假裝對母親生氣，其實是陷入自我厭惡。和日高發生關係，事到如今還是很後悔。那樣做的原因，只是出於對草桶基的反感，現在想想實在太幼稚。她就是厭惡這點。

「那個，就是妳外公和佳子的墳。」

母親指著雜亂林立的墳墓中的一座，但是理紀不知到底是哪個。外公過世時，她還在安養院工作，所以應該來過這墓地一次，可她完全不記得地點。

「還留著花對吧，就是那個。是我二週前來的時候帶來的花。」

一個區塊，就像蓋滿狹小住宅的城區，密密麻麻有無數墓群林立。最邊端，有一座插著枯萎花束的冷清墳墓。墓碑和其他墳墓相比又小又寒酸。想到自己死了也要埋進那樣的墳墓，她不禁嘆息。

母親在只停了三輛車的大停車場，笨拙地反覆打方向盤後才歪歪扭扭停妥車子。二人正要去辦公室借水桶和勺子等物時，阿照傳來LINE，於是理紀獨自停下看訊息。

理紀從醫院離職的同時，阿照也離職回到愛知縣的故鄉。之後，開始和頌太同居，聽說二人在餐飲店打工，但是最近幾乎和阿照斷絕聯絡，所以此刻她很開心。

——理紀妳還好嗎？待會我想打電話給妳，幾點方便？

——我很好。現在在給我阿姨掃墓。大概一小時之後，我打給妳。

——知道了。期待和妳通話。

——我也是。待會再聊。

她傳送飛吻的貼圖。迫不及待想把這段期間的種種告訴阿照，所以簡直等不及現在就打電話。

掃完墓後，說好要和母親一起去吃拉麵，因此回到市區走進某家有名的拉麵店。母親難得奢侈地叫了二碗叉燒麵，看起來非常高興。

「很少在外面吃東西，所以想到今天要和妳吃拉麵，我就一直很期待。」

吃完後，理紀想付錢，母親卻堅決不肯收。

「區區一碗拉麵的錢，我付就好。倒是妳，如果有了孩子，一定要通知我。」

理紀不知該做出什麼表情，臉上不由露出又哭又笑的神情。母親假裝沒看到。

「媽，我散散步再回去。」

她掩飾羞赧說。

「來得及搭飛機？」

「沒問題。」

和母親分開後走進小型兒童公園，她用LINE打電話給阿照。

「喂？阿照？謝謝妳LINE我。」

「理紀，好久不見了。」

「嗯，好久不見。阿照，妳聽起來過得不錯嘛。聲音很有活力。」

「理紀妳也是。怎麼，妳現在回北海道了？」

「對呀。佳子阿姨死的時候我沒能趕回來，所以想給她上墳祭拜一下。否則等我懷孕，暫時就不能回來了。另外，好歹算是結婚了，也想向爸媽稟告一聲。」

阿照在理紀找她商量當代理孕母一事時，曾經說那樣玷污母性，大力反對。後來，雖然贊成了，但是也沒提金錢方面的詳情。不過，阿照回愛知縣後，或許是彼此拉開了距離感，反而可以坦誠報告近況了。

「啊？理紀妳辦了婚姻登記？換句話說，妳結婚了？」

阿照似乎很驚訝，大聲反問。

「是沒錯，不過只是形式上，並沒有住在一起。據說這是為了讓孩子成為草桶家親生子的苦肉計。等我順利生產之後，他們就會復婚。」

「那妳的戶籍會留下污點吧？」

她倒沒想過污點這個問題，所以很驚訝。母性和戶籍，在阿照的腦中，是不可玷污的東西嗎？

「戶籍這種東西，還能被弄髒？」

「那當然啦。妳一度冠上草桶的姓，之後，會被要求離婚吧。只有作為繼承人的孩子生下。這不是等於被人變成離過婚的女人？」

「妳這種說法，好像什麼明治時代。」

「不，更古老。應該是戰國時代之類的吧。」

「戰國時代！」

阿照說得誇張，理紀不禁大笑。在沙池玩耍的親子，吃驚地看著理紀。

「對呀，超古老的感覺。」

「嗯，被妳這麼一說的確是。」

「所以我總覺得，那樣有點不公平，可是理紀妳答應了吧？」

阿照說得萬分同情，因此理紀很困惑。阿照這種態度好像有點高高在上。

「嗯，對呀。反正我根本不在乎什麼戶籍，而且那樣好像比較省事，所以就答應了。我反而還擔心草桶太太會不會有意見，可是聽說草桶太太也爽快地贊成。」

「嗯——感覺上，好像只有那個大叔最輕鬆？雖然他要擠出精子，但妳這邊可是賭上子宮和人生。這樣妳也不在乎？」

阿照不斷進攻。

「嗯，我當然也有一點那種感覺，可是反正都已經簽約了。不管怎樣，就挑戰看看吧。況且我還拿了訂金，也已經搬家了。」

理紀本來和阿照仔細商量契約內容，以及草桶說出「專案」這種字眼企圖束縛她的行為。可是，從阿照說話的調性可以發現，她還是沒有積極贊成代理孕母，所以理紀自然也開不了口說真心話。

「理紀，妳這傢伙，真的行嗎？」

阿照似乎也感到理紀優柔寡斷的說話方式，有點煩躁地說。

「嗯，我沒事啦。」

「如果是現在，應該還來得及退出吧？」

「不行啦。」

「為什麼不行。」

「我想應該會被索取違約金。」

可以聽見阿照長嘆一口氣。

「是錢的問題？」

理紀沉默。二人不就是一直為了錢的問題苦惱嗎？說是錢的問題不可以嗎？

「理紀，在我聽來妳其實很想退出。」

被對方說中，反而心生不快。

「或許是有一點猶豫吧。」

「那就別做了。」

「那怎麼行。」

阿照似乎很不耐煩。

「可是，妳告訴妳媽他們妳結婚了吧？」

「對呀。」

她望著假婚戒想，連騙人的戒指都買了。

「妳媽他們，很高興？」

「嗯，很高興，但我爸還有點懷疑，說對方為什麼沒有出面打個招呼。」

「我想也是。」

總是缺錢有點情緒不穩的阿照，回到愛知縣後，好像反而變得很沉穩，理紀很好奇發生了什麼事。

「對了，阿照妳現在過得怎樣？頌太也還好吧？你倆相處愉快嗎？」

些許躊躇後，阿照回答：

「嗯，關於這個，我正想告訴妳。我懷孕了。」

「真的？恭喜。太好了。」

理紀反射性地冒出那樣的說詞。然而，真心話，卻是只有自己被拋下的焦灼。

「哪有，一點也不好。因為我還是一樣缺錢，欠了一屁股債，我家很爛，我一說要和頌太同居，立刻和我斷絕關係。不管怎麼想都焦頭爛額。頌太還很高興，叫我一定要生下來。聽他這麼說當然很欣慰，可是一想到將來我就害怕。」

「我懂。」

懂的只是「一想到將來就害怕」這句話。因為自己也是。

「如果是理紀，應該能理解吧？因為我們在東京吃過苦。所以，想到今後的貧窮生活，就會覺得現在根本不是生孩子的時候。」

「可是，妳打算生下來吧？」

「嗯，我要生。」阿照斷然宣言。

「那妳現在就想將來的事也沒用吧。」

騙人。撒謊。妳在隨口敷衍想糊弄人。她如此譴責自己的油嘴滑舌。

「可是，還是忍不住會想。理紀妳也是吧？」

理紀思忖，如果是自己會怎麼做，但自己連喜歡的對象都沒有，難以想像那種心境。如果和真正喜歡的男人有了孩子，或許會渴望生下來。就像日高和他的妻子。

——「想看和妳的遺傳基因結合會生出什麼樣的孩子，那才是一般夫婦的想法。」

「阿照，如果妳想看妳和頌太會生出什麼樣的孩子，那我覺得，妳就生吧。」

幾乎是模仿日高的說詞，但阿照似乎很感激。

「嗯，我好像有勇氣了。謝謝妳，理紀。我會試著生下來。」

「我覺得那樣最好。」

「那，我再跟妳聯絡。妳多保重。」

「嗯，再見。」

掛斷電話後，理紀渾身乏力地在長椅坐了一會。她很羨慕阿照。最重要的是，阿照有頌太這個伴侶，能夠二人一起迎接懷孕這件事的單純令人羨慕。

就算回到東京，也無事可做。目前，懷孕就是工作，所以也沒必要找工作，更不需要照顧丈夫。只要整天待在新簽約的房子裡看看電視和漫畫就行了。

如果是聰明的女人，大概會趁著無事一身輕的時候，先訂立目標想好生產後要做什麼工作，開始準備。可是，理紀還提不起那個勁。

種種憂心掠過心頭，思緒難以統整。她心情消沉地回到家。結果，先一步回來的母親說著「這個給妳老公」遞來一個大紙袋。打開一看，裡面裝滿北見的土產品。有冰壺餅乾，以及本地特產的奶油糖等等。

「媽，不用了啦。幹嘛給這麼多。」

「收下收下。如果有多的，妳送給鄰居就好了。」

工作已經辭了，唯一的朋友阿照，也搬回愛知了。在東京，根本沒有任何知交可以分贈伴手禮。

「謝謝。我老公應該會很高興。」

母親滿足地點頭，所以自己也很欣慰撒了謊。哎，自己也長大了呢，理紀暗想，卻感到孤獨。

搭公車前往女滿別機場。五天後的排卵日之前無事可做，本來可以在老家多待幾天，卻總覺得心情倉皇。況且，老家沒有自己的房間。平時在東京獨居久了，就算和父母，也不習慣這麼親密的距離。

辦好登機手續後走在機場內，有人出聲招呼：

「要不要買『白色戀人』當伴手禮？」

理紀充耳不聞想走，結果，這次背後傳來高亢的笑聲。

「Ricky妳真是的，要回去了？」

理紀完全忘記美咲在女滿別機場的賣店當店員。她慌忙道謝。

「昨晚謝謝妳。」

美咲的眼睛有點浮腫。昨晚分開後，八成喝了不少酒。

「小事啦。大家都很開心能見到妳。是喔，妳要回去了啊。不過，我還以為妳明天回去。所以，想到不能再見面本來還很遺憾呢。因為我明天休假不上班。」

「這樣啊。那幸好又見面了。昨天托妳的福，非常開心。大家都沒變呢。」

「不不不，沒那回事。大家都老了。不過，大家都說，Ricky變得好時髦好漂亮。還說住在東京的人果然就是不一樣。」

理紀感到，美咲的視線，再一次掃向左手的戒指。

「Ricky，妳結婚了對吧？」

「對呀。」

「有人說妳和日高先生消失在貝爾喬。」

美咲笑吟吟地看著理紀的臉。

「貝爾喬是什麼？」

理紀裝傻，內心卻萬分焦急。如果在鄉下鬧出緋聞就完蛋了。遲早也會傳到父母和哥哥他們耳中吧。還有，日高的家裡又會怎樣呢？都生了四個小孩了，他太太肯定難以忍受這種屈辱吧。

「貝爾喬妳都不知道？幽、會、賓、館。」

美咲刻意一字一字說。

「不知道。我只知道那家獵戶座。」

她開玩笑，但是美咲沒有笑。

「那，我該走了。」

理紀行個禮就匆匆趕往手提行李檢查處。然而，美咲的視線，始終刺在背部。這下子，已經無法再回來了。這麼一想，頓時有種解脫感。

只能選擇不被埋在那個墓地的生活方式。不是結婚，不是生子，也不會被人嫌棄怎麼還單身，應該還有其他不同的道路，理紀想。

4

飛機比預定時間提早十五分鐘抵達羽田。睽違二天的東京，溫暖如早春。理紀把羽絨外套抱在手上，切實感到北海道與東京的距離。不過，六年前初次來東京時，她以為東京一定很暖和所以穿得很單薄，被乾冷的寒風吹得簌簌發抖。

本想搭公車回去，可是時間對不上於是決定改搭單軌電車。前往乘車月台的途中，給手機開機，這才發現大輝傳了LINE來。大概是猜想她差不多該回來了。

——妳還在北海道？

——現在在羽田。

——我現在有空，要不要見面？

——好啊。

順水推舟。就算回來了，也只會在途中的超商買點東西一個人吃。雖然自在，卻也寂寞。或許是因為在老家和父母共度了幾天，現在有點懷念旁人的體溫。

大輝立刻把澀谷某家大眾居酒屋的位置傳送過來。理紀決定不回公寓，直接前往澀谷。相約碰面的店，就在場外賽馬券售票處旁，離澀谷車站有點距離。理紀拖著行李箱，手臂掛著羽絨外套和母親給的一紙袋伴手禮，埋頭向前走。就算現在有錢了，還是改不掉窮困生活的習慣。

「喂，理紀。」

還不到六點，居酒屋似乎已經相當擁擠。大輝在最靠裡面的位子揮手。他用冷凍毛豆下酒，正在喝烏龍茶燒酒。看他滿臉通紅，似乎已經喝了好幾杯了。

大輝穿著黑色帽T和黑色牛仔褲。也許是模仿某位知名劇作家，把黑色帽子反戴。而且手腕依舊戴著白色錶帶的蘋果手錶。蘋果手錶流行的時期都已經過了，還想四處炫耀顯得很土氣，帽子也不適合他。不過，理紀覺得土氣的大輝正是自己的好夥伴，心情不禁放鬆。

「伴手禮。」

理紀說著，送上奶油糖。另外也有餅乾和日式糕點，但她覺得大輝應該不會喜歡吃那些。

「啊，給我嗎？超開心的。」

意外的是，大輝非常高興。

「你愛吃糖？」

「倒也不是愛吃，是收到別人送的伴手禮很高興。會覺得對方有想到我。況且，我還沒去過北海道，所以有點期待。畢竟我從小在離島長大。北海道感覺超級遙遠。就像外國吶。」
明明腔調不對，他偏要勉強講標準語。
「說到離島，大輝你家是哪裡來著？」
「與那國。理紀，妳沒去過吧？」
大輝頭一次說出故鄉的島名。理紀連與那國在哪裡都不知道。不過，理紀也沒去過沖繩。不，她只搭夜行巴士去環球影城玩過一次，甚至連大阪以西都沒去過。
「與那國是什麼樣的地方？」
「小島呀，就是小島。離島。」
大輝看著菜單回答。
「這我當然知道。我是在問，那是什麼樣的島。」
大輝從菜單抬起頭。
「那個不重要，理紀妳也喝烏龍茶燒酒？我請客，我隨便叫點吃的可以嗎？」
理紀同意，於是大輝以炸物為主，叫了炸雞和可樂餅之類的東西。
「說回剛才的問題，與那國是日本最西端的島。」他刻意用教師的口吻說。「人口減少已成為一大問題，不過近年來，有自衛隊駐守，所以自衛隊員和隊員的家人令島上人口急增。我不確定那算不算是好消息。」

「為什麼不確定？」
「因為有各種不同的意見。」
理紀覺得，毫無顧忌地說出自己的意見不就好了。
「而且為什麼會有自衛隊？」
「從島上可以看見台灣，所以已經是國界了。中國的船隻也經常經過。是基於那種防衛上的觀點啦。我爸媽反對自衛隊，但我覺得，只要人口能夠增加應該也不錯。不然放著不管只會人口過少。我說有各種意見，是那個意思。其實我也不知道哪一邊更好。」
「噢，離台灣很近啊。」
「甚至可以說，晴朗的日子就看得到。」
理紀很驚訝。她對西南諸島的知識模糊，對小島地理位置的認識堪稱一塌糊塗。
「理紀妳家那邊不也是嗎。距離北方領土很近吧？我們的故鄉，在日本北邊和西邊的國界。」
被他這麼一說，還真的是。地圖上方不遠處就是俄國。北海道也有很多自衛隊駐屯地，國中同學之中，也有男生加入自衛隊。
「我在北邊，大輝在西邊啊。真是不可思議的緣分。」
對對對，大輝開心地說著舉起烏龍茶燒酒的酒杯，於是二人乾杯。
「下次我想去北海道看看。我還沒去過呢。」

「什麼都沒有喔。只有原野。」

理紀的腦海，不由自主浮現開闢原野建造的冷清墓地。比起那個，還是四周被蔚藍大海環繞比較好。

「那有什麼不好。不信妳在只要幾小時就能環繞一圈的小島長大試試看。無聊死了。」

「一年有一半時間被大雪封鎖也同樣無聊。而且根本找不到工作。」

「我的故鄉也一樣沒工作。或者該說，根本不能比。連一家賓館都沒有。」

「我們那邊有二家，不，不，或許更多吧。」

頓時，她苦澀想起和日高的事。可是，和大輝笑著喝酒，就能揮去憂愁，什麼都想聊。

「說到賓館。我已經回不去了。」

大輝叫了烏龍茶燒酒後，轉過頭問，

「為什麼？」

「我見到以前交往過的男人。對方約我，所以去了賓館。結果，好像被熟人撞見了。我猜現在大概已經謠言滿天飛。」

「因為賓館失去故鄉啊。」

大輝戲謔地說完後，不禁笑了。

「可以這麼說吧。就某種角度而言，倒是輕鬆了。那種地方，不再回去也好。」

「理紀，妳喜歡那傢伙？」

大輝極感興趣地把身子探向桌面。

「也沒有。應該說，純粹只是好奇吧。和舊情人見面，想看看現在的自己是怎麼改變的，類似這樣吧。」

「可是，妳有那個契約在吧。」

為了代理孕母契約的事沒少和大輝商量，所以他大概記住了。

「就是啊。我違反了契約。草桶先生傳電子郵件來，叫我回北海道之前起碼要跟他聯絡，回到故鄉也不准喝酒，必須謹慎行動。我看了之後，忽然很火大，就想違約一下。即使我要代理生產，他也沒資格限制我的行動到那種地步吧。雖然現在說已經太晚。」

「很好，很好。」大輝很高興。「只要沒被發現就沒事啦，別被發現就好了。」

「我就是這麼想。況且對方也戴了套子。反正要把草桶的精子放進來，就算和別人爽一下我覺得應該也沒關係。」

「理紀，妳可真露骨。我都被刺激了。」身為性工作者的大輝朝她扭身，一本正經說。「簡而言之，重點在於發包的甲方能夠限制承包的乙方行動到什麼程度。」

「我是承包的乙方？」

「對呀。」

「我承包了什麼？」

「生孩子呀。」

那種直接的說法雖然令她不禁失笑，但是基限制她行動的依據如果是「一千萬」這個金額，那麼多少錢可以讓他無法干涉她的行動？抑或，是根據醫學上的看法？理紀歪頭不解。如果二者皆是，對女人要求那麼多的男人讓人感覺很噁心。

「大概是因為這是買賣吧。」

「我不是說過了。對他們而言，這是交易。」

「可是，我總覺得不大公平。」

理紀最後又繞回到每次無法釋懷的疑問。然而，同意那樣做的是自己。

「不過，自古以來像什麼大奧啦、後宮啦、harem啦，不是都有很多女人急著生繼承人嗎？或許是那個的現代版，或者商業版？應該說，不用和討厭的大叔性交就能懷孕，不是很好嗎？妳只是出借子宮吧？」

不用性交就能懷孕。原來還有這種看法啊，理紀思忖。想起阿照說的「又不是戰國時代」，大輝突然說：

「欸，理紀，今晚要不要跟我做？」

「大輝，你有客人吧？」

「最近生意完全不行。好像是因為經濟不景氣，很多帥哥下海加入這一行，我被晾在一旁。三天頂多接一個客人，快沒飯吃了。」

「那，今後工作怎麼辦？」

「我也考慮過去補習班當講師，可是一堆東大和早稻田、慶應的，我這種水準跟人家差太多。所以，我正打算先回與那國算了。所以臨走前最後來一砲，可以吧？」

「真的？你什麼時候回去？」

事出意外，理紀大受衝擊。對於大輝，她一直認為是和她一樣在從小生長的地方怎樣都不滿足，於是來到東京，選擇忍耐過日子的夥伴。

「盡快吧。最好這週就回去。」

「回去之後呢？」

「不知道，不過聽說自衛隊來了之後人口增加，我想或許可以透過學校方面找到工作。就算與那國不行，整個八重山或許也能找到工作。當然這也許是我太天真。」

「你如果走了，我也許會很寂寞。」

這是真心話。在猶豫是否該當代理孕母時相遇，發過牢騷，也傾吐過煩惱。要是沒有大輝，當時的自己或許早就發瘋了。

「聽妳這麼說我很高興。反正有LINE，也能打電話。重點是，理紀，等妳的工作結束後，就來找我玩嘛。」

替基孕育孩子生下來被大輝稱為「工作」，令她有強烈的違和感。

「大輝，我是否該客觀視為工作就好？」

「妳不是已經看開了？」

「也對啦。不過，生下來的孩子會怎樣呢？最近，我也在想那種問題。」

「草桶家會好好照顧孩子。」

「到時候，我的心情又會怎樣呢？」

「給妳的金額已經包含那個在內了。妳的心情當然要靠妳自己解決。」

若是這樣，她覺得那個金額一點也不高。

「那，差不多該走了吧。到旅館再慢慢聊。」

大輝站起來，對她伸出手。

「如果你替我按摩，那我願意。」理紀說著，握住那隻手。就像溺水的人抓住什麼東西。

翌日，理紀用宅急便送了冰壺餅乾給草桶悠子。附上簡單的便箋：「我從北海道回來了。這是我媽送給你們的。」至於鮭魚形狀的日式糕點，被她自己吃掉了。

為什麼會想到送餅乾給悠子，自己也不清楚。她只是有種直覺，面對譴責自己回北海道探親的基，悠子想必曾出面緩頰吧。

結果隔天早上，悠子立刻傳來溫馨的訊息，令理紀的心稍微安穩下來。

「大石理紀小姐，

這次承蒙妳餽贈北海道的伴手禮，萬分感謝。非常美味。

大石小姐回北海道省親一事，我聽草桶說過。

妳在信上提到令堂，所以我很不放心，不知這次的事，讓妳以結婚的方式安排身份，妳是怎麼向令堂他們報告。

因為他們想必不知道，女兒結婚這種人生大事的背後竟然有這種契約。

就這個角度而言，想到今後大石小姐的心情，我就有點擔心，不知妳是怎麼想的。下次，請說給我聽。

還有，對大石小姐來說，想必是久違的返鄉之旅，草桶卻好像寄送了毫無同理心的郵件，實在很抱歉。

草桶也是擔心大石小姐的身體負擔，所以請千萬別生氣，拜託。

艱辛的治療或許還得持續一段時間（我是過來人，所以很清楚），還請多多幫忙。

草桶悠子 敬上」

排卵預定日的二天前，理紀按照預定計畫，去診所檢查卵胞。這次也是從生理期的第五天開始服用可洛米分。已經失敗二次了，所以這次的人工授精，聽說會注射更精準促進排卵的 hCG 和 hMG/FSH。

理紀本來還擔心 hMG/FSH 造成的副作用及多胎懷孕，結果卻令人錯愕。醫生說：「妳年紀還輕，暫時先用和上次一樣的方法。」

二天後就可能排卵，基配合那個日期採精，做人工授精。理紀從人工授精日的前一天，就要服用醫生開的預防感染用的抗生素。

人工授精當天，原本和第一次第二次一樣，預定一個人前往診所，可是氣象預報說會下雨，所以基難得說要開車來接她。她已經很久沒見過基了。

當天，果然是雨天。氣溫也很低。理紀穿著在北海道穿過的羽絨服，比約定的時間提早一點在公寓門前等候。

一輛青色 MINI 準時停下。車頂是白色的，一看就是基會喜歡的那種時尚車輛。後座有一隻紅褐色貴賓犬，正用小爪子拚命抓車窗。

「妳好。好久不見。」

基特地從駕駛座出來，替她打開副駕駛座的車門。自從大約一個月前的人工授精後，幾乎就沒見過面。當時，基留下採精的容器掉頭就走，所以也沒交談。理紀當時很恨他那種冷酷無情，但他現在態度一轉是怎麼回事？

「不好意思，讓你特地跑一趟。」

「不，這話該我說。今天下雨，而且很冷，從這裡到診所又很遠。」

車內很溫暖，靜靜播放著理紀不知道的古典樂。她想起日高打開車上的電視，邊看喧鬧的綜藝節目邊開車的情景。

「謝謝你。」

狗在後座哼哼唧唧，但是基沒有回頭。

「這隻狗，叫什麼名字？」

有點不自在的理紀問。

「馬修。是取自舞蹈家的名字。」

馬修啊。連狗的名字都很時尚。

「是喔，真可愛。」

她言不由衷地說。突然間，基低頭行禮。

「那個，關於今天的事，是悠子說我應該開車送妳去，我覺得，她說得很對。對不起，之前是我疏忽了。還有。上次的電子郵件也被她罵了。她說，大石小姐好歹同意了採取結婚這種形式，所以妳的家人想必很高興，我卻沒有去正式拜訪，那樣就已經很奇怪了，居然還寄那種郵件。」

「啊，哪裡，謝謝。」

果然，原來是這麼一回事啊。沒有打針，還是沿用跟上次一樣的醫療方法，或許也是因為悠子的建言。

「郵件的事，真的很抱歉。」

「我也很抱歉，沒有事先通知我要回北海道。」

理紀乖乖一鞠躬。

「沒關係。仔細想想，我根本沒資格要求到那種地步。那是越權行為。這次的事，就某種角度而言等於束縛了妳的人生，而且也和妳結婚了。我認為，不該再繼續做出傲慢的行為。」

咦，這人今天吃錯藥了嗎？基的溫和態度，甚至令她如此懷疑。

「傲慢的行為，是指什麼？」

理紀問，基開上高速公路，一邊幽幽說：

「唉，具體是指怎樣我也不知道，老實說，我也漸漸開始害怕這個專案了。」

雖然依舊是「專案」，但基或許和理紀一樣，也開始怕了吧。

「我也有點擔心。」

理紀誠實地說。基似乎很驚訝，看著理紀的臉。

「妳擔心什麼？」

「到底是什麼，我也不清楚，總之就是有點不安。也許我害怕的是懷孕本身。」

她老實說。

「我想也是。」基點頭。「我也沒讓人懷孕過，所以那是什麼感受，我無法想像。況且我也沒有娶過年齡差一大截的老婆。大石小姐正接受辛苦的醫療處置，所以在診所，我還是該以夫婦的態度慰勞妳才對。」

「草桶先生匆匆離去時，中年護理師曾對我說『妳老公好冷淡』。」

基似乎很驚訝，看著她。

「那可不妙。真是對不起。」

「沒關係。」

「透過青沼小姐，已經向院長申請做人工授精，但是其他員工想必不了解夫婦之間也有種種內情。」

「種種內情？的確。」理紀停頓之後，鼓起勇氣說：「老實說，我有時覺得，自己好像只是一台生產機器。」

基一臉愧疚地輕輕低頭致歉。

「真的很抱歉。我沒那個意思。上次的郵件，寫得好像要限制妳的行動，但我已經反省過知道那是不對的。我認為我們反而應該好好相處才對。因為妳是要替我生孩子的重要女性。」

「好好相處？」

理紀想起大輝說過的那句「不用性交就可以懷孕」，暗自驚心。基認為和自己性交也可以嗎？她緊張得渾身僵硬。或許是感受到理紀的緊張，基慌忙說：

「不，我的意思是，至少不要敵對，我希望能夠和平相處。」

他大概現在就已開始擔心生產後會因為孩子發生糾紛。

「這點我也有同感。」

「太好了。總之，我也會多多注意，今後還請多指教。」

基鬆了一口氣地把臉轉向理紀，右手放開方向盤要求握手。理紀只好握住那隻手。手指纖細修長，很美。

基一如往常在家裡已經先採集精子。不過，這次他等到理紀做完人工授精，又開車送她回家。理紀猜想，基之所以變得對她這麼體貼，應該是和悠子談過什麼吧。

生理期遲到了。好像也有低燒。理紀等了幾天，試用買來的驗孕棒。出現陽性反應。診所和青沼那邊都沒消息，大概在等理紀的報告吧。

等了一週，她再次用驗孕棒測試，還是陽性。不知是否錯覺，總覺得渾身無力，肚子也有點脹痛。這完全是懷孕的徵兆。終於有種船隻啟航的真實感。今後，自己將會有怎樣的航行呢？

驀然間，她想起和日高、大輝都發生過關係。和日高正好是月經結束的那天，距離排卵日應該還有六天。那時已經服用了可洛米分。和大輝，是在那隔天。

二人都有戴套子，但都是直到最後關頭才戴上，所以無法斷言絕對不會出意外。萬一，真的發生意外，距離排卵日也還有六天，她以為應該不至於懷孕。

可是，為了謹慎起見她還是上網查了一下資料，結果發現精子也可能存活六天，理紀不由得臉色發白。可能性最高的，當然是基的孩子，但也不能完全排除是日高或大輝的孩子。自己這艘船，究竟會抵達哪個港口？理紀把手放在肚子上，凝視月曆。

Chapter 04

BABY 4 U

1

離婚這碼事，應該可以客觀視為紙上作業。因為純粹只是形式上，所以本以為可以繼續平日的生活。然而，他總覺得和悠子在心情上好像漸行漸遠。起初，他很不安，如果太想要孩子反而導致夫妻疏離那就毫無意義了，但是最近，好像也逐漸習慣了那種狀態。

首先，和悠子在一起的時間減少了。直到不久前，二人還總是共進晚餐，最近卻往往並非如此。基留在舞蹈教室和千味子一起吃完飯才回家的次數增加，悠子也坦然加班，晚上也經常出門。不，或許就是因為悠子沒回來，基才會變得經常和千味子一起吃飯。

「到底是哪個？」基喃喃自語，千味子冷然看著他。

「你說什麼？」

「不，沒事。」

千味子從鍋裡撈起白菜，放入自己的碟子。白菜纏了幾條粉絲。粉絲是基愛吃的東西。基只用筷子撈粉絲。

白菜豬肉千層鍋，是千味子從他小時候就經常做給他吃的菜。也是以芭蕾傳家的草桶家的減肥餐。不過，和悠子結婚後就沒吃過。因為悠子討厭吃火鍋。

或也因此，這頓飯感覺特別美味，他察覺和悠子在飲食上的喜好有微妙的差異。就這樣，本該是不足為道的細微差異逐漸擴大。擴大那個差異的是自己還是悠子，究竟是哪一邊呢？那個差異，還能修正回來嗎？

「我還以為，你的意思是，不知到底是男孩還是女孩。」

被千味子這麼說，基才想起自己剛才的喃喃自語。

「噢，不是啦。我在想別的事情。」

基敷衍帶過，千味子溫柔微笑。

「我倒是覺得男孩女孩一樣好。只要能有孫子就很高興。欸，什麼時候能夠確定性別？」

「根據網路上的說法，如果是男孩，快的話十一週就知道了。不過，通常是懷孕五個月左右才知道，確定的話好像要等到七個月。預產期是九月，所以六月應該就確定了吧。」

「真令人期待。我當初生你時，直到生下來為止，都不知道是男是女。結果生出來是男孩，你爸很高興，但我更想要女兒，所以有點失望。」

千味子看著基的臉說。

「那真是對不起喔。」

基以前想要一個像自己一樣的兒子，可是理紀真的懷孕後，他現在只剩下一個念頭，那就是男孩女孩一樣好，只要孩子能健康出生就行了。

「我終於體會到當爸爸的心情了。總之我現在只盼望孩子能平安生下。」

「很開心？」

千味子抿嘴笑了。大概是覺得兒子的變化很好笑吧。

「那當然。在這之前，我從沒發現，原來自己內心也有想要孩子、孩子好可愛這種想法。」

「或許都是這樣吧。」

千味子給基的玻璃杯添滿白葡萄酒。馬修跳到千味子的膝上。千味子也沒有趕牠下去，就讓牠坐在腿上。

「嗯，真的，感覺很不可思議。得知自己的孩子終於要誕生，這才發現頭一次體會的情感，或者該說，發現自己內心原來也有那樣的情感。那種感覺，大概是有了孩子，自己才終於成為真正的大人吧。好像蛻變後更進一步，感覺非常新鮮。」

興奮地大發議論後，即將為人父的基即使沉醉於新鮮感，還是察覺悠子的感覺和自己不同，他啜了一口葡萄酒。他預感這種感覺上的差異，日後或許會造成問題。

「畢竟也花了不少錢。」

千味子半開玩笑說，不過花在治療不孕上的金額的確相當龐大。如果沒有千味子的資助，基和悠子只能順其自然。但，如果從頭到尾都順其自然，就算沒有孩子，或許也會產生另一種心境。

「雖然不是說有花錢就好，但有時候真的是花的錢越多越能帶來好結果。」

換言之，只有有錢人連生孩子都能隨心所欲嗎？基對離不開母親的自己抱著一絲嘲諷。

「我很感謝媽。」

「那倒是不重要。反正，等我死了，那些錢也是要留給你。當作先給你遺產就行了。」

「話是這樣沒錯……」

「總之不管怎樣，草桶家的財產都會由那孩子繼承。只要能代代守住家產，那比什麼都好。」

驀然間，千味子停手，露出憂心的表情。

「對了，悠子怎麼樣？」

「她好得很。她那個人其實個性很爽朗。比起自己，她反而更擔心大石小姐。她說怕大石小姐會情緒不穩。」

「噢，你說那女人啊。」

千味子對於代理生產的理紀，向來只用「那女人」稱之。

「對，就是那女人。」基再次強調。

理紀沒打招呼就回北海道探親時，基非常惱火。他覺得理紀對於孕育、生下自己的孩子這件事，態度不夠認真。所以，當時他認為，對於欠缺自覺的理紀，必須徹底監視、管理她的行動。

光是想像理紀去自己不知道的場所，和其他男人說話，他就氣得腦充血。對於除了年輕別無長處的理紀，自己明明一點也不喜歡，這種情緒到底是什麼？基自己其實私下也納悶不解。

不是嫉妒。真正的理由，是不願自己的所有物受損。理紀是自己的所有物？驀然浮現的字眼，自己也嚇了一跳。

「她應該過得很好吧。有什麼特別的變化嗎？」

「我是聽說她安然無恙。」

「那就好。希望她就這樣平平安安生下孩子。」

理紀懷孕的消息，透過青沼立刻通知了他們。這次的受孕，基自鳴得意地認為，這都是自己主動開車接送理紀，努力體貼她的成果。因為在那之前，雖說不至於態度惡劣，但他本來決定盡量以做交易的心態去對待她。

基想起開車去接理紀時，她那驚訝的神情，不禁微露笑意。單純只當作交易的話，事情不會有進展。換言之，理紀不是東西也不是工具，她是人。只不過，地位近似基的個人所有物。

「就算現在開始也不遲，她其實應該搬來我們家。那樣的話，這樣一起吃吃飯，我們不也可以隨時關注她的狀態嗎。否則，會很擔心吧？她畢竟還年輕，或許想出去玩，也可能想把孩子據為己有。」

千味子把筷子放在小碟子上，神情嚴肅地說。啊，母親也和自己一樣想把理紀放在眼皮子底下監視啊，基不由苦笑。

「下次我約她吃飯試試。」

「那就交給你囉。反正到了臨產那個月，她恐怕也得搬來我們家。」

千味子自信十足地說，基不禁歪頭。

「大石小姐不見得會來吧。」

「應該會來吧。別忘了，她家不是在北海道嗎。既然如此，她在這裡舉目無親，也只能來我們家吧。產前姑且不論，產後她自己一個人可無法應付。」

「是這樣嗎？」

「是啊。你想想看，產後本來就很虛弱了，根本不可能自己好好吃飯，還要餵奶，照顧寶寶。從古至今，都是靠大家的幫助喔。」

基忽然想到，那時，悠子又會在哪裡。

「啊，重點是，我們能否在醫院就只把寶寶領回來呢？如果可以那樣，她不來我們家也沒關係。就當作是悠子生的，讓悠子照顧寶寶就好。」

「悠子工作很忙，那種事，一時之間做得到嗎？」

「所以我就說把人帶回我們家就好了。我可以減少帶課的時間照顧她。我從一開始就是那樣打算。」

千味子強硬地說。然而，就狀況而言或許還真的非那樣不可。若是如此，和悠子的距離恐怕會越來越遠，基感到埋下了不安的種子。不過，另一方面，又覺得如果真的那樣也是莫可奈何。

畢竟理紀已經懷孕了。

吃完飯千味子點燃香菸。同時，馬修也從千味子的腿上迅速跳到地上。牠討厭香菸。

「等寶寶來了，就得禁菸了。」

千味子看著逃走的馬修說。

「對呀。媽，妳還是戒菸吧。」

「我會注意。」嘴上這麼說，千味子還是津津有味地吐出煙。「對了，悠子今天上哪去了？」

「她說要去見朋友。」

所謂的朋友，是莉莉子。最近，悠子每週都會和莉莉子見一次面，共進晚餐。理紀順利懷孕後，悠子想必也有很多話想對好友傾訴。悠子的心情並非無法想像，但是基討厭莉莉子，所以對妻子的行動很不滿。

枉費當初那麼愛慕悠子，如今他甚至考慮過，倘若悠子真的想離開，乾脆讓離婚弄假成真算了。強烈渴望有二人的孩子這個心願，不知不覺已變質，他覺得，好像開始撕裂二人的關係。然而，理紀既然懷孕了，事態已無法阻止。只能聽天由命。

「悠子的娘家那邊，大家都還好嗎？」

「嗯，好像過得不錯。」

他只能那樣回答。基和悠子的父母及弟弟們都沒來往。不過，悠子的親人或許多少察覺到氣氛，也沒有來家裡玩過。讓代理孕母生孩子一事，或許會使關係越發疏遠，但他完全不在意。

「對了，還得付給她三百萬吧。明天我就把錢匯過去。」

「不好意思。麻煩媽了。」

基老實道謝。付錢的既然是千味子，將來孩子出生後就算千味子想深入干涉，或許也無話可說。基逐漸覺得好像是要和千味子一起撫養孩子。

基帶馬修回家時，已經過了晚間十點。然而，悠子尚未回來。這點，令他很不滿。妻子外出用餐晚歸，本來並不是什麼大事，但最近這種情形越來越多著實令他不快。可是，他的自尊心過高，不願直接把不滿說出來。

洗完澡打開冰箱，正在考慮要不要喝啤酒時，悠子終於回來了。

「我回來了。」

悠子似乎喝醉了。有點口齒不清。

「妳回來了。」說完，他砰的一聲用力關上冰箱。「我本來想喝啤酒，但今天已經攝取過多卡路里了，正在考慮該怎麼辦。」

悠子露出有點輕蔑的神情笑了。基懷疑是莉莉子的影響，更加不快了。

「喝吧。大石小姐都懷孕了，應該慶祝一下。對吧？」

「妳如果要喝，那我就喝。」

「太冷了我不想喝啤酒，不過可以陪你喝一點。」

悠子脫下黑色大衣，搭在椅背上。基把罐裝啤酒均等倒入二個杯子。

「為懷孕專案的成功乾杯！」

悠子這麼一說，聽來有點諷刺，但基假裝沒發現。

「乾杯。」

二人碰杯喝啤酒。太冰了，喉嚨刺痛。「好冰喔。」悠子也做出摩挲喉頭的動作。

「我媽說，要匯三百萬給大石小姐。」

悠子點頭。

「是成功的報酬吧。太好了。這樣要是還不能懷孕，大石小姐就太可憐了。因為那種醫療過程真的很討厭。我死都不想再試。」

「可是，她不也拿到二百萬了。」

基知道悠子生氣了。他以為妻子會反擊，但是悠子什麼也不說，反而更詭異。

「今天，妳跟莉莉子在一起？」他轉移話題。

「對。閒著沒事能陪我廝混的，也只有莉莉子了。我這個年紀，大家好像不是忙著帶孩子，就是忙著照顧老人。」

「莉莉子最近好嗎？」

「很好，應該說她太強了。她說，她奉行的是不和任何人談戀愛也不做愛主義。」

「噢，那倒是輕鬆。」

基這麼說著，喝下太冰的啤酒。或許是喉嚨適應了，這次倒是不痛。人無論對什麼都能逐漸適應。

「是很輕鬆。如果不戀愛，一個人就能活下去，那應該最輕鬆吧。戀愛根本是罪惡。只會傷人傷己，弄得不好甚至會死，沒半點好處。如果不談戀愛，想必也不會萌生做愛的願望，那不是很好嗎？」

悠子同意。

「不過，做愛是另一回事吧。就算不談戀愛，也想做愛，況且也做得到。」

「雖然做得到，卻欠缺甜美。」

基歪頭納悶。

「會嗎？做愛很甜美？我倒覺得有點像工作。人家不是說那是夜間的工作嗎。就是那種感覺。」

悠子面露不快。

「你把那個當工作？」

「那只是一種比喻，我跟妳當然不是那樣。」

「真的假的？因為是工作，所以就算找代理孕母也無所謂吧？因為有工作感。」

基覺得這個邏輯未免跳得太遠了。

「那好像有點不同。是另一回事吧。」

「會嗎？」悠子充滿懷疑。「可是，你們男人，好像把包含性交在內的懷孕、生產想得太功能性了。女人並非如此，所以我有點擔心大石小姐的心情。」

又是這個話題嗎？基很不耐煩。在基的心裡，強烈認定理紀只不過是個把代理生產當成買賣的現實女人，但悠子似乎不是如此。

「可是，這是她自己決定的。」

他的語氣不由變得強勢。

「這個我知道，但我覺得也有可能是狀況已被逼入絕境。」

「那應該是吧。或許是缺錢。或許連房租都付不出來。可是，那應該是所謂的自我責任吧？」

「又來了，自我責任論。」

「不要隨便給我扣帽子好嗎！」

他很氣惱。然而，悠子得理不饒人，說話特別犀利。

「明明是你自己先說的。」

「我知道。我沒想要輕易扣帽子。不過，這是她自己做出的決定，所以我覺得怨不了任何人。不然悠子妳認為，當初應該在國外找代理孕母才對？」

「不是。其實是一樣的。換句話說，貧窮的女人賣子宮，這套運作系統是一樣的。」

事到如今還說這什麼話，基很生氣。

「到了這個地步妳才要反對？那樣不會太狡猾？」

悠子長嘆一口氣。

「狡猾？或許吧。我只是已經搞不清楚了。」

她把玩著酒杯，看似迷惘地說。

「我看妳是聽了太多莉莉子說的話吧。我討厭那女人。動不動就擺出高高在上的姿態，說話毫無顧忌。」

頓時，悠子猛烈反擊：

「犯不著那樣批評我的朋友吧。莉莉子是好人。那我問你，你有朋友嗎？一個也沒有吧。你和朋友出去玩的紀錄，幾近於零。不管要商量什麼，你都只會找你媽。不是嗎？」

當然，基也有很多芭蕾圈的朋友，但那些人和他的前妻關係也很好。基和悠子戀愛，與前妻離婚，令他和那些朋友疏遠了。說穿了，他是因為選擇悠子才會陷入四面楚歌的處境。對悠子的說詞很惱火的基，驚覺自己居然在心底恨著悠子。

「幹嘛不說話？」

悠子挑釁地說。見過莉莉子後的悠子，不知怎的變得充滿攻擊性。今晚尤其火爆。是因為理紀懷孕了嗎？基實在不明白悠子心情不好的原因。

「悠子，妳認為我是媽寶男，瞧不起我？」

「我可沒有瞧不起你。就算是媽寶，我也不認為有何不對。我只是覺得，你是個和母親關係比朋友更親近的人。你們母子從事同樣的工作，所以這大概也是難免的。況且，你媽應該很討厭我吧。或許因此才會這麼想。」

「這種婆媳關係的偏見，我不想聽。」

「或許是偏見，但你媽就是那種人。」

悠子的武斷也讓他火大。

「哪種人？」

「支配你的人。」

半罐啤酒已經無法平息怒火，基又從冰箱取出一罐，拉開拉環。

「我可不喝了喔。」

悠子用手蓋住自己的杯口。簡直像在表明嫌棄的動作，惹惱了基。他默默地只給自己的杯子倒酒。倒得太猛，有點溢出。

「換句話說，就結論而言，妳就是討厭大石小姐生我的孩子吧。」

「你歸納得可真是簡潔啊。何不說得更正確一點？是你和大石小姐的孩子吧。其中沒有我存在的意義。」

「這件事我們不是已經談過很多次，妳不也接受了嗎？我們不是說好了要一起撫養孩子。」

他不禁扯高嗓門。這女人為什麼這麼麻煩，真是火大。

「我想接受可是辦不到，不行嗎？」

「那，到底要怎樣妳才滿意？」

「不知道。這句話我還想問你咧。我到底該怎樣？」

「關於這個，妳的好閨蜜莉莉子大小姐是怎麼說的？」

「她叫我不如離婚算了。」

「真是了不起的神諭啊。別忘了，我們不是早就離婚了。」

「是真正的離婚。分道揚鑣，一拍兩散。你和你媽一起撫養即將出生的孩子就行了。沒有我介入的餘地。」

「歸根究柢，原因不就是妳和我之間的不孕治療嗎？那怎麼會演變成分手這個抉擇，我實在不明白。」

悠子沉默，基害怕她那種無言。他忍無可忍地主動開口：

「離婚只是為了掩飾找代理孕母生子，所以便宜行事不是嗎？可是，如果真的離婚了，那算什麼？所謂本末倒置，不就是這種情形嗎？」

「是啊。的確是本末倒置。到底該如何是好呢？不過，我仔細考慮過，我沒自信把大石小姐生的孩子當成自己的孩子撫養。明明不是我們的孩子，我沒自信能夠為那孩子放棄工作、吃苦受罪、辛苦把他撫養長大。」

「或許不是我們的孩子，卻是我的孩子。那樣不行嗎？之前不是也說過。如果我的前一段婚姻有孩子，妳應該也會疼愛那孩子。」

「如果是繼子還好。我想我會愛屋及烏。可是，這次不同。我真的不知道該如何是好。」

悠子的醉意似乎也徹底清醒了，語氣變得很堅定。但，她始終低著頭不看基，令基有點在意。

「喂喂喂，妳振作點好嗎。不是說好要當作我們的孩子嗎。當初到底是為了什麼委託人家。」

連他自己都驚訝，居然語帶哽咽。得知理紀懷孕後，不斷產生的嶄新情感。即將為人父的想法。孩子的未來，以及自己對待那孩子的方式。包含那一切在內，嶄新的愛正在萌發。

察覺悠子並沒有那種新鮮的感動，基想看悠子的眼睛，卻被她避開。

2

刻意留有抹泥刀粗獷痕跡的硅藻土牆面，掛著許多精緻的畫框。畫框內，全是江戶時代的春宮畫。其中也有價值不菲的真品，但莉莉子說，幾乎都是精巧的複製畫。

莉莉子據說會從收藏品中，根據心情挑選每個月掛在牆上展示的春宮畫。這個月的展示品，也有悠子頭一次見到的。

「悠子妳喜歡哪一幅？」

莉莉子用托盤端來葡萄酒和酒杯。放到桌上後，看著悠子的臉認真詢問。

「我覺得這個好。」

悠子選的，是葛飾北齋題為「事後的雛形」的版畫。若就畫中放著團扇看來，應該是夏夜。情事後的裸身男女，憂鬱地躺著小睡。男人從背後將左臂環繞女人的胴體，女人略為扭身，左手握著男人的陰莖。一旁，還有小小的黑老鼠交配，大概是附贈的添頭。枕邊，也有貓。

「一定是雲收雨散時吧。」

悠子說，莉莉子反駁：

「不對，男人正勃起，所以應該不是。」

「這個沒有勃起啦。」

「啊，是喔？」莉莉子湊近打量。「唉呀，真的耶。瞧我糊塗的。」

二個中年女人。這是什麼露骨的對話。然而，莉莉子表情絲毫不變，在好友面前，為自己看錯陰莖的形狀懊惱不已。

這裡，是莉莉子的住處兼畫室。莉莉子的家，位於從祖父那一代開始經營的醫院後面。是六十幾年前建造的老宅，歷經多次整修仍保有昔日的風貌。父母已搬到附近的公寓大樓，這棟老房子，現在住著莉莉子和單身的舅舅，以及醫院裡年輕的實習護理師們和女傭。

莉莉子的房間，位於南側廂房的二樓。蓋在草坪庭院角落的別屋，住著舅舅，據說他經常來莉莉子的房間玩。可是，今天尚未露面。

「這二個人，就算完事了，看起來好像還意猶未盡。」

悠子站在春宮畫前凝視著說。

「是女的還想做吧？」莉莉子哼哼著嗤鼻一笑。「春宮畫中的女人，因為都被描繪得很淫亂，所以才好。絕對不會假裝遭到男人強迫。而是對性愛樂在其中。」

然而莉莉子根本沒有性交過。不，她甚至宣稱，絕對不想做。

「沒有享受過性愛的莉莉子，好意思說這種話。」

悠子開玩笑說，莉莉子聳肩。

「沒關係。我是春宮畫家，陰莖評論家。」
「那根東西，不值得評論吧。」
這次是悠子聳肩。
「咦，妳很酷喔。那我猜，最近妳一定沒做吧？」
莉莉子替她倒紅酒。下酒菜是法棍麵包和起司。
「怎麼可能做。」
悠子做個乾杯的動作後，啜飲紅酒。那是悠子帶來的紅酒。因為莉莉子邀她今天來家裡喝酒，她雖然有工作還是天剛黑就匆匆來訪。
最近，和話不投機的基在一起讓她很痛苦。不過，基發現她這樣和莉莉子廝混後更不高興，所以演變成惡性循環。
「妳和小基之間，發生了什麼事？」
莉莉子投以壞心的眼神。
「妳應該知道吧？我們說不定會分手。」
明明應該只是紙上離婚，卻突然感到身心都自由了。久違的單身身份，就算有基這個伴侶在，好像也可以讓自己變得輕飄飄無處依靠徬徨不定。
「可是，你們實際上不是已經離婚了？」

莉莉子把窗子整個敞開後點燃香菸。暗下來的院子，飄來一月乾冷的空氣，感覺很舒服。

「嗯。起初說只是書面上離婚，可是實際辦手續後，好像心也突然遠離了。這時候，又聽說人家懷孕了。基現在滿腦子只想著她的生產。我反而越想越掃興。」

「可是，說好了孩子要由妳撫養吧？」

莉莉子叼著菸轉身說。

「說到這點最不可思議，我已經不太想要孩子了。一方面也是因為那並非自己的孩子。感覺事不關己到可怕的地步。所以，和狂熱想要孩子的基，今後一起撫養與我無關的孩子，逐漸讓我覺得很累，也很可怕。」

「為什麼說可怕？」

「因為我會感到責任。基是還好，畢竟那是他自己的孩子，是他的精子製造出來的。所以，他現在滿腦子都是關於未來的各種夢想。等孩子三歲，要像他小時候那樣學芭蕾。從小學開始就讀國際學校，讓孩子講一口流利的英文。然後，高中就送去法國留學加入歌劇院芭蕾舞團，諸如此類。那些計畫太龐大了，讓我覺得恐怖。」

「悠子，妳毫無責任。所以我不是早就說過了。」

莉莉子眼尾挑起略顯浮腫的眼睛冷然看她後，把香菸摁熄在形狀猥瑣的菸灰缸中。

「這我當然知道，只是好像被逼著接受。」

「被逼著接受，是因為妳太弱。」

「會嗎。我倒覺得自己不該被這樣批評。」

「不，就是這樣沒錯。妳婆家那邊，鐵定想要只屬於自己的孩子。畢竟那也有他媽的財產吧？你們夫妻如果死了，財產落到妳的親戚手裡他們哪會甘心啊。至少這些錢，他們想留給繼承自己血脈的孩子。那是有錢人的生理本能。」

「我想都沒想過。」

悠子是在能留給子孫的頂多只有沒還完的貸款這種家庭長大的，所以那種想法她完全無法想像。

「妳太天真了，悠子。」

身為有錢人的莉莉子，一本正經地嘲笑她。

「莉莉子妳家也會想這種事？」

莉莉子沒有回答這個問題，逕自改變話題。

「那個代理孕母，叫做大石小姐是吧？那個人也是，一旦該生的生完了，就沒用處了吧。悠子妳必然也無法和老公復合。把礙事的人全都趕走後，人家打算祖孫三代自己關起門過日子呢。」

「那樣也沒什麼不好啊。」

悠子自暴自棄地說。

「悠子妳或許覺得好，但是大石小姐就不一定了。就算是拿了錢，她也是因為有妳在，才下定決心生孩子吧？妳不是說過，和她交談後發現彼此很合得來。現在妳要拋下她不管？大石小姐就算辛苦生下孩子，孩子也會被搶走。」

「我才沒有拋下她不管。」

話雖如此，自己一旦退出這個「專案」，理紀說不定會大受打擊，這讓悠子很不安。

「不過，妳已經和小基離婚了，和最初的意圖有點不一樣吧？」

「是沒錯，但那不是用那套邏輯就能客觀切割的事。」

「那，孩子到底是屬於誰的？」

莉莉子難得義正辭嚴地說出大道理，很是生氣。

「這個嘛，誰知道是誰的呢。」

悠子歪頭。本來孩子是女人生的，所以在成長之前的一定期間，應該是屬於那個女人，以及孩子的父親，但是之後又如何？

「孩子，是屬於孩子自己的。」莉莉子說。

「那種抽象論省省吧。因為就現實狀況而言，根本不可能。不是也有很多孩子遭到父母虐待嗎？就是因為父母認為孩子是自己的所有物，才會做出那種事。我認為孩子本來應該是屬於社會全體。可是，那是理想，不可能實踐，所以不管是什麼樣的父母，孩子都只能靠父母養育。畢竟又不是共產主義。」

悠子心生不快，滔滔不絕。

「可是，孩子的人生，屬於孩子自己吧？」

「對呀。可是，以我家的情況，找了代理孕母搞得很複雜，所以才傷腦筋呀。」

她滿肚子怒火，用手撕碎法棍麵包。

「一點也不複雜。悠子妳只要回家就沒事了。」

「我才不回去。總之，我做夢也沒想到基是那種吵著孩子、孩子的人。而且是在已經決心夫婦倆相依為命之後，所以就更受不了了。」

「我想也是，只有悠子妳一個人被排擠在外。」

莉莉子氣人地直接挑明。就在悠子咬唇思索該怎麼反駁時，收到LINE的訊息，定睛一看，是理紀傳來的。

——妳好。向妳報告。今天是第六週，所以去了診所。照超音波時，很意外的是，醫生說可能是雙胞胎。我很驚慌。

自從得知懷孕後，她就和理紀用LINE保持聯絡。悠子立刻回覆：「那真是太棒了。恭喜！」並且傳了恭喜的貼圖。這時候，基想必也收到報告，也很高興吧。

「誰傳來的？」

把起司放在法棍麵包上，正要一口咬下的莉莉子，轉頭問。

「大石小姐。她說，今天去產檢，醫生說可能是雙胞胎。」

「噢，那不是很好嗎？把其中一個孩子給大石小姐，不就皆大歡喜了。」

「別鬧了，又不是小狗。」

悠子噘嘴說，莉莉子聽了一臉哭笑不得。

「可是，養雙胞胎很辛苦吧。妳如果離婚了，誰來撫養？小基的媽媽，應該也有七十歲左右了吧？」

「我哪知道啊。」

這下子麻煩了。真的，今後不知會怎樣，悠子很焦慮。如果按照原先的計畫，應該是悠子復婚撫養孩子，可是就算突然聽說懷的是雙胞胎，依舊覺得事不關己。總之就是毫無現實感。

這時，電話響了。是LINE的電話，理紀打來的。

「喂？大石小姐？恭喜。」

一接起電話，悠子立刻說。然而，理紀的聲音低落。

「悠子姐？上次，謝謝妳傳LINE給我。」

「那種小事，不用謝。倒是妳懷的居然是雙胞胎，把我嚇一跳。想必會很辛苦，妳要加油喔。」

她柔聲安慰。莉莉子似乎想聽她們的對話內容，默默把脖子朝這邊彎過來，令她很不自在。

「好，謝謝。那個，雙胞胎的事，妳還沒告訴草桶先生吧？」

「妳沒有通知他？」

「還沒有。這件事，能否請妳暫時保密？」

理紀哀求似的語氣，令悠子不解。

「可以是可以啦……」

「那個，我有事情想跟妳商量。」

理紀語氣低沉地說。

「好啊。在電話裡說可以嗎？」

「不，方便的話，最好直接當面說。」

語尾含糊地消失。到底是什麼事呢？有種不祥的預感。說不定，理紀會說出想墮胎。如果才懷孕第六週的話大有可能。也許是聽到自己懷了雙胞胎嚇到了，不過這也不能怪她。就連自己，如果換成理紀的處境，大概也會因為初次生產就要生雙胞胎而害怕。

「請問，草桶是否也該一起出席比較好？」

「不，可以的話，我希望只有妳出面。」

理紀的語氣僵硬。

「知道了。那我去哪找妳？」

悠子看手錶。莉莉子瞪大雙眼像要說「妳要出去？」

丟下死皮賴臉表示「也想一起去、我想見理紀、拜託帶我去」的莉莉子，悠子獨自來到澀谷。按照理紀的要求，在MARK CITY裡的咖啡店碰面。

平時雖以電子郵件和LINE保持聯絡，但是理紀本人，倒是很久沒見過了。她想起當初第一次碰面時，也是在澀谷的飯店。

「讓妳特地跑一趟真不好意思。」

理紀在咖啡店靠裡面的位子等候悠子。理紀有點消瘦，變得很美，令悠子有點驚訝。

「哎呀，大石小姐，妳變漂亮了。」

以前，理紀給人的印象是體內充滿憤懣無處發洩，但是現在似乎全都收拾乾淨變得很清爽，有那樣的透明感。悠子猜想，或許是經濟寬裕了，扭轉理紀給人的印象。

「會嗎？」理紀面露困惑。

「真的。也變得很沉靜。」這麼說完後，悠子主動提起懷孕的事。「重點是，這次真的很謝謝妳。接受痛苦的醫療處置，還懷了雙胞胎寶寶。」

話才出口，悠子就覺得自己脫口說出奇怪的話，不由有點可笑。但，看到理紀左手無名指的金色戒指發亮，想到那或許是基買給理紀的，悠子在一瞬間有點心慌。

理紀跟著悠子的視線，慌忙試圖藏起左手。

「啊，這個，妳別誤會。這是上次，我返鄉探親，為了做面子才自己買的。」

「做面子？」

「對。我在東京和藝術家結婚的面子。鄉下人整天東家長西家短的，除了面子沒有任何意義。」

理紀樸實的說話態度，令悠子不禁笑了。

「這樣做面子，有效果嗎？」

「有，大家都很驚訝。不過……」

理紀困擾地皺起眉頭，悠子不禁歪頭思忖，這女孩到底想說什麼。

「所以，和那件事也有關連，我想找悠子姐商量。」

理紀惶恐地縮起肩膀，低下頭。

「找我？不是找草桶？」

「對，這件事不可能告訴草桶先生和青沼小姐。如果是妳，我覺得，或許能夠理解。」

理紀難以啟齒地環視四周，因此悠子促膝向前看著理紀的臉。

「如果不嫌棄，請儘管告訴我。我絕對不會告訴草桶，也不會告訴青沼小姐。」

理紀咬唇片刻，最後終於開口。

「其實，我違反了契約。」

「稍微違約也不能怪妳吧。」

悠子想像，理紀回故鄉時，大概對人透露了這個「專案」。她以為，或許因此掀起什麼漣漪。但，從理紀口中冒出的話，出乎意料之外。

「其實，在鄉下，我和以前交往過的男人在聚餐時碰面，後來，去了賓館。」

「大石小姐還年輕，多少會有那種事吧。」

她正想接著說，這不算什麼。

「不，那時，是排卵日的六天前，所以我大意了。可是，據說精子可以存活六天。」

終於理解對話內容的悠子，果然很震驚。

「之後，就做了人工授精吧？」

「是的。」

理紀垂頭喪氣。

「也就是說，現在弄不清到底是誰的孩子？」

對，理紀說著垂頭。

「我倒覺得沒問題。」悠子回想自己接受過的不孕治療的詳情如此說道。「妳和那個男人有避孕吧？」

「對，可是，做了好幾次，中途我就不確定了。」

「好幾次。」悠子傻眼得說不出話。「雖說可以存活六天，但我想那是極少數的例子，所以很難說。一定沒問題的。」

她像要說服自己般如此斷定。

「可是，不只是那個男人。」

理紀小聲說。

「啊？還有？」

驚愕的同時，也完全不相干地想到，這時候莉莉子如果在場，不知會有多開心。

「對不起。隔天我回到東京後，朋友說要搬回故鄉的小島，我覺得很寂寞，就和那個人也做了。」

悠子做夢也沒想到，理紀要找她商量的，居然會是這種內容。悠子努力試圖整理混亂的思緒。

「換句話說，在排卵日的六天前和五天前，妳和二個人性交過，是這樣沒錯吧？所以，這次的懷孕，妳不確定是不是草桶的孩子？」

悠子一邊顧忌周遭耳目，再次向理紀確認。

「是的，對不起。」理紀很沮喪。

「大石小姐，妳打算怎麼辦？」

悠子也不知該怎麼辦，所以反過來問理紀。

「我還想問妳呢。悠子姐，我是不是該墮胎比較好？否則事後檢查ＤＮＡ什麼的，萬一不對，那可不只是賠償違約金而已的問題吧？」

悠子不知該如何回答，當下啞然。

「收到草桶先生的電子郵件，我當時很生氣。於是想反抗一下，而且我想我大概也有點掉以輕心，以為做了好幾次人工授精都沒懷孕，這次八成也沒希望。真的很抱歉。」

理紀低頭道歉。雖然沒有兩眼淚汪汪，但神情真的很為難。

悠子多少也覺得，理紀如果不說出來，其實誰也不會懷疑，只會一心期待她的生產，不過理紀這種態度令悠子頗有好感。

「是不是該告訴草桶比較好？」

「這點，也是我想找妳商量的。」

驀然間，莉莉子那句「孩子是屬於誰的？」重現腦海。沒有正確答案。悠子牙一咬下定決心說：

「我認為不要告訴草桶比較好。」

「可是，最後的結果說不定會等於欺騙他。」

雖然覺得機率很低，但既然有那種可能性，的確不好說。悠子沉默片刻陷入思考。期間，理紀一直坐立不安地凝視悠子。

「可是，是妳要冒著生命危險生產，所以孩子當然是妳的。草桶花了錢，也做了麻煩的取精，所以或許會抱怨，但他當然不可能公開控訴，所以如果妳想生就先生下來，之後再慢慢考慮或許比較妥當。」

「不是說要做ＤＮＡ檢查？」

「用不著勉強。如果不想把孩子交給任何人，妳把那二個孩子帶走不就好了。」

「帶去哪裡？」

理紀面露不安。

「不知道，總之等妳生下孩子再考慮就好吧。」

「這樣違約吧。請問，我是不是該歸還那筆錢？」

「用不著還錢。如果妳想自己撫養，就用那筆錢養孩子好了。」

「可是，悠子姐，妳本來不是打算和草桶先生一起撫養？如果我改變心意，妳會不高興吧？」

悠子搖頭。

「我自己，其實對這次的事情也一直有違和感。可我沒有堅持到底，所以我反省過，也認為對不起妳。我終於察覺，自己的想法和草桶不同。我想，我大概會和草桶分手，但草桶應該打算和孩子一起生活。」

「即使那不是他真正的孩子？」

「這個不好說。如果不是他真正的孩子他八成不願意吧。因為他說過想確認自己的遺傳基因。」

聽到遺傳基因，理紀似乎怕了，渾身打個冷顫。

「到底該怎麼辦才好？可是，我也有點想把孩子生下來。」

「到了這個地步，就堂堂正正生下來吧，大石小姐。反正船到橋頭自然直。」

真的會船到橋頭自然直嗎？如果在這個時間點墮胎，告訴基孩子流產了會不會更好呢？那樣的話需要青沼的協助……悠子如此左思右想。

然而——她自然而然瞥向理紀的肚子。那裡孕育著一個小生命，年輕的理紀卻依然小腹平坦，完全看不出那樣的徵兆。看著她的肚子，實在太健康了，她說不出勸理紀墮胎比較好這種話。

3

回到公寓時，已過了十一點。

悠子從澀谷回來的路上，一直在思考關於理紀的煩惱到底該採取什麼對策。理紀找她商量的事，完全出乎她的意料，但她絲毫不想責備年輕的理紀。本來做出這種失禮的委託就是瞧不起理紀。即使理紀改變心意，一時衝動做出傻事，悠子覺得也不能怪她。

想到那是好不容易得到上天恩賜的生命，墮胎根本不該考慮，況且如果繼續靜觀其變，基應該會相信那是自己的孩子，再者，叫理紀儘管一個人撫養孩子，再怎麼說好像也太不負責任。

孩子是基的機率最高，如果繼續佯裝不知把孩子生下來，按照約定，理紀把孩子留給基，雙方離婚，那樣應該是最好吧。

可是，那樣的話，雙胞胎就得由自己來照顧。婆婆千味子不出手，卻可能嘮嘮叨叨做出各種指示。那固然想想就令人發愁，重點是若要照顧雙胞胎，自己絕對不可能繼續工作。這麼一想，悠子現在就想嘆氣了。

「我回來了。」

一開門，基就滿臉喜色地出現。黑色長袖衛衣配牛仔褲。這身打扮顯然還不準備睡覺。

「我一直在等妳。」

基像要擁抱悠子般誇張地張開雙手走近。雙手的位置很有芭蕾舞風格。是二位側伸式（a la seconde）。

「怎麼了？」

拉開靴子的拉鍊很費事，所以她坐在玄關慢慢脫鞋。簡直像在拖延時間。她不想和基說話。

「據說是雙胞胎。」

站在背後的基，感動萬分地說。

他怎麼會知道？悠子吃驚地轉頭看他。

「傍晚，青沼小姐聯絡我。她說今天有產檢，當時照超音波發現的。雖然還不確定，但她說應該八九不離十。」

理紀請自己保密，但基似乎還是透過診所和青沼知道了。就算要生孩子的當事人不通知，重要的情報，還是會迅速洩漏給出錢的人。理紀一定很不高興吧。

「大石小姐有聯絡你嗎？」

「完全沒有。」

悠子感到徒勞，仰望基的臉。然而，基沒有留意到悠子的反應，只顧著歡喜，幾乎熱淚盈眶。

「居然是雙胞胎，我想都沒想到。真是太好了。所以，我想和妳舉杯慶祝，一直在等妳。」

她放棄抵抗半帶嘆息地去客廳，只見桌上放著香檳桶，裡面冰鎮著珍藏的庫克香檳（Krug）。

「乾杯慶祝的對象，應該是大石小姐，不是我吧？」

她回想起理紀在咖啡店角落鬱鬱寡歡等待悠子的側臉，如此說道。

「她那邊，遲早我也打算請客慶祝一下。不過，首先還是我們自己乾杯吧。」

「因為那什麼專案成功了？」

「不，那倒還沒有。要等順利生產之後。」

基拔開香檳瓶塞。砰的發出響亮的聲音。她凝視淺黃色液體中，無限湧出旋即消失的細小泡沫。

「乾杯！敬雙胞胎！」

基把杯子靠過來碰杯時，悠子忽然覺得基可憐。你可知道，自己或許受騙了。這樣也無所謂？——她不禁想這麼問，但是有權對基說這句話的人，除了懷有孩子的大石理紀之外，別無他人。這瞬間讓她徹底明白，自己完全是這件事的局外人。

「太好了。」

悠子含著香檳，勉強這麼說時，基的神情複雜。

「嗯，我很高興，但悠子妳並不開心吧？」

「怎麼說？」

「對呀，因為妳將成為雙胞胎的母親。這件事出乎意料吧。養小孩很辛苦。」

「應該是吧。」

神情怎樣都高興不起來。

「不用擔心。我倆一起努力撫養。」

基似乎誤解了悠子的不安。

「如果，我不跟你復合，變成你一個人養孩子的話，你會怎麼辦？」

她鼓起勇氣試問。一瞬間，基錯愕地看著悠子，過了一會才一臉意外地回答：

「也就是說，要保持離婚的狀態，是嗎？悠子妳是那樣想的？」

「我不是要逃避責任，但那畢竟不是我的孩子，所以總覺得有點事不關己，而且始終無法抹消對不起大石小姐的心情。也無法像你一樣那麼看得開，單純將代理孕母視為一種工作。」

「雖然看不開，但女人或許就是這樣。也許是我這段時間觸怒了妳。」

今天的基聰明又體貼。不久前的基，單純為可以當爸爸而開心，壓根沒有察覺悠子複雜的心緒。

「這又是吹的什麼風？」

她不禁語帶挖苦。

「不，我之前就在想這件事了。不過，我以為妳是贊成的，所以，就把那個念頭省略了。」

「請你不要輕易省略。我當初是不得不贊成，因為想和你一起撫養孩子。可是，一旦離婚後——」

她終究說不下去，就此打住，於是基低聲代她說出來：

「就覺得無所謂了？」

「不，要想的事情變多，感覺大概是更迷惘吧。如果，大石小姐離婚時不肯把孩子給我們怎麼辦？說不定她會聲稱要把孩子帶走自己撫養。到那時候，你能打官司告她違約？」

基搖頭。

「不可能告她。本來就是私底下的秘密約定。不過，我認為最好也預先考慮到那種事態的發生。如果真的變成那樣，我不希望孩子被搶走，不會同意和她離婚。所以只能見機行事，請她重新考慮了。」

沒想到基居然打算長期抗戰。

「那，到時候我怎麼辦？」

「妳這邊，只能請妳等我把問題解決空出位子。」

悠子噗哧笑出來。基也報以苦笑，給喝光的杯子倒上第二杯。

「那樣的話，豈不是本末倒置。」

「是你自己先說的，還好意思說。」

「是沒錯啦。」

基大概以為這純粹只是假設的話題。

「假設，她不肯交出孩子的理由，是因為那孩子其實不是你的，你會怎麼做？」

「那絕不可能。」基斬釘截鐵說。

悠子很想質問他，哪來的這種確信，但是她死都不可能透露更多。

「這純粹是假設，就算不可能你也回答一下嘛。那種情況你會怎麼做？」

「我打算當作自己的孩子撫養，所以即使是那種情況，在她把孩子給我之前，我也絕對不答應離婚。換句話說，孩子就當作我們家的孩子撫養。」

「不答應離婚，能夠當作自己的孩子撫養？都砸了那麼多錢請她做人工授精了。」

「不，等孩子生下來，已經無關緊要了。是不是自己的孩子我都不在意。我一路參與到生產，所以只能相信那是自己的孩子去撫養。」

「你說得倒是好聽。那明明很難做到。」

悠子半信半疑。

「我並不是講好聽話。」基說完後，突然露出非常脆弱的神情。「應該說，其實，我有點害怕了。」

「怕什麼？」

「今天，青沼小姐打電話來，對我說『好像是雙胞胎，恭喜你了』的時候，我在開心的同時，也有點害怕。」

「為什麼？」

「就是像妳剛才說的那樣。這下子，我也覺得恐怕會很辛苦。大概是那種『我竟然讓自己不愛的女人，肚子裡懷了二個人』的恐懼吧。如果只有一個胎兒好像還能撐得住。可是，那是二個，是雙胞胎。這還不可怕嗎？」

「怎麼，剛才你不是還喜滋滋說是雙胞胎。」

悠子苦笑。

「不，我當然高興。高興是事實。如果只考慮對自己有利的方面當然會高興吧？比方說，如果是龍鳳胎，只生一次就能兒女雙全簡直太好了之類的。會想那種對自己有利的事情。可是，反過來說，也很可怕。總覺得好像做出什麼無可挽回的事情。畢竟那可是生產。別說是神的作為了，甚至覺得成了惡魔。那二個孩子長大後，如果知道這件事，我想，他們說不定會恨我。」

悠子很傻眼，看著基軟弱地皺到一起的眉毛。

「事到如今你這是幹嘛。那種事，不是早就知道嗎？」

「是沒錯，但我沒想到會是雙胞胎。我總覺得將來有一天孩子們會二人聯手，把我當成敵人充滿恨意。他們會說我害慘了他們的母親。」

「你是指大石小姐？」

「不只是大石小姐，悠子妳也是。」

「二個母親嗎？」

悠子的腦海，重現莉莉子說過的話。「那，孩子到底是屬於誰的？」自己夫婦二人，的確決定了即將誕生的二個人的命運。這難道不可怕嗎？

「所以，請妳陪我一起克服這個問題。拜託，我們不是夫婦嗎？」

基凝視庫克香檳的泡沫說。

「這我當然知道，只是——」她只能這麼說。

「只是什麼？」

基眼神認真地追問。自己是在逃避嗎？理紀看似困惑的年輕臉龐，再次浮現腦海。

喝完香檳後，基和悠子沒怎麼交談。二人坐在沙發上，彷彿什麼事都沒發生過，看著老電影喝了很多琴酒。

也因此，隔天悠子嚴重宿醉。基帶馬修去舞蹈教室後，悠子也沒去工作繼續睡覺。

十點過後，理紀用LINE打電話來。悠子早有覺悟，猜到她遲早會打來，所以做好心理準備接起電話。

「喂？我是悠子。」

「啊，悠子姐。昨天謝謝妳。」理紀似乎呼吸急促，語氣從一開始就帶著質問。「剛才，我收到草桶先生的訊息。內容是：聽說是雙胞胎，恭喜。悠子姐，妳告訴他了？」

悠子一出聲就腦袋陣陣刺痛，只好用手指按著太陽穴回答：

「昨晚我回到家之後，才發現他已經知道了。好像是青沼小姐告訴他的。草桶聽說是雙胞胎非常高興。」

至於基的恐懼，她沒說。

「啊？青沼小姐太過分了。懷孕的事，應該是我的個人隱私吧。可她竟然未經我同意就說了。」

「對呀，妳說的沒錯。」

自己如果換成理紀的立場，八成也會生氣。然而，如基所言，事態早已扭轉到怪異的方向發展。自己無法阻止那個扭轉。

「『說的沒錯』？聽起來感覺置身事外。我還以為妳是站在我這邊的。」

可以想像理紀現在噘嘴的模樣。

「我是啊。我沒把妳的事說出去，也沒有站在草桶那一邊。只不過，我也不知道這次的事情該怎麼辦。我認為由妳決定就好。」
悠子拚命解釋，但她不知怎麼說才能讓理紀接受。
「由我決定？」
「對呀，妳是當事人嘛。違反契約，和其他男人發生關係，也是妳自己決定的，我沒資格責怪或插嘴干涉。所以，該如何收拾，當然也該由妳決定。」
「話雖如此，可是……」理紀發出哀聲。「我一個人無法決定。這件事太可怕了。」
「不過，要不要把孩子生下來，只要妳決定了，我想任何人都不會反對。草桶應該也會尊重妳的意願。不管是哪種結果，大家都不會生氣。所以，妳自己決定吧。我會尊重妳的決定，也會協助妳。」
理紀沉默。
「好吧。我想，我應該會生下來。所以，請妳支持我。」
「知道了。妳要保重身體。」
「好，謝謝。」
彷彿已去了他方，理紀的聲音聽來無比遙遠。是自己逼得她孤獨嗎？悠子望著天花板，有點不安。

下午很晚才去工作室，莉莉子立刻來訪。她似乎迫不及待想知道，悠子和理紀到底談了什麼。

「昨天發生了什麼事？她說要墮胎？」

莉莉子挑起的小眼睛冷然睨視悠子。彷彿想說，快把真相告訴我。

「妳怎麼會冒出墮胎這種想法？」

悠子很吃驚，回視莉莉子。

「對啊，都已經懷了雙胞胎，還說有事找妳商量，感覺問題就很嚴重吧？當然，她年紀輕輕，又是代理孕母，一定是面對生產心生畏懼找妳商量想墮胎。對不對？」

這個朋友只要說到性和生育，聽起來總像是吃飯一樣簡單。她自己不參加，居高臨下地站在旁邊看熱鬧偷笑，令人有點惱火。

「妳可別想著事不關己就當成樂子看熱鬧。」

「我才沒有當成樂子。」

莉莉子故作無辜說。然後用湯匙挖了一口她當做伴手禮帶來的泡芙裡面的卡士達醬。

「這個超好吃。悠子妳也吃吃看。是BIEN-ETRE的喔。」

宿醉還在噁心的悠子拒絕了。

「我還不想吃，晚點再說。」

「那我要帶回去。」

莉莉子壞心眼地說，悠子不禁苦笑。

「妳幹嘛，像個小孩子。」

「重點是，快告訴我嘛。如果是我，說不定可以幫助那個女孩。」

「莉莉子妳憑什麼覺得自己做得到那種事？哪來的念頭？簡直莫名其妙。」

「我也不知道。」

莉莉子大剌剌地說完就笑了。悠子暗想這傢伙搞什麼時，LINE電話響了。又是理紀打來的。

「一再打擾妳很抱歉。後來，我想過了，我覺得還是墮胎最好。所以，我決定明天去墮胎。」

「等一下！」

悠子失聲驚呼。

結果，最後約定在昨天碰面的那家咖啡店，和理紀當面商談。這次，莉莉子也跟來了。悠子希望至少能讓她打消墮胎的念頭，所以打算請莉莉子當援軍。

然而，去澀谷的路上，說明事情經過後，莉莉子說：「妳幹嘛反對她墮胎？那明明是最好的辦法。」悠子想，早知如此根本不該帶這種女人來，可惜為時已晚。

理紀坐在和昨晚見面同樣的位子上等候。穿著藏青色針織連身裙。莉莉子毫不客氣地盯著理紀的肚子。

「大石小姐，這位是寺尾莉莉子。是我的朋友。方便讓她一起討論嗎？」

理紀好像很吃驚，看著莉莉子異於常人的容貌，以及全身黑得像烏鴉的服裝。似乎斷定莉莉子是個怪人。她也沒笑，只是伸出脖子點頭致意。

「妳好，敝姓大石。」

「我是寺尾莉莉子。」

莉莉子照例遞上那張印有「春宮畫家」的名片。是上面畫著一對男女在紅毯上交媾的名片。

「哇，超酷。」

莉莉子似乎很滿意理紀的反應，莞爾一笑。

「妳就是參加專案計畫的大石小姐吧。這次的事情，我反而覺得妳幹得好。」

理紀或許是嚇到了，老實回答：

「妳是說代理孕母的事？」

「不不不，我是說在人工授精六天前契約外的性交。」

莉莉子拿起咖啡歐蕾的杯子，略顯做作地說。理紀責怪地看著悠子，悠子辯解：

「這個問題，我一個人實在不知該怎麼辦才好，所以找莉莉子商量。不過，我在草桶和青沼小姐面前一個字都沒說，妳放心。」

「對，真要說的話，還是我們女人之間敞開心扉說吧。」

莉莉子接腔。

「啊？可我有點難為情。」

理紀一臉困惑，微微晃動身體。

「這有什麼好難為情的。」悠子壓低嗓門說。「倒是妳，為什麼說要墮胎？」

理紀嘆氣後，凝視著自己的咖啡杯吶吶說道：

「直到今天上午，我還打算把孩子生下來。其實，我以前拿過一次孩子。所以，這次是第二次懷孕，不管結果怎樣，都得生下來——感覺上是這樣激勵自己的。」

悠子大大點頭。

「可是，後來我一直在思考，最後結論是我根本承受不了這麼麻煩的事。坦白說根本不知道那是誰的孩子，唯有草桶先生，堅信那是自己的孩子。萬一不是，我無法想像會鬧出多大的亂子，也很害怕。另外，就算確定是日高先生或大輝的孩子，我也不可能叫他們負起責任。日高先生有家庭，大輝也已搬回與那國島，所以根本無法指望。如此一來，我必須一個人撫養孩子。可是，我絕對無法帶著雙胞胎一個人工作賺錢，所以我認為最好還是在演變到那種地步之前拿掉孩子。早上我宣稱要把孩子生下來，所以我想至少該和悠子姐報備一聲，這才通知妳。」

「那妳打算怎麼對草桶或青沼小姐說？」

「說我流產應該就行了吧。不過，如果被拆穿了，老實說，我打算還錢。因為那樣心裡比較輕鬆。」

「噢？那個人，叫做日高啊。然後，另外一個叫做大輝？」

打岔說出毫不相干的感想的，正是莉莉子。

「是的。日高先生是我在北海道的前男友，大輝是治療師。不過雖說是治療師，並非真正的那種心理治療師，是專門服務女人的性產業的人。」

莉莉子似乎頓時興趣大增，向前探出身子，搞得悠子提心吊膽。

「服務女人的性產業，是做些什麼？」

「主要是性感按摩，如果客人有興趣，也提供真槍實彈的性服務。」

「噢，不錯欸。我認為妳相當有品味喔。我啊，聽了這次的事情，很贊成妳的選擇。沒錯，墮胎是對的。根本不用生什麼小孩。女人啊，完全不用負責什麼生育。純粹只是忠於慾望快快樂樂活著就夠了。妳的情況，撇開錢先不談，那個草桶先生，無法滿足妳的慾望才是問題吧。否則把他當成男人只要看對眼，也可以真正性交呀。如果是性交之後的懷孕，那就沒話說了。」

理紀或許不知該怎麼回答，整個人都傻了。悠子慌忙舉起右手打斷莉莉子。

「大石小姐，我反對墮胎。我不是基督教基本教義派，也不是什麼衛道人士，但妳既然懷孕了，還是生下來吧。我無法生育，所以或許沒資格說話，但是生產也是一種可能性，為什麼不試試看呢？說不定會為妳帶來幸福，也說不定會因此背負巨大的不幸。不過，養小孩一定很有意思。如果是我就會把孩子生下來。

「我反對。絕對應該趁現在趕快打掉。如果小基拿違約金找碴，那我替妳付這筆錢。」

莉莉子甩開悠子的手說。

「小基？」理紀一臉不可思議。

「她是說草桶啦。」

悠子瞪著莉莉子說。

「說吧，妳要選哪個？」

不知怎的莉莉子逼她做決定，理紀苦惱地雙手抱頭。

4

被悠子和莉莉子這二個意見完全對立的女人逼著「要選哪個」兩邊夾攻，理紀真的不知該怎麼辦了。

理紀本來為了避免麻煩想墮胎，可是贊成的是局外人莉莉子，關鍵的委託人悠子卻主張不管是誰的孩子都該生下來比較好，理紀不猶豫才奇怪。

不過，悠子的說詞也相當情緒化，顯然不是設身處地替理紀著想的發言。至於莉莉子，別說是設身處地了簡直不負責任到極點，似乎只是因為理紀選擇墮胎來解決問題，和莉莉子多年來的想法湊巧達成一致而已。

不知該怎麼回答的理紀低頭不語，悠子轉為鄭重的口吻。

「大石小姐。我認為，生小孩這件事，本來就有一定的風險。首先就不確定能否平安生下來，即使生下來也好不到哪去，只要活著，總會發生各種問題。我的小弟已經快四十歲了，還窩在家裡不出門。他就是無法自力更生。現在，已經成了大家的包袱。而且，我還有個被醫生診斷為語言發展遲緩的侄女。人生會發生什麼真的很難說。不過，委託妳生孩子的，是我們夫婦。意見反覆改變實在很抱歉，但我們的思緒就是這麼混亂。不過現在，不管會生出什麼樣的孩子，不管是誰的孩子，我認為都只能負起責任接受。所以，請妳不要說什麼墮胎，把孩子生下來吧。拜託。」

悠子說著，低頭鞠躬。

「可是，我如果生了雙胞胎，悠子姐照顧起來會很辛苦吧。那不是意料之外的情況嗎？」

理紀的擔心似乎說中了，悠子頓時陷入沉默。反倒是莉莉子迫不及待地開口。

「對呀，到時候絕對不可能繼續工作。照顧一個就已經夠辛苦了，更何況是雙胞胎。光是帶小孩都忙不過來了，我想根本沒辦法顧及工作。而且那還不只是一兩年喔。要耗上五、六年，不，必然更久。在這個變動激烈的插畫業界，妳的工作資歷八成也會消失，更何況，那又不是妳的親生子，妳要怎麼保持幹勁。」

「幹勁？」

悠子不悅地撇嘴，瞪視莉莉子。莉莉子置之不理。二人的感情到底是好是壞，簡直讓人一頭霧水。

「我的幹勁，來自責任感。」

悠子慎重其事地指向理紀，理紀不禁縮起脖子。

「當初是我們委託大石小姐生孩子，我們自然有很大的責任。所以，就算不是我的親生子，也不是草桶的親生子，我認為還是必須撫養。那就是我的幹勁來源。」

「哎喲，這倒是頭一次聽說。這麼偉大的決心，是什麼時候冒出來的？」

莉莉子壞心眼地問。

「就是現在。」悠子憤然回答。「就是現在。現在，和大石小姐對話時，我的幹勁越來越旺盛。」

「現在？虧妳能臉不紅氣不喘地說出這種話。我才不相信。」

莉莉子發出刺耳的喀鏘一聲，把咖啡杯放到碟子上。

「莉莉子妳不相信也沒關係，雙胞胎就算生下來，我也不介意。草桶應該會幫忙照顧，而且如果有必要，也可以向我婆婆求援。畢竟，已經決定由我們夫妻撫養。大石小姐，妳不用擔心，把孩子生下來吧。我們會承擔一切。」

「妳這是什麼話。基本上，又還不確定是小基的孩子。為了自己好，最好別把話講得那麼漂亮？那是問題的焦點吧。況且，你們為了要孩子甚至不惜離婚了。妳昨天，不是還在抱怨說這樣繼續單身更好，不想和老公復婚？」

莉莉子說得口沫橫飛，對悠子咄咄逼人。

「我才沒有那樣說。我們是假離婚，很快就會復婚。」

悠子也不甘示弱地大聲說。

「那太卑鄙了。為了委託這個人當代理孕母，他特地和妳離婚，再和這個人結婚。然後，等孩子生下來再復婚。你們到底在想什麼。根本沒有考慮大石小姐嘛。你們是把這個人和即將出生的孩子的人生當成玩具。」

悠子噓了一聲，將食指比在唇上。

「玩具？我可沒有那麼失禮的想法。況且，妳講那麼大聲，周圍的人都聽見了。大石小姐豈不是很可憐。」

「可憐？」莉莉子生氣地反駁。「一點也不可憐。這個人，是了不起的女人。幹得相當漂亮。違反契約，和其他男人上床，簡直太酷了。基本上那個契約本身就很蠢。所以，她應該被誇獎才對，根本用不著同情她說她可憐。」

莉莉子的說詞，雖然有點脫離重點，卻觸及某種本質。理紀不明白那是什麼，歪頭思索的同時，也畏縮地看著莉莉子和悠子爭論時挑起的眼睛。傲然承受那種注視的莉莉子，把手放在理紀的肩頭。

「所以說，妳先去墮胎就對了。要把肚子的存貨清乾淨喔。然後，重新來過。」

「把肚子的存貨清乾淨」，這是什麼說詞啊。理紀不禁噗哧笑出來。

「不行啦，不行。那怎麼可以，好不容易懷孕還打掉太可惜了。而且，肚子裡是二個耶。請妳生下來吧，拜託。」

悠子快哭出來似的懇求。沒辦法，理紀只好點頭。

「呃，那，我考慮一下。」

悠子對她這不痛不癢的答覆不滿足，面露不安。

「該不會考慮到最後還是要墮胎吧？」

「不知道。我還在煩惱。」

是真的。比起害怕自己違約導致孩子可能不是草桶基的，理紀更害怕生雙胞胎這個衝擊。肚子不會破裂嗎？產道（陰道）不會有事吧？就算不至於破裂，產後能夠恢復原狀嗎？如果生下雙胞胎，子宮被撐大了，將來，萬一想要自己的孩子時，該不會已經不能正常生產了？

跑來老家院子的那些野貓，四、五個月就會生一次，所以一年到頭都帶著小貓。自己若能像那些野貓一樣順利生產倒還好，萬一難產怎麼辦？不，不僅是難產，聽說還有很多例子都是因為生產喪命。
理紀逐漸開始害怕生產。所以，想要墮胎，比起逃避問題，更是在逃避現實。
「歸根究柢，當初打從這對夫妻說要找代理孕母時，我就很反對。」
莉莉子又重提問題，悠子氣惱地打斷。
「莉莉子妳又不是當事人，請妳閉嘴。妳連性交都沒經驗，根本不懂生不出小孩的痛苦。」
「我是刻意迴避性交，我不想和任何人做那種事。不過，就算這樣，也不代表我就不懂生不出孩子的痛苦。坦白講，你們夫妻，這些年不也為了享受性愛一直避孕？結果一發現生不出孩子就突然開始喊什麼痛苦。」
莉莉子氣人地說。由於她說「性愛」、「避孕」這些字眼時太大聲，隔壁桌玩手機的年輕女子尖銳地投來一瞥。一把年紀的歐巴桑們，居然大聲講這麼噁心的事情還吵架，八成很傻眼吧。
理紀很難為情，因此當女人的視線射向這邊時，她一直盯著牆壁。然後，當二人的對話在瞬間停止時，理紀立刻插入阻止。
「呃，我知道了。我保證絕對不會在這一兩天就做出什麼舉動，能不能請你們冷靜一下？」
「真的？說話算話喔。」悠子說。
「我保證，我保證。那，我先告辭了。」
理紀怕了二人的爭論，站起來就想走。

「等一下。」
莉莉子拽住理紀的手臂。她很用力，因此理紀被拽得一屁股跌坐回椅子上。
「什麼事？」
「大石小姐，妳現在在做什麼？」
「什麼意思？」
「我是說工作。妳該不會印了名片，上面的頭銜就是『代理孕母』吧？」
莉莉子一本正經地說出惡劣的玩笑。想起莉莉子誇張的名片，理紀不禁笑了。
「怎麼可能。」
「拜託，不要那麼大聲說代理孕母。大家都在看。」
悠子蹙眉，扯住莉莉子的黑衣服。然而，莉莉子不客氣地拍開悠子那隻手，逕自問理紀：
「之前的工作呢？」
「我本來在醫院當事務員，現在什麼工作都沒做。」
「啊，我想起來了。那倒是正好。」
「什麼意思？」
「我啊，正在找助理。我家開醫院，既然妳原本就在醫院處理行政事務，那我覺得這也是緣分。欸，大石小姐，不嫌棄的話，要不要來幫我工作？」

被這意外的提議嚇到，理紀不禁窺看悠子的臉色。悠子也愣住了，看著莉莉子。

「都已經懷孕了，還獨自生活想必很不安，所以搬來我家住也可以喔。反正有多的房間，況且妳如果跟我一起住，工作也會更省事。」

「等一下。既然要搬，不如搬來我家住吧。基一定也會很高興。」

悠子不甘示弱地說，但那似乎並非真心話。證據就是，她並不想繼續說更多。

她想起之前，基曾經主動提過，如果理紀懷孕了，可以住在他母親的舞蹈教室。雖然嘴上說這是因為重視孕婦，但悠子早已看穿他的用意是為了方便管理，因此當場就拒絕了，但是莉莉子這個提議的出發點似乎稍有不同。

「莉莉子小姐，妳說的工作，是做些什麼事呢？」

「我要專心創作春宮畫，所以助理的工作就是和畫廊交涉及處理行政事務、接受訂單、還有IG與臉書的內容更新等等。要做的事情很多。」

懷孕是目的，所以現在什麼工作都沒有，但是如果沒有收入，存款會因生活開銷逐漸減少。就算拿到草桶基給的成功報酬，等到生完孩子時，恐怕也只剩下那些錢了。

這麼一想，就很感激莉莉子的提議。不過，莉莉子本人是個怪胎，所以理紀多少也有點不安。

「今天謝謝二位。莉莉子小姐，我改天再跟妳聯絡。」

理紀行個禮起身離席。雖然很失望這些年長的女人對自己毫無幫助，但二人似乎都沒察覺理紀的失望。

「大石小姐，算我求妳，千萬別衝動地做傻事。」

悠子不安的聲音縈繞耳邊。

理紀在MARK CITY擁擠的人潮中戰戰兢兢走著。肚子裡有異物，那個異物不知會對自己做什麼壞事。所以，她覺得不能亂來，很害怕。

理紀前往井之頭線月台的途中，又想起莉莉子說的那句「把肚子的存貨清乾淨」，不禁一個人笑了。的確，肚子似乎有點漲，像便秘時那樣不暢快。

懷孕前，她想像的是卵子輕飄飄浮游在子宮中。可是，一旦懷孕才發現，感覺就像嫩芽牢牢扎根在子宮，相當詭異。那個嫩芽，會從自己的子宮奪取營養逐漸成長，所以也像電影中的異形。而且，是二隻。

對於那種異形，不覺得可愛也無法心疼，是因為自己是收了錢接下替一個不喜歡的男人懷孩子的工作嗎？果然，當初根本不該答應當什麼代理孕母。

理紀和明天就想立刻去墮胎「把肚子的存貨清乾淨」的慾望搏鬥。然而，如果真的那樣做，草桶基和青沼一定會責怪自己。就連她本以為是唯一戰友的悠子，雖然不會責怪理紀，但她似乎很希望理紀把孩子生下來，所以也許會生氣。這下子四面楚歌。深感孤獨的理紀，嘆了一口氣。

隔天中午過後，還在猶豫的理紀，試著打電話給日高。回到東京後，完全沒有傳訊息也沒有打電話。二人上賓館的事被發現後，她很想問問後來怎樣了，但是如果演變到鬧離婚的地步自己也被捲入的話會很討厭，所以她沒有主動聯絡。

過了中午才打電話，是因為她猜想那是日高吃完妻子做的愛心便當後比較方便接電話的時段。她記得日高總是自己帶便當，開心地用餐。

果然，日高立刻接聽。或者該說，從他氣喘吁吁看來，他似乎一直在等理紀的電話。

「喂？我是理紀。」

「嗯，妳還好嗎？」

「嗯。現在方便講話嗎？」

「妳不就是知道現在是午休時間才打電話來？不愧是理紀，真了解我。哎，後來妳連個訊息都沒有。我還在想，妳也太無情了。」

不難想像日高一邊竊笑，一邊走到無人之處的模樣。

「虧你好意思說。日高先生你自己還不是沒傳訊息也沒打電話來。」

如今，對方如果主動聯絡反而覺得困擾，可見人心易變，連自己都覺得驚訝。昔日被日高冷落時，明明那麼難過。

「不是，如果我媳婦檢查我的手機就麻煩了。」

「既然如此，從上班的地方打給我不就行了。」

「上班的地方不行。理紀，原來妳也想和我說話啊。」

明明是開玩笑，卻很高興。

「對了，我要回來時在機場碰到美咲姐，她講了很奇怪的話，沒事吧？」

「噢，的確不妙。我們進賓館的時候，好像被看到了。」

所以開著白車進入市區的賓館根本是作死。被我說中了吧。

「那你是怎麼脫身的？」

「沒什麼脫不脫身的，隔天早上就流言四起了。然後，有好事的人通知我媳婦。我媳婦氣得大鬧一場。」

「拜託你不要說媳婦。」

「啊，讓妳不愉快？」

日高開心地說。似乎誤以為理紀在吃醋。

「應該說，是因為男尊女卑。」

「男尊女卑？哪有？」

這人到底遲鈍到什麼地步啊，理紀很傻眼。不過，遲鈍的男人總是佔便宜，能說出理所當然的話，做出理所當然的行動，有時比誰都強。

「不知道就算了。不過，我的確不高興，所以請你別說了。然後呢？你太太原諒你了？」

看這樣子是原諒了，但她還是好歹問一下。

「她說是不是因為她沒空理我，我才在外面偷吃，說得好像都是她自己的錯。因為最近，她一直用太累了逃避行房。」

虧他好意思大言不慚地說出口。日高的妻子，在男人之間一定被譽為賢妻吧。

「真是幸福的賢伉儷啊。」理紀嘲諷。

如此說來，應該可以認為，只有理紀的名譽一敗塗地。日高對理紀的死活，似乎毫不顧慮。

「那些流言，也傳到我老家了嗎？」

「不知道，應該沒問題吧。又扯不上關係。」日高非常樂觀。「不提那個了，倒是妳老公，沒事吧？」

「對啊。好像沒發現。」聲音雖開朗，卻是抱著黯淡的心情回答。「對了，日高先生，如果我因為那次懷孕了，你會怎麼做？」

「妳說那次？不是說那時候是安全期嗎？妳騙我？」

日高語帶不安地問。

「我以為安全，可是懷孕了。」

「不會吧！」日高大喊。

「不，是真的。現在第六週。」

日高無語。

「不過，我也和別人上床了，所以也許是那個人的孩子。」

日高慘叫一聲後，意志消沉的聲音傳來。

「慘了。那個打擊更大。」

「日高先生不也和太太上床嗎？都是一樣的。」

「不，和我媳婦雖有夫妻生活，可是不像跟妳做的時候那麼爽。只是按表操課，交作業。」

性交可以按表操課嗎？婚姻生活這回事，想想還真搞不懂。

「如果做ＤＮＡ檢查後，確定是你的孩子，你會認養嗎？」

「如果我媳婦同意的話。」

「這跟你太太沒關係吧。」

「可是，也可能是其他男人的吧？」

「或許大有可能。所以我才說要做ＤＮＡ檢查。」

理紀並未隱瞞。因為理紀也希望，如果可以，最好不是日高的孩子。

「那就好。總之，如果查出什麼了再通知我。」

日高如釋重負地說完就掛斷電話。即使確定是日高的孩子，她猜想日高八成也不會認養。

接著，她決定用LINE打電話給大輝。他應該已經回到與那國島了，但是之後毫無音信。電話響了一會也沒人接，就在她打算重撥時，對方終於接聽了。

「喂？」

大概是在睡覺吧。聲音低沉含糊。

「大輝，你在睡覺？」

過了中午還在睡，可見應該沒有當老師。

「嗯，不過，沒關係。我差不多也該起床了。」

「你在那邊怎樣？」

「妳是問我的工作？」

「對。我很好奇你後來過得如何。」

「結果，不是在與那國。叫我要按照順序等候，可是我覺得應該沒希望，所以跑來本島。所以現在，我在那霸。原本在松山這個地方當牛郎，可是年輕的傢伙多，我老是被欺負，業績又不達標，所以就辭職了。現在在幹老本行。」

也就是說，又在做陪女人的性治療師？

「理紀，妳還好嗎？後來怎樣了？」

點菸的聲音響起。低沉含糊的聲音變得比較輕盈。

「我懷孕了。」

「是喔。」大輝慢條斯理說。「那不是很好嗎。這表示妳的工作成功了吧？」

「對呀。只不過，出了一點問題，據說精子可以存活六天。所以，也許是你的孩子。不過，在跟你上床的前一天，我也和舊情人睡過，所以也可能是那人的孩子，當然，也可能是草桶先生的孩子。」

「太厲害了。」

大輝開心的聲音響起，理紀很驚訝。

「你不生氣？」

「我幹嘛生氣？我很高興。那妳打算怎麼辦？」

「我還在猶豫。因為草桶家得知我懷孕很高興，可是他們完全不知道說不定那是你的孩子或前男友的孩子，才會那麼高興。說穿了，等於是騙他們。」

「嗯，這樣違反契約吧。」

知道事情原委的大輝，果然比較容易溝通。理紀開冰箱拿出一瓶寶特瓶裝礦泉水繼續說。

「就是這樣。如果就這樣生下來，是草桶先生的孩子的話毫無問題。可是，萬一不是他的孩子，恐怕不只是賠償違約金的問題。到那時候，我必須自己養孩子。所以，我現在猶豫是否該把孩子拿掉。」

和日高商量時，無法談到這個地步，可是面對了解內情的大輝就說得出口。

「別傻了，拿掉多可惜。」

「你會這麼說是因為你是局外人。如果就懷孕的當事人看來，這是非常沉重的話題。除非等到結果出來，否則誰也不知會是怎樣，根本不知該怎麼做才好。所以我很困擾。而且，好像是雙胞胎。」

「雙胞胎？」

大輝扯高嗓門。

「是產檢時醫生說的。照超音波時，發現有二個心臟。」

「生下來吧，理紀。如果實在無處可去，就由我來撫養。把二個孩子給我。」

「你說得簡單。那又不是小貓小狗。」

「不不不，這二個小傢伙，命運相當離奇。我覺得越來越好玩了。而且，那也可能是我的孩子吧？說不定將來會和那位草桶大叔爭撫養權。超期待。理紀，妳來那霸吧。在這邊生活。」

「大輝，你根本養不起妻小。」

「就算沒錢，我也可以做治療師。會讓妳得到療癒喔。」

這叫做治療嗎？理紀雖然傻眼，不知不覺卻笑了。她決心打消墮胎的念頭。

Chapter 05

赤子魂

1

在北海道，如果生於內陸人口不滿五千的小鎮，幾乎完全沒有年輕女子足以糊口的工作機會。只能從事農業或酪農，去農會或鎮公所上班，或是大老遠跑去靠海的小鎮做水產方面的工作，再不然就是像自己一樣做看護的工作，或者結婚。

在沒有可耕作的土地也沒有乳牛、財產、人脈的家庭長大，做看護是自己唯一能夠得到收入的選擇，但那份工作和個性不合。與上司日高的關係也是，起初怦然心動，但是很快就陷入瓶頸。她討厭在狹小的鎮上成為緋聞主角，也不願像阿姨那樣一輩子只想著結婚，所以她拚命存錢來到東京。她以為只要來東京，就會有很多工作機會，也能邂逅好男人。

然而，沒有學歷也沒有工作資歷，更沒有生活基礎的自己，在東京不得不過著超貧窮的生活。只找得到非正規的工作，邂逅的也都是爛男人。不管去哪裡，都讓她發現沒有某種附加價值不行。

為了區區十圓二十圓的支出繃緊神經，每天數著還剩多少錢的日子，令她初至東京時亢奮的心，很快就像用久的肥皂那樣又硬又小，硬邦邦地乾涸。

後來，她開始羨慕生於首都圈，不費吹灰之力就能住在東京的同年代女人，有時甚至萌生恨意。那些女人住在從小長大的家裡，在住慣的土地被朋友環繞，過著安樂的生活。住在父母家中的他們，就算領的薪水和自己同額，能夠花費的金額也截然不同。

自己連7－11的咖啡都喝不起，他們卻不當一回事地呼朋引伴去星巴克。自己只能上網買舊衣，他們卻不停買流行服飾。自己因為沒錢上美容院，只能把頭髮留長，他們別說是美容院了，甚至每個月都要去一次美甲沙龍。

所以，想活得更輕鬆，不，是應該活得更輕鬆，這樣在心底期盼不是理所當然嗎？乾涸枯燥的心靈，彷彿被油光吸引，她答應了當代理孕母。因為現在的自己，只能出賣包括子宮在內的肉體。

理紀從各個角度打量自己映在洗手間鏡中的身影。懷孕後，臉色變得白淨，好像漂亮了一點。可是，側身一看，就會清楚發現挺著大肚子。

確定懷孕至今，已經過了六個月。第三十週。進入安定期後的日子過得很快。驀然回神，懷有雙胞胎的肚子挺出，重量也增加了。如果站久了，肚子會很沉重，像石頭一樣硬。驚人的是，乳頭開始滲出淺白色液體。胸罩裡面如果不塞襯墊，立刻就會浸濕。

面對即將生產，自己的肉體開始自動調整。心情完全沒做好當媽媽的準備，身體卻已徹底要成為雙胞胎的母親。理紀想，自己果然是動物。

走出洗手間，行經通往食堂的漫長走廊。宛如旅館或宿舍的大型建築，呈コ字型環繞寬闊的庭院建造，浴室和食堂，位在那中央。據說是六十幾年前建造的，雖是中西合併的老建築，內部卻改建成最新狀態，設備也一應俱全。

以前這裡似乎住著醫院院長寺尾家的家人，以及醫院的護理師，但是現在，莉莉子佔據南側廂房的二樓，北側廂房住著二個年輕的實習護理師，以及女管家杉本。莉莉子的父母，已搬至附近上億圓的公寓大樓。

食堂隨時都有吃的，可以在自己喜歡的時間吃到東西。也可以隨意開冰箱吃裡面的食物。她猶豫地打開冰箱一看，有罐裝啤酒、冰淇淋、水果，甚至冷凍食品，冰箱裡面塞滿食物令她瞠目。

理紀的房間，在莉莉子住的南翼一樓邊間。據說本來是值夜班的兼職醫師們過夜的房間。

和莉莉子的工作從早上十點開始，因此理紀八點準時起床洗臉，去食堂吃飯。實習護理師們不是早班就是大夜班，少有機會碰面。食堂每次都有杉本在，替她張羅餐點。

杉本已經快七十歲，單身，據說三十幾年前就住進寺尾家工作。理紀坦承是單身媽媽後，杉本似乎非常同情她，因此，她反而開不了口再說詳情。

食堂是窗子很大的開放式空間，中央放著整塊木板做成的桌子。前方的大型電視，總是播放NHK的晨間連續劇，理紀向來是在連續劇結束的瞬間現身食堂。

杉本總是先關掉電視然後瞥向理紀的肚子，開心地詢問：「欸，肚子是不是又大了一點？」

對於莉莉子提議希望她搬來住在家裡協助工作，理紀起初躊躇，但最後答應，多少也是因為對越來越大的肚子感到害怕。一旦發生什麼事，自己能否獨自應付令她深感不安。而且考慮到產後，也覺得必須盡量節省開銷。進而，也有對寺尾莉莉子這個奇女子的好奇。

理紀聽說，基相當強硬反對她和莉莉子走太近。基討厭莉莉子。似乎也不願悠子和莉莉子見面。莉莉子和基，是互不相容的水與油。按照莉莉子的說法，「哪怕像悠子調製沙拉醬那樣拚命攪拌，也絕對無法乳化。」

理紀這麼想著走過走廊時，胎兒突然在肚子裡動了一下。今天胎動頻繁，而且來自二個地方。理紀不禁用雙手按住肚子。在子宮萌芽的二顆種子，似乎終於開始各自自律地活動。那個念頭令理紀想起異形，不由打個冷顫。或許有一天，他們會像電影演的那樣，穿破肚皮各自露臉。比起從產道歷盡千辛萬苦生出來，之所以覺得那樣出生更合理，大概是因為還在訝異，那麼狹窄的地方，胎兒不可能鑽得過吧。

然而，自己的體內的確有二個小生命萌芽、活著，為何會伴隨不可思議的全能感？那天早上，理紀頭一次沉醉於奇妙的優越感。

食堂已有一個客人，正在意興闌珊地望著連續劇的最後一幕。連續劇正演到電話打來，主角的母親彷彿感到不祥預兆般眉頭一皺，看著電話響個不停的場面。

「啊，果然是昭和時代。以前，家家戶戶都有那樣的黑色電話。底下還鋪著蕾絲墊子。電話萬萬歲。可是現在，就連描繪有人打電話到家裡的圖畫都沒有了。大家都是用手機。更重要的是，不是說現在也有很多人家裡根本沒有家電用品嗎？這年頭，社會已經變了。」

先來的客人指著電視機，沒有特定對象地用高亢的聲音喋喋不休。那是莉莉子的舅舅高志。瘦得幾乎風一吹就會被吹跑，白髮剃得很短，Levi's牛仔褲配綠色T恤，是個穿著時尚的老人。

不，稱他為老人或許有點對不起他。高志是莉莉子母親的弟弟，聽說已年過七十，但看起來總是很愉快，或者該說，滴溜溜轉個不停的不安分眼神和喋喋不休，讓他看起來比實際年齡年輕。

高志住在說好聽點是別館，其實是蓋在院子角落，幾乎會被誤認為倉庫的迷你組合屋和貓相依為命。主屋明明有空房間，但他說獨門獨戶住起來更自在，非要住在院子。或許有人會想，既然如此，何必住組合屋，在附近買個獨門獨院的房子不就好了，但是高志似乎完全不在乎有沒有房子。

據說他以前本來是官員，可見應該是優秀的人物。可是，聽說他自從五十幾歲退休後，就一直寄居在姊姊家，每天畫自己喜歡的畫過日子。怪胎舅舅，怪胎外甥女。

「理紀小姐，早安。」

杉本打招呼。杉本的聲音清脆悅耳，她自己或許也知道這點，說話有點做作。身材略胖，連身圍裙的腹部，就像懷孕般隆起。

「早安。」理紀也向二人打招呼。

「噢，肚子又變大了呢。那麼大的肚子，不重嗎？」

高志用筷子尖指著理紀的肚子。飯碗和筷子之間，納豆牽出長長的絲。高志就是有這種不拘小節的毛病。不過，理紀喜歡不擺架子的高志。

「沒問題。我也習慣了。」

理紀在大口扒納豆飯的高志斜對面坐下。桌上，擺著早餐定食常見的煎蛋、豆腐海帶芽味噌湯、以及泡菜、海苔等物。

「理紀小姐吃什麼？飯？吐司？」

杉本掀開飯鍋的蓋子問。

「我今天吃飯。」

「不用客氣，吃吐司也可以喔。」

已經拿著飯勺的杉本這麼說，令她不得不客氣。

「我沒客氣。」

理紀一邊回答，一邊暗自感動，自己置身在多麼奢侈的環境啊。食客是說得好聽，事實上三餐都是免費的員工餐。莉莉子的工作也比想像中更有趣更好玩，所以幾乎無從抱怨。

「飯很好吃喔。因為我叫她添加了大麥。」

高志神色認真地說。

「是嗎。那我自己盛飯。」

理紀阻止正要盛飯的杉本，但杉本搖著豐腴的手。

「妳去坐著就好。理紀小姐，肚子越來越重了吧。那裡面裝了二個人，所以妳別逞強。否則會腰痛喔。」
「就是啊。理紀，吃納豆吧。要我幫妳拿嗎？」
高志伸出手，從桌子角落拿來一盒納豆遞給她。她道謝後接過納豆。
「欸，我聽說是雙胞胎，性別呢？是男的，還是女的？」
高志興味十足，身子熱切地向前傾。
「好像是一男一女。」
「『好像是』？還不確定？」
「應該是確定了。」
懷孕進入第二十週時，幾乎就已確定是龍鳳胎，所以甚至還把超音波的四D圖像燒製成DVD保存。基很感動，傳訊息說他哭著一看再看。
「噢？真厲害。」高志做出吹口哨的動作。「生一次就兒女俱全，就算刻意做都做不到。」
「撫養起來應該很辛苦吧。畢竟一次就是二個孩子。不過，理紀小姐還年輕，總會有辦法吧。」
杉本環抱雙臂，看著理紀的臉。
「就是啊。」
理紀不痛不癢地回答。

「不過，這種龍鳳胎，不知是什麼樣的精神狀態。我比較想知道那點。」
「精神狀態？什麼意思？」
嬰兒有精神狀態嗎？理紀暗想，一邊問愉快笑著的高志。
「沒有啦，因為雙胞胎據說心電感應特別強，所以甚至會互相束縛。對了，以前有個作家叫做江戶川亂步。我記得好像是他寫的《孤島之鬼》吧。理紀，江戶川亂步妳知道嗎？」
高志微笑。
「聽說過。」
「搞什麼，江戶川亂步也成了過去的人嗎？」高志誇張地嘆氣。「杉本小姐，我們那個年代大家都熟讀過他的書對吧？」
「那個不重要，重點是一次就二個寶寶，妳一定很高興吧。」
杉本沒回答高志的問題，對理紀微笑。
現在住在寺尾家主屋的人，包含醫院員工，不知何故全部都是沒結過婚的單身者。所以，身為孕婦的理紀備受注目。
不過，要養育雙胞胎的是草桶夫婦，所以遲早自己既不用負責也和孩子毫無關係。如果知道這點，高志和杉本想必都會非常驚訝。雖然悠子說就算不是基的孩子，也會好好撫養不用擔心，但這只是悠子的說詞，萬一ＤＮＡ檢查真的不符合，基還不知會有什麼反應。就這個角度而言，生產幾近賭博。理紀想像那一刻的來臨，就很想逃。

不過，得知似乎是龍鳳胎，基很驚喜說是好消息，據說甚至還開玩笑說要讓二人跳雙人芭蕾舞（pas de deux）。所以，悠子說，說不定，基到時候會說不管是誰的孩子都願意收養。

附帶一提，日高那邊，後來完全失去音信。想到他或許正戰戰兢兢等待理紀的報告，就覺得有點痛快。

至於大輝，大約二個月前，開心地傳來LINE訊息說，只做性治療師無法糊口，已經被大姊姊包養了。那個女人比大輝大十歲，似乎是他原先的顧客。女人在那霸經營一家小型民謠酒館，好像是附近老年人的聚會場所。大輝會在店裡打掃，也在公寓替女人做飯，據說現在工作得很勤奮。

因此，即將誕生的雙胞胎，就算是日高或大輝的孩子，也無法指望他倆。屆時該怎麼辦？理紀喝著稀薄的味噌湯，正在這麼思忖時，高志突然發話。

「理紀，聽說妳是單親媽媽。」

「是的。」

正在把碗盤放進洗碗機的杉本，轉過身說。

「單親媽媽要生下雙胞胎很辛苦喔。所以，理紀小姐，妳要是一直待在這裡就好了。況且我們也想看寶寶。」

「那恐怕不行吧。」

「沒問題啦。這個家很隨便的。」

身為首席食客的高志掛保證也沒用。

「莉莉子要是也生個孩子就好了。怕什麼，就算不結婚也沒關係，就該豁出去生下來嘛。」

杉本遺憾地說。

「莉莉子不行啦。她對男人沒興趣。妳講這種話，小心那丫頭生氣喔。」

高志朝走廊那邊瞄了一眼說。

「不過，就算沒興趣，聽說現在不是一個人也能生孩子嗎？就那個什麼精子銀行之類的。」

杉本這麼內行，理紀很驚訝。

「如果要這麼說，那妳自己當初才應該生一個咧。」

高志指著杉本這麼一說，杉本以手掩口笑了。

「怎麼可能，時代不同啦。說到這裡，以前，加賀真理子還差點成為單親媽媽呢。」

「的確有過那一回事。結果，我記得她的孩子一生下來就立刻死了吧。」

高志懷念地拍膝。

「好不容易懷胎十月十日，真是可憐。」

杉本不勝唏噓說。二人或許是年代相近，動不動就總是講這種話題。

「加賀真理子是誰？」

「不知道就算了，不重要。對了，理紀小姐現在幾個月了？」
矛頭又轉向她。
「正好第三十週。再過十週就要生了。」
「四十週？哎喲，那就不是十月又十天了。」
杉本心算。
「如果以二十八天為一個月，大致是吻合的。因為是二百八十天加十天。好像會晚一點，所以我想應該差不多吧。」
「原來如此。理紀的預產期是什麼時候？」
高志把早報拖過來問。
「醫生說是九月九日。」
「噢，那不正好是重陽節嗎。讓我想到《雨月物語》[4]。」
高志開心地說。
「那又是什麼？」
理紀問，高志喜滋滋地說明故事概要。
「其中有個故事叫做『菊花之約』。內容是說二個武士交情很好，義結金蘭。並且相約明年的重陽節再碰面。過了一年，義弟備妥酒菜等候，可是等到天黑也不見義兄來赴約。好不容易來了，義兄卻滴酒不沾。他覺得奇怪，原來義兄已經死了，來赴約的是鬼魂。」

「噢？鬼魂。真是守信啊。」杉本說。

「嗯。莉莉子大概會做出不同的解釋吧。」

「什麼樣的解釋？」

杉本面露訝異。

「哎呀，就是那個菊花嘛。」

「啊？什麼意思我不懂。」

見杉本歪頭不解，於是高志又搬出什麼LGBTQ云云開始說明。三人越聊越起勁，驀然一看時鐘已經過了九點半。理紀慌忙起身。

「我吃飽了。我該去莉莉子小姐那裡了。」

莉莉子很少來食堂吃早餐。她總是在自己的畫室泡咖啡，吃泡芙或栗子蛋糕之類的西點打發一餐。

「莉莉子小姐，早安。我是理紀。」

理紀先回房間換衣服後，敲敲二樓的畫室門。莉莉子把二樓二個房間打通，當作畫室。寢室

---

4. 雨月物語：江戶時代的通俗短篇小說集，上田秋成著。

在後方。

「啊，理紀，早。」

莉莉子一開門，咖啡的香氣撲面而來。莉莉子的工作服也是全黑，黑T恤、黑牛仔褲。或許是沒有塗抹豔紅的口紅就削弱了戰鬥力，現在看起來像個溫和的女人。

開始當莉莉子的助手後最驚訝的，就是莉莉子每天早上十點準時開始工作。本以為她是個看心情做事的人，因此那種一板一眼格外令人意外。

現在，理紀奉命做的工作，是將莉莉子收集的大量春宮圖和枕繪[5]分類，輸入電腦建檔。

正要去當成辦公室的隔壁房間時，莉莉子叫住她。

「理紀要不要喝咖啡？有咖啡因，是不是不能喝？」

「不知道，我想應該沒問題。而且，我不是已經天天喝很多了？」

莉莉子每次都問同樣的問題。每天早上明明都喝了莉莉子的咖啡，理紀覺得很好笑。

「如果小基在，絕對不行吧。」

莉莉子又說出同樣的話，每天似乎一定要講一次基的壞話才甘心。

「是啊。」

「那傢伙，特別神經質。什麼有機又什麼環保倫理標榜某種人設。還說只吃有機蔬菜。」

「某種人設是什麼意思？」

「哎呀，不是有那什麼可持續發展還有什麼SDGs（永續發展目標）之類的名詞。哎，反正聽起來就很唬人。」

莉莉子拿著香菸，不屑地說。

「他是悠子姐的老公，妳卻這麼嫌棄他啊。」

理紀對於悠子和莉莉子的關係深感不可思議。把基批評成那樣，照理說悠子應該會生氣，結果二人還是一樣要好。

「嗯，超嫌棄。那傢伙，居然說我的工作是色情。真是火大。」

不過，理紀有時也覺得是色情。現在莉莉子創作的畫，是女人跨坐在巨大的黑鯉上，被武士從背後侵犯。二人在凝滯的池沼似的水面上，像乘坐快艇那樣和黑鯉一起濺起水花向前衝。

莉莉子是基於什麼意圖想出這樣的構圖，完全無法想像，不過，早在草圖的階段就有意願購買的顧客源源不絕。和那些顧客聯絡，也是理紀的工作。

附帶一提，現在她在掃描的，是大奧後宮的女人挑選自慰工具的春宮圖。雖然幽默卻非常露骨，理紀初次見到時，不禁啞然。不過，莉莉子說她非常喜歡。

「不管怎樣，妳瞧，不是很開心嗎？看起來，是不是像在說，『我想要更大支的』或者『我想

---

5. 枕繪：日本春宮圖的俗稱。

要更翹的』？」

被她這麼一說，的確看起來很愉快，但是被關在後宮的女子們只能靠這種工具聊以慰藉，也很可憐。

理紀這麼一說，莉莉子肅然抗辯。

「所以囉，從這樣的繪畫，應該也能傳達出女性置身處境的痛苦吧。那也等於了解一個時代。從性愛風俗的角度探究時代，就這種意味而言也是珍貴的史料。」

「是，有道理。」

「況且，春宮圖這種東西，是作為出租書文化發展起來的。當時老百姓都來租小黃書，偷偷躲起來看。而且各自有心儀的畫家。當那個畫家推出新作時，一定會租來看。那對創作者而言不就是最大的幸福？」

莉莉子如此認真表示。

2

過了多雨的七月，一進入八月頓時天天酷熱難耐。距離預產期，還有一個多月。理紀的肚子鼓得快爆炸，就連上下樓梯都氣喘吁吁。天氣太熱，除了產檢之外她盡量不出門，幾乎都在家中度過。

基平均每三天會傳來一次訊息關心她的身體狀況。對此，她總是有禮貌地回覆，卻怎麼也無法抹消內心的愧疚。

然而，隨著預產期接近，即將誕生的孩子究竟是誰的孩子這種不安，也變得逐漸無所謂了。

因為，胎動變得頻繁後，不可思議地對肚子裡活動的孩子感到無比心疼、無比可愛。所以「孩子是屬於自己的」這種意識，也一天比一天強烈。那種感情，連自己都很意外。

「理紀是單親媽媽，在這裡養小孩就好了。」

高志每次見到理紀都會這麼建議，不過正確說來，自己並非單親媽媽，在戶籍上是草桶理紀，如假包換的草桶基之妻。

自己即將產下的雙胞胎，是草桶家的孩子，現階段也不可能冠上「大石」這個舊姓。不過，了解內情的莉莉子直接表明，姓氏這種東西只要離婚改回來就行了。

「等孩子生下來，理紀妳應該把孩子留下自己撫養。」

「那我該怎麼對草桶先生說？」

理紀這麼一問，莉莉子說聲「不知道」歪頭思忖後，又說：

「不然就說妳改變主意了？」

雖然啼笑皆非，覺得不是那樣就能輕易解決的問題，但是已開始憐愛肚子裡的孩子，所以理紀的心情的確正在大幅改變。

「既然如此，早點說出事實公開宣言比較好？我應該那樣做才對吧？」

「照妳自己的意思去做就行了。」

莉莉子很酷地說，但是理紀還沒有那個勇氣。這種時候，協助莉莉子的工作，正好可以轉換心情。

莉莉子的辦公室，設在二樓的畫室一角。大桌上，只放了電腦和一台電話兼傳真機，很簡單。理紀在那裡，一邊留意不要讓大肚子撞到桌子，從早到晚就這樣一邊整理圖片，和畫廊交涉，處理販售商品的事務，更新社群網頁。

不過，和外界接觸最多的，還是接聽顧客的電話，一天必然會有幾通。幾乎都是想買畫的訂單，不過其中偶爾也有疑似性騷擾的電話，或許是覺得畫春宮圖的女畫家很稀奇。

進入臨盆那個月的某天上午。理紀冷眼旁觀莉莉子神情嚴肅地作畫，一邊整理圖片時，電話響了。

「請問是莉莉子老師嗎？」

氣喘吁吁的男人問。從沙啞的聲音聽來，似乎是老人。

「不，我不是，請問有什麼事？」

理紀回答，轉頭看著這邊的莉莉子突然面色猙獰似鬼，拿畫筆的手猛烈搖晃。似乎是在說：告訴他我不在。

「請問，能否請莉莉子老師來聽電話？」

「老師正在創作，現在分身乏術。」

「這樣子嗎。」男人顯然很失望。「其實，我本來想直接拜託莉莉子老師，我是龜戶的佐川。上次老師在個展展出的《松枝圖》令我難以忘懷。我苦惱了很久，最後還是決定買下。希望老師能夠把那幅作品賣給我。」

松枝圖？理紀翻閱莉莉子的個展目錄，尋找那件作品。然後，找到畫之後不禁啞然。畫的是年輕女孩來回比對三名求婚者的陰莖，照例特別強調了性器。

構圖如此誇張卻不覺得下流，是因為女孩與三個年輕男人的衣服花色極美，而且女孩和男人們都笑得開朗明媚。

「請稍等一下。」

她把電話按保留，詢問莉莉子。

「對方想買《松枝圖》。他說他是龜戶的佐川先生，妳認識嗎？」

莉莉子不堪其擾地轉過頭來。

「噢，佐川先生啊。那個老色鬼。明明想要，還拖拖拉拉猶豫了這麼久。妳跟他說畫已經另有買主了。」

理紀在電話中如此轉達後，佐川差點哭出來。

「怎麼會這樣。個展上，明明沒有被買走，現在已經賣掉了嗎？能不能通融一下？錢我可以出。」

「對不起。已經說定了。」

「我總覺得那幅畫中的一個年輕人，長得跟我很像。我猜想，莉莉子老師或許是在作畫時想像著我。這麼一想，就更想要了。」

「我想那應該不可能。失陪了。」

見對方恐怕沒完沒了，理紀立刻掛電話。因為她覺得，如果和對方耗太久，對方八成會繼續說出噁心的妄想。理紀的這種冷酷，似乎正是莉莉子欣賞的優點。果然，莉莉子誇獎她：

「理紀，妳超棒。那樣就對了。」

「是嗎。對方可能會再打電話來。」

「如果再打來，妳跟他說一百萬我就賣。」

莉莉子難掩喜色地說。

「一百萬？那，妳說已經賣掉了是騙他的？」

「對呀。與其賣給那麼噁心的老頭子，還不如燒掉。」

「妳是說真的嗎？」

「假的。」

莉莉子坦然點燃香菸。似乎打算休息一下，叼著菸來到理紀的辦公桌前。她今天拖沓地穿著一件形狀像麻布袋的黑色洋裝。

「莉莉子小姐，這幅畫，為什麼取名為『松枝』？畫中明明一棵松樹也沒有。」

「那是因為松樹是陰莖的隱喻呀。」

「隱喻？」

「妳啊，連隱喻這個名詞都不知道，怎麼做春宮圖的工作啊。就是隱藏起來的意義。春宮圖全都有那種符號喔。就像是遊戲，或是一種猜謎。這幅畫也是，後方的窗子不是隱約可見院子裡的五葉松嗎？」她自豪地說。

被她這麼一說，畫面背景的圓窗的確隱約可見松樹。可是，理紀沒有那種知識，所以莉莉子的說明聽來格外有意思。

「其實畫題是比老二，可是那樣太露骨了。」

莉莉子張開大嘴，愉快地笑了。

「原來如此。」

「真的，看到年輕男人的陰莖，就會想四處比較大小。」

那不是性騷擾嗎？莉莉子老是說出危險的發言。

「理紀，妳喜歡什麼樣的春宮圖？」

莉莉子問，理紀遲疑地回答：

「我了解的不多，但我喜歡國芳。」

「噢，彩色印刷春本啊。他的《逢見八景》，我也很喜歡。最後的女陰很棒。」

什麼女陰、陰莖的露骨名詞不斷冒出，理紀也已習慣了。

「莉莉子小姐喜歡誰？」

「噢，我意外地是傳統派喔。彩色浮世繪系列還是首推歌麿。歌麿的畫作，其中自有故事。我喜歡那個。」

一旦打開話匣子，莉莉子就停不下來。突然取出畫冊，開始對理紀解說。

「看，這是把年輕男人引進門的小妾。妳看這個髮型。從髮型和服裝，可以了解女人的立場和環境。畫中自有資訊。而且妳看。這個顏色，很漂亮吧。歌麿用的紫色，是出了名的絢美。」

理紀看著逐一展示的圖片，陷入複雜的思緒。因為逐漸沉入自我世界，莉莉子不可思議地湊近看著理紀的臉，

「妳怎麼了？」

「莉莉子小姐，這裡描繪的女人，好像都喜歡性交。畫中看起來非常快樂。」

「嗯，所以我喜歡春宮圖。平等地描繪男女。沒有哪個女人是厭惡或痛苦的。全都是和姦。」

「是啊。我也覺得女人看起來快樂這點很好。不過，愉快的性交結束後，女人也有可能得到懷孕這個包袱吧。春宮圖中的女人如果懷孕了，她們會怎麼做呢？」

理紀用雙手抱著沉重的肚子，看著莉莉子。

「那種歡愉之後的辛苦被省略了。純粹只描繪出性愛的快樂。」

莉莉子聳肩承認。

「不過，歡愉之後，只有女人背負辛苦，妳不覺得很奇怪？所以，才會有不肯輕易做愛，不，是想做也不能做的女人吧。可是，這些畫卻描繪得好像完全沒有那種事後的結果。這是夢想世界。」

「對呀。」莉莉子同意。「夢想世界這個說法很精闢。的確是夢想的世界。春宮畫中，不分男女都享受性交，極盡淫蕩。可是，卻缺少了事後如果懷孕，女人承受肉體負擔的痛苦與不幸。當時避孕的技術也不夠確實，因生產喪命的女人想必也很多，所以要說不公平的確很不公平。基本上，畫師本來就都是男人。」

「莉莉子小姐，儘管如此妳還是喜歡春宮圖吧。」

莉莉子誇張地點頭。

「就像理紀妳剛剛講的，那是瞬間的夢想世界所以我很喜歡。是片刻的幸福。我討厭性交。或者該說，從來沒想過要做。也不談戀愛，歸根究柢我對男人和女人都沒性趣。到最後，說不定反而有可能意外懷孕呢。這種結果太無聊了。」

「懷孕這碼事，很無聊？」
「當然無聊。」
莉莉子瞄一眼理紀的肚子。
「為什麼？」
「因為我根本不想繁衍子孫。我不想製造生物。我一個人存在這世界上就好。」
「所以，妳上次才叫我把肚子裡清乾淨啊。」
「對呀。」
莉莉子把第二根香菸在附近的菸灰缸捻熄。
「可是，我最近改變了。」
理紀撫摸肚子。
「怎麼改變？」
莉莉子興味盎然地傾身向前。
「寶寶在肚子裡一動，就會有種不可思議的感受。覺得很可愛。另外，這種想法或許有點危險，但我的確對於自己能夠生孩子頗為陶醉。好像自己成了非常有價值的大人物。」
理紀回味著那種全能感一邊說道。
「噢？以前沒有那種感受？」

「最近才有。之前我非常害怕生雙胞胎，也因為不確定是誰的孩子深感不安。可是，現在我開始覺得，是誰的孩子都無所謂，這就是我的孩子。也許非常自私任性吧。」

莉莉子環抱雙臂說：

「自私任性的是草桶夫婦。他們的企圖很討厭。說穿了，真有那麼想要自己的孩子，甚至不惜在妳身上強加肉體負擔？啊，這種說法，是以孩子是草桶基的為前提。」

「可是，對於想要孩子的人來說，得到孩子或許就是夢想世界吧。」

「是啊。每個人的夢想世界各不相同。可是，我認為夢想世界不該在他人身上強加負擔來打造。」

這時，裝在牆上的對講機響起。寺尾家的建築物很大，所以每個房間都安裝了對講機。

「喂？」

理紀接聽，傳來杉本做作的聲音。

「草桶家的客人來訪。現在，已經過去你們那邊了。」

「是草桶太太嗎？」

理紀確認不是基。

「對，是她。」

把對講機掛回去，莉莉子一臉可笑地說：

「草桶太太應該是妳吧，理紀。」

草桶理紀。差點忘了。不禁苦笑時，敲門聲響起。

理紀一開門，悠子站在眼前。身穿清爽的無袖亞麻連身裙，用手帕按著額頭的汗水。

「唉，今天熱死了。這裡好涼快。」

「我們正談到妳呢。幹嘛，怎麼突然出現。」

莉莉子犀利地看著悠子說。

「以莉莉子的個性，鐵定是在講我的壞話。剛才我傳LINE給妳，妳根本沒看吧？」

「真的？」莉莉子翻口袋，取出手機。「哎呀，真的耶。抱歉。」

悠子把裝有切片西瓜的保鮮盒，以及似乎裝有西式甜點的小盒子交給理紀。

「西瓜是給大石小姐的。懷孕後，不是好像特別饞西瓜嗎？這盒是巴伐利亞蛋糕，大家一起吃。」

理紀用對講機請杉本送冰茶過來。莉莉子已經立刻打開蛋糕盒。莉莉子特別愛吃西式甜點。

「剛才，我見到高志先生喔。」悠子說。

「舅舅還好嗎？我最近都沒看到他。」

「他很好，穿著風雅的浴衣，正要出門上哪去。精神抖擻。」

「悠子妳也是啊，還不到中午就來別人家，精神真好。」

莉莉子調侃。

「是啊，其實我是有話對大石小姐說。」

悠子給莉莉子遞上附贈的小湯匙後，看著理紀的臉。

「什麼事？」

理紀毫不客氣地邊吃西瓜邊問。懷孕後，吃東西的喜好也變了。西瓜也是其中之一。以前覺得那是小孩吃的東西，現在卻覺得好吃得不得了。敲門聲響起，杉本用托盤送來冰茶，放在桌上就走了。

「昨天，我和草桶談過了。」

悠子來回看著理紀和莉莉子說。莉莉子才剛說完草桶夫婦的壞話，所以態度特別老實。

「談了什麼？」

「很多。然後，我先說結論吧，我決定不和基復婚。」

「這是怎麼回事？」

理紀把手裡的塑膠牙籤放回西瓜。保鮮盒中，有二根綠色和粉紅色的鮮豔牙籤。

「我們夫妻，本來不是說好在請妳生孩子的期間暫時離婚嗎。這是為了不讓生下來的孩子變成養子。然後，等妳生完了，基就和妳離婚，和我復婚。」

「是啊，我那時聽了就覺得這也太自私了。」

莉莉子一臉不高興地說。

「嗯，我知道。」悠子點頭，喝了一口杉本送來的冰茶。「我知道這樣很對不起大石小姐，太自私了。所以，我們本來應該只是形式上離婚，可是不知怎的，心也越離越遠了。我雖然能夠理解基的想法，但我實在無法原諒。」

「又是這個嗎？」

莉莉子大聲說。

「對，又是那個。永遠都在重複那個爭論。因為我真的不知道結論。所以，我已經累了，我決定就這樣活下去。這點，昨天我也對基說了，得到他的承諾。」

「小基什麼反應？」

「他哭了。」

理紀忍不住有點同情基。歸根究柢，他只是想要自己的孩子，卻拆散了一對恩愛夫妻。

「雖然哭了，但他還是同意了吧？」

「大概是覺得莫可奈何。他其實也很清楚，是自己太一廂情願。所以，基說，只要大石小姐願意，不如就留在草桶家和孩子們一起生活。」

「這是什麼意思？」

理紀吃驚地看著悠子。

「大石小姐不是和草桶結婚了嗎。然後才懷孕的。而且，今後即將生下雙胞胎寶寶。站在基的立場，和大石小姐雖非戀愛關係，但他說今後把妳當成孩子的母親接納也可以。」

「那也太自作主張了吧。和當初說好的不一樣。」

理紀大聲向悠子抗議。

「不過，等一下。」

不知何故，莉莉子舉起手制止理紀。

「怎樣？」

「那樣其實也有道理喔。我認為很合理。因為理紀剛才還在說，覺得寶寶可愛。既然如此，小基雖然礙眼，但他在經濟方面很穩定，所以留在草桶家養小孩也不錯。」

「我不要。」

理紀斷然拒絕。

「妳們先聽我說。」悠子制止二人。「所以，我有話要說。因為草桶說和大石小姐一起養小孩也不錯，我心想這傢伙什麼都不知情，忍不住就說了。」

「說了什麼？」

莉莉子舀起巴伐利亞蛋糕的湯匙在嘴邊停住了。

「我說孩子又不確定百分之百是你的。」

「悠子妳真的很蠢欸。這樣子，事後要怎麼收拾？我真不敢相信，把理紀逼得走投無路妳就開心了？」

莉莉子憤怒質問，但理紀不知怎的反而鬆了一口氣。她覺得，悠子替自己卸下了肩上的重擔。如果真的不是基的孩子，生產後必然會引起風波。更重要的，還是應該先聽聽基的想法。

「悠子姐是怎麼說的？」

理紀吃著西瓜問。

「我說大石小姐回北海道時，好像和以前交往過的人發生了一點什麼。另外，在東京，好像也有過什麼韻事。當然，似乎是認為不是排卵日，所以沒問題，但是考慮到精子的壽命，還是有點危險。所以，大石小姐非常苦惱，也坦白告訴我了，我不管怎麼想都覺得這次的雙胞胎是基的孩子的可能性很大，可是萬一，真的是別人的孩子，你要怎麼辦？我問他，即使這樣，還是準備和大石小姐一起養小孩嗎。」

「妳還真是問得直接了當。」

莉莉子一臉被打敗的表情。

「結果，基囉哩叭唆地說什麼那樣違反契約，我就忍不住又嗆他。才三十歲左右的年輕女人，要逼人家禁欲將近一年，這是嚴重侵害人權。我說，那不是大石小姐的錯，你應該原諒她。我還說，就算真的不是自己的孩子，也請你不要那麼殘忍地逼她還錢。」

「悠子，說得好。」莉莉子拍手。

「結果，草桶先生怎麼說？」

理紀按捺悸動問。

「他說知道了。所以，就算生出來的孩子不是自己的，畢竟冠上草桶的姓氏，又是大石小姐替他生的，所以他說這也是一種緣分，會好好撫養孩子。到時候，如果大石小姐願意一起撫養，他甚至說會很感激。總之不管怎樣，我想他應該都會聯絡大石小姐。如果，基跟妳說了什麼，我絕對站在妳這邊，所以妳只要平安生產就好了。」

「謝謝。」

理紀對悠子一鞠躬。她很驚訝，事態居然朝著意外的方向發展。雖然不生出來誰也不知道，但她做夢也沒想到基會讓步到這種程度。

「小基真了不起。我還以為他是更小家子氣的男人。」

「我也是。」

悠子感慨萬千地說，莉莉子敲敲她的肩膀。

「幹嘛這樣，既然捨不得，那妳就跟他復婚呀。」

「那不可能。更重要的是，大石小姐，基還好解決，問題是基的母親。千味子女士。那個人很可怕，八成會要求檢查遺傳基因。我覺得可能會掀起一場風暴。」

「是妳自己洩密，還好意思說。反正事不關己是吧。」

莉莉子一臉不悅地瞥向悠子。

3

不知為什麼，狗好像就是可以理解人的心情。不管怎麼掩飾，狗好像都能運用那卓越的嗅覺，察覺主人的感情。說不定，感情也有氣味。

或許是因為最近看過報導，據說狗可以嗅出癌細胞的氣味，基望著愛犬馬修，不由那樣想。

馬修在基和悠子爭吵時，露出畏怯的神情，把臉埋在基放在玄關的球鞋之間。之後，二人之間的火爆氣氛雖然緩解了，可馬修不知怎麼搞的始終沒有恢復活力。若只是基的憂鬱也就算了，牠似乎連悠子失望的氣味都嗅到了。

我的憂鬱和癌細胞一樣，散發陰暗的氣味嗎？那是什麼樣的氣味呢？基試著到處嗅聞自己全身上下的味道。可是，什麼都感覺不到，他覺得人類真是何其無能又愚蠢的動物啊。

基前往舞蹈教室時，通常都會帶著馬修順便散步，可是最近的馬修走出家門後，總是不安地一再回頭看。彷彿很擔心悠子會趁著自己不在的時候離家出走。

「沒事。媽媽不會走的。」

他對馬修這麼說，試圖讓牠安心，但是想起悠子愁苦的神情，基也不安地懷疑她是否現在就已離開了，不禁嘆息。於是，馬修的步伐頓時也變得沉重。

「說她是媽媽——那，我就是爸爸？」

基自嘲地自言自語。二人之間的孩子，該用這隻狗將就一下嗎？無法忍受不可能的自己，或許是太過在意自我私慾了。

這幾天，他和悠子針對二人今後的關係，花了很長的時間討論。

結論是，悠子等孩子出生就會離開這個家，她聲稱保持離婚的關係就好，讓基覺得自己好像遭到否定，頗為受傷。不，實際上的確遭到悠子的否定。她不承認自己是她的丈夫，自己不配做她的丈夫。

而且，從悠子口中，就像只是遭到波及的意外事故般隨口冒出理紀不知懷了誰的孩子這件事，也從根本上動搖了基的某種東西，令他情緒不穩。

那個「某種東西」是什麼？自尊心？不，不是那麼自我本位的東西。是更根本的東西。硬要說的話，或許是身而為人該如何行動這類深奧的問題。對，是倫理吧。

老實說，理紀生的孩子如果不是自己的，他絕對不想養那種孩子。可是，讓理紀變得容易受孕的是自己，所以就算花了大錢，拋棄理紀母子還是違反倫理吧。

那麼，倫理又是什麼？為什麼非得符合倫理不可？

在悠子面前，他只能努力擠出心底殘餘的最後一點虛榮心守住面子。信誓旦旦地宣稱，「不管是誰的孩子，我都會負責撫養。」但是，自己真的做得到那種事嗎？就現實問題而言，他毫無自信。

馬修在住宅區的電線杆周圍聞了半天最後撒了一泡尿。馬修是公狗，卻像母狗一樣蹲著小便。打從一開始就是這樣，所以基對此毫無疑問。

「小馬修，早啊。」

正在想心事，背後突然有人出聲，基驚訝地轉頭。只見熟面孔的中年女人牽著西施犬站在那裡。

女人似乎住在附近，早上經常遇見。碰上了，逐漸也會交談兩句，所以大概算是遛狗同好吧。

雖然天氣炎熱，但女人或許是為了防曬，穿著UNIQLO的長袖外套，就像焊接工一樣，戴著帽簷可以拉下連下顎都遮住的遮陽帽。而且還戴了墨鏡，所以沒看過廬山真面目。就算在哪遇見，八成也認不出是誰。不過，對方似乎知道基是那個世界聞名的舞者，動不動就主動搭話。

女人牽的西施犬，養得很胖。兩耳的長毛被修剪成西瓜皮髮型，到了十二月，必然會給狗穿上聖誕老人裝所以這附近的人都認識。

「早安。」

基用寶特瓶裝的水沖掉狗尿，同時彬彬有禮地打招呼。

「小馬修是女生嗎？」

基沒聽懂對方在說什麼，正在訝異時，中年女人凝視馬修的肚子那塊。那裡有小小的陰莖。

「哎喲，是男生啊。可是，牠蹲著尿尿欸。」

「對，牠從小就這樣。據說狗抬腿小便是因為睪丸礙事。可是馬修從小就拿掉了。」

中年女人歪頭納悶。

「是嗎?可是我家的也絕育了,到現在還是照樣抬起腿尿尿。明明腳這麼短,碰上大狗還是拚命想展示,笑死人了。果然,公狗就算閹掉還是公狗,雄性就是雄性。喜歡虛張聲勢。」

就算閹掉了,還是會虛張聲勢……嗎?雄性就是雄性。

基給馬修絕育時很憐憫牠,很想設法把罣丸留下,簡直就像是自己的遭遇般扼腕。

不過,如果絕育了,據說就會永遠像幼兒一樣可愛,而且會變得溫順聽話容易飼養,他被這些說法蠱惑,再加上也同意悠子說為了不給其他人養的狗造成困擾也該閹掉的看法,所以當時覺得這是莫可奈何。

「就算閹掉了,還是會虛張聲勢。雄性就是雄性。」

他自言自語似的重述,女人點頭。

「就是啊。我在養這隻狗之前,也養過同樣品種的母狗,行動完全不一樣。母狗溫順,也不會玩瘋了就渾然忘我,而且很貼心。果然還是有哪裡不同。」

玩瘋了就渾然忘我,這倒是說得很精闢。馬修有時候的確會像恢復野性似的四處奔跑,或是嗚嗚咆哮作勢要飛撲攻擊。此外,牠很愛悠子,不時會撒嬌希望悠子陪牠玩,或是躺平給悠子看肚子,這點也的確是雄性的作風。

「不過,這些小傢伙都絕子絕孫了,人真的是很自私呢。」

中年女人說著一笑，就此離去。絕子絕孫。基想，自己當初就是受不了絕子絕孫這件事。自己從父母那裡繼承，父母也是從他們各自的父母那裡繼承，而他們的父母，同樣是從各自的父母那裡繼承。這樣代代綿延不絕傳承至今的遺傳基因，到了自己這一代即將斷絕，令他很躊躇。不，躊躇這個字眼遠不足以形容。是罪惡感。都是因為自己離婚又再婚，才會中斷那綿延不絕的遺傳基因的傳承。

——「我沒想到你那麼渴望繼承人。既然如此，何不如你所願搞一個後宮？」

這麼斷言的，是悠子。那句話的下文，就算接的是「因為我已經不能生了」，如果是對一個本就沒有生育能力的男人，會說得那麼過分嗎？悠子該不會想說，付出金錢這個對價取得對方同意的代理孕母，就是和後宮一樣的系統？太惡意，也太事不關己。

明明是夫妻，卻貌合神離至此，都是因為自己不惜借助代理孕母也想有孩子？可是悠子自己，當初不也贊成用醫療方式製造孩子，還拚命接受了人工授精？

是的，自從委託理紀代孕後，他和悠子的關係就變了。光是這樣已經大受打擊，可就連那龐大的投資，如今都可能因為理紀任性的行動而失敗。這是一大失策。

「馬修，說不定我也會絕子絕孫。搞不好跟你一樣呢。」

基對乖巧走在身旁的馬修說。馬修彷彿想說「你應該不同吧」仰望基。那圓滾滾的黑眼睛，看起來比人還聰明。

「是啊。大石小姐懷的孩子如果是我的，就不會絕子絕孫了。」

然而，如果不是自己的孩子，面對完全沒有繼承自己遺傳基因的雙胞胎，他沒自信能夠花錢撫養。不，他糾正想法，不是自信的問題，是沒有那個道義。

在悠子面前，他已經信誓旦旦會對代理孕母負起責任，不管是什麼樣的孩子都會當成自己的孩子撫養。怎麼辦？怎麼辦？

鬱悶地嘀咕之際，已經抵達「草桶基芭蕾舞教室」，於是他抱起馬修。正好是以學齡前幼童為對象的幼兒班開始上課的時間，二個牽著兩三歲小女童的母親，正要走進教室。二人都年輕貌美。孩子們也長得很可愛，彷彿要刻意展現富裕，被大人穿上時尚的童裝。基忽然想起被穿上聖誕老人裝的西施犬，但是孩子們更可愛。

「基老師，早安。」

二個母親彬彬有禮地打招呼。小女童也跟著行禮。基回禮後，望著女童牽著母親的手蹦蹦跳跳走遠的背影。

理紀現在，懷著龍鳳胎。男孩和女孩。自己的女兒如果到了那個年紀開始學芭蕾舞，不知該有多可愛。光是想像，就有股令人顫抖的歡喜襲上心頭。

龍鳳胎。對於年過四十，已經來日不多的基而言，那是求都求不來的理想孩子。雙胞胎如果真的是自己的孩子，就可以讓男孩和女孩各自做自己想叫他們做的事情。一旦開始這麼想，基的夢想就像氣球越吹越大。

兒子當然不用說，基打算讓他學芭蕾舞。不過，如果沒那個天份，或者就算有，兒子自己也可能無意走那條路。不過，就算是這樣，基也會強迫他學到國中為止。那樣可以讓肉體更優美柔軟，也能透過芭蕾舞去認識世界。自己以前就是如此。不過，男孩子也需要學歷。總之，不管怎樣，都必須報考中學。如此一來，從小學校三年級就有必要送他上補習班。

女孩子就去念制服可愛的私立小學，徹底學習芭蕾好了。如果能夠順利繼承千味子的遺傳基因，身材應該也適合跳芭蕾，容貌想必也不差。從幼年就在精神層面和技術層面鍛鍊自我，應該可以到達某種程度。接下來就看當事人自己的努力了，不過只要有自己陪在一旁，應該可以給出最好的建議。啊啊，好期待。托雙胞胎的福，自己的人生好像也能二次，不，甚至是四次重來。

夢想擴展到那裡時，基忽然想起理紀，頓時又覺得被推落深淵。即將誕生的孩子，萬一不是自己的孩子怎麼辦？喂，你真的能夠撫養他們？

而且，悠子已經宣稱拒絕復婚，孩子們的母親，也將在生下雙胞胎後離婚。剩下自己一個人，該怎麼辦？

一旦開始思考，思緒就不停打轉，幾乎陷入恐慌。不知不覺似乎把懷裡的馬修抱得太緊，馬修在懷中開始痛苦地掙扎。

基依然緊抱馬修，走樓梯上去二樓的辦公室。抵達之前，千味子似乎就已聽到腳步聲，替他開了門。她今天沒上課，所以穿著T恤和牛仔褲的普通裝扮。

「早，今天來得特別早呢。」

冷淡的千味子毫無笑容，啞聲說。情緒驟然低落的基，板著臉點點頭。

「是啊。」

「因為悠子提早出門？」

「不是那樣。只是自然而然。」

悠子還在家，基就先出門了。換作以往，他會送悠子出門工作後再走，可是這幾天他不想送悠子出門。因為他總覺得悠子會說聲「拜拜」揮揮手，就此一去不回。

不過話說回來，當時雖說並非抱著隨便的心態，但他現在很後悔太輕易做出選擇。他是指和悠子在形式上離婚這件事。他做夢也沒想到，此舉，會影響到悠子的心。他絕對無意輕視悠子，當時也以為那是合理的做法，可是悠子或許覺得她被排擠在外吧。

「妳在工作？」

基說著，瞥向母親在餐桌上打開的筆電。

「嗯，我在看今年有多少收入。因為學生人數減少了。」

千味子湊近看著電腦螢幕說。

「事到如今這還用說嗎。大約只剩巔峰期的三分之二吧。」

基把馬修放到地上說。馬修立刻奔向千味子，靈巧地跳到她的腿上。
「更慘，又變成那個的三分之二了。」
「也就是巔峰期的一半以下？」
基立刻在腦中計算。
「對，這個月也有二個人申請退出。」
一方面固然是少子化的影響，但是車站對面新開了現代化的芭蕾教室，學生也被那邊搶走了一些，再加上經濟不景氣，無力再送孩子學才藝的家庭也增加了。
「現在樓下的那個幼兒班，也有二個人退出。所以，只剩三個人。面對赤字，想停班都做不到。」
千味子難得發牢騷，因此基開不了口提悠子的事，只能沉默。漸漸的，他開始認為，那是夫妻之間的事情，所以本就沒必要告訴千味子。
「那女人還好嗎？」
「嗯，老樣子。」
「差不多要進入最後一個月了吧？」
「已經是了。預產期是九月九日。」
基看著牆上的月曆說。芭蕾用品店送的月曆上，有俄國芭蕾舞學校的照片。拍攝的是修長的少女們練舞的風景。

「女兒」如果有意願，高中最好送她出國學芭蕾。去倫敦或巴黎，再不然就是紐約吧。不，只要政情穩定，俄國也行。去瓦格諾瓦，或是莫斯科吧。第一年，只要有他陪著一起去照顧，「女兒」在精神方面應該會穩定。夢想不意間出現，在一瞬間，讓基感到幸福。

「那她隨時出生都不足為奇了吧。不知會生出什麼樣的孩子，真令人期待。名字取好了沒？」

「還沒決定。」

其實有幾個腹案，但在悠子吐露真相後他就停止思考了。

「對了，我正打算找你商量。你看這個。這個網站。」

突然間，千味子打開似乎用書籤標記好的網站。是出租嬰兒用品的網站。她指著雙胞胎用的嬰兒床和嬰兒車說：

「基，要租這個才行喔。既然已經臨月，隨時都可能生，必須趁現在做好準備。」

「有道理。」

「至於嬰兒服，已經選好了。是奶奶送的禮物喔。」

千味子興匆匆地點開別的網頁。開始瀏覽粉紅色和藍色的嬰兒服。

「需要什麼樣的東西？我完全不了解。」

基有點慌亂。他壓根沒考慮過嬰兒用品。

「那你得好好研究。網路上就有嘛。」

千味子用骨節突起的手指指著電腦。
「是啊。」
「悠子呢，這種事，她都不管？」
「不知道。她什麼也沒說。」
沒自信的基歪頭思忖，千味子很驚愕。
「這是怎麼回事？悠子都要當媽媽了，不是應該有很多事情要查閱資料做準備嗎？悠子如果不做，那誰來做？」
基決定鼓起勇氣說出真相。就算隱瞞，孩子遲早會生出來。「媽，其實，我和悠子談過了，我們決定維持離婚的關係。」
千味子面露訝異。
「這是什麼意思？」
「就是不復婚。悠子大概無法原諒我不擇手段也想要孩子的舉動吧。」
「可是，悠子當初不是也贊成？」
千味子似乎無法壓抑怒火，皺起眉頭。
「不，她從一開始就沒什麼意願。因為那是多次討論後的結論，我以為她已經理解了，可是不是自己的孩子好像還是不行。」

「或者該說，她真正反對的是你找代理孕母吧？她排斥的是你不惜找沒關係的女人生孩子吧？畢竟只有悠子被排除在血緣關係外。」

千味子不客氣地挑明。基心想，千味子果然敏銳。

「也可以這麼說吧。我勸過她了，可是沒用。」

千味子思考片刻，最後似乎下定決心，說道：

「既然如此，你就先不要急著和那女人離婚，讓她幫你一起帶小孩好了。然後，在小孩記事之前離婚就行了。只有第一年。直到孩子斷奶。之後，你就把孩子帶來這邊，只能靠我跟你設法撫養了。」

或許自己也覺得是個好主意，千味子嫣然一笑。事實上，之前和悠子討論時，他也脫口說過同樣的話，可是從千味子的口中再次聽到，他才體會到這是多麼自私的想法，不禁呆然。

「媽，那恐怕不妥吧。」

「怎麼會？只要付錢給那女人她就肯做吧？她不是很缺錢嗎？而且，她剛生完孩子，就被迫和孩子分開，應該也會捨不得。既然如此，我們讓她體會一年當母親的滋味不是好事嗎？」

用錢買子宮，接著又要買母性嗎？

「再怎麼說，那樣都太可憐了吧。」

「可憐？」千味子臉色一變。「她有什麼好可憐的！歸根究柢，因為缺錢就當代理孕母這種想法才奇怪咧。我一點都不認為子宮是神聖的喔。可是，既然能夠為了錢出賣自己的子宮，那應該也能賣春吧？肉體的任何東西都能賣。」

「可是，母性不是肉體吧？」

「少跟我扯大道理。」

千味子頓時很不高興。

「妳不要把大石小姐說得那麼壞。人家還要替我們生孩子，這樣不好意思吧。」

基四兩撥千斤地轉移矛頭，千味子果然面露羞愧。

「說得也是。我當然很感謝她，因為她願意生下你的孩子。可是，同樣身為女人又有點無法釋懷。感覺滿複雜的。」

「那，我到底該怎麼辦才好？」

「總之，暫時只能請那女人幫忙吧。因為悠子不在。」

「媽，妳呢？」

「我當然會幫忙，但是還有教室這邊，而且我一個人可沒辦法帶小孩。」

千味子逃避麻煩又費事的育兒部分，只想享受疼愛孫兒的場面吧。基想，自己其實也一樣。一心想把育兒全部交給悠子，自己只享受好處。

是否該去見理紀，商量如何解決這個事態呢？基看看手錶，對千味子說，

「我去看看大石小姐的情況。然後，坦白說出實情，和她商量。」

千味子似乎覺得這是好主意，點點頭說：

「你先拜託她留下來一年，一起照顧孩子。」

和理紀的聯絡，幾乎都只有透過傳送訊息。一旦到了要生產的時候，她會先趕往醫院，自己和悠子、青沼再去陪同即可。一方面也要商討那些手續事項，這時候的確該當面談談吧。

「那女人現在在哪裡？」

「在悠子的朋友寺尾小姐家打工，包吃包住。」

「包吃包住的打工？當女傭？」

不知詳情的千味子似乎很訝異。

「不，好像是擔任寺尾小姐的工作助手。」

討厭莉莉子的基，為了避免莉莉子的介入，沒去找過理紀。可是，如今事態有變，已經顧不得那麼多。

基打電話給理紀。

「喂？我是大石。」

理紀立刻接起電話。

「我是草桶，身體怎麼樣？」

「是，一切順利。請問，是悠子小姐說了什麼嗎？」
理紀主動開口，讓他鬆了一口氣。
「關於那件事我想跟妳談談。現在過去找妳方便嗎？」
「請等一下。」理紀說完，隱約可以聽見她和莉莉子交談的聲音。
「讓你久等了。我已徵得許可，所以可以請假一小時。你方便過來莉莉子小姐這邊嗎？」
「順帶問一下，悠子在嗎？」
他鼓起勇氣探詢。
「剛才還在，不過現在好像已經去工作室了。」
理紀沉靜的聲音宣告。
啊，果然如此。基想。幾個女人聚在一起，該不會是在商討對策吧？他有點不安。
見理紀之前，他想先儲備一點知識，於是打電話給青沼。青沼自從理紀懷孕後，一直心情很好。
「哎呀，草桶先生。馬上就要生產了呢。不知會生出什麼樣的寶寶，真令人期待呢。」
基想像青沼站在粉紅色壁紙前，露出過白的牙齒歡笑的樣子。
「是，的確。有件事我想請教一下。」
「什麼事？」
「假設，懷孕期間可以做胎兒的遺傳基因檢查嗎？」

霎時，沉默降臨。

「可以呀。懷孕七週之後就可以。只要採集一點大石小姐的血液，和草桶先生口腔的細胞就可以。」停頓一拍後，她低聲繼續說：「請問，是不是有什麼問題？」

「不，不是那樣，我只是想了解一下那方面的知識。」

「這樣啊。其實也有客戶做這種檢查，不過有些孕婦，會因此對客戶產生不信任，導致關係惡化，所以我不太建議。」

「是嗎？」

「那個，如果不放心，要做當然也可以，不過馬上要生產了，考慮到大石小姐的心情，我覺得等孩子平安出生之後再做或許比較妥當。」

「不，我不是在懷疑大石小姐。」

「我就說嘛。」

青沼如釋重負說。

基掛斷電話後，越發不知該對理紀說什麼才好，腦子一片空白。過了一會，還是決定找悠子商量。

悠子遲遲沒有接電話。基很不耐煩，開始抖腳。

「喂？你怎麼打來了？」

也許是在上廁所，遠處響起水流聲。
「妳在廁所？」
「對呀。什麼事？」
在工作室時的悠子，或許滿腦子想著工作，情緒總是不太好。
「我剛才打電話給青沼問了一下。」
「問什麼？那件事不能說啦。」
悠子額頭冒出青筋發怒的模樣如在眼前。歸根究柢，悠子要是不說出那種事本來可以天下太平，基甚至有點恨她。
「我沒說。我只是問她，懷孕期間有沒有能夠判明父親的檢查。」
「應該有吧。」基還沒說之前悠子就回答。
「怎麼，妳早就知道？」
「以現在的技術，想必什麼都做得到。」
「嗯。簡而言之，用我口腔的細胞，和大石小姐的血液就能檢查出來。所以，我在考慮該怎麼辦。因為我待會要去見大石小姐。」
「應該不需要多此一舉做那種事吧。你不是說，生下來的孩子就算不是自己的，你也會撫養嗎？」

「我是說過。」
「對呀。我認為就該那樣說。」
「知道了。」
只恨自己無法明確回答。掛斷電話後，基名符其實地抱頭苦惱了。

4

看到莉莉子住的老房子，基不禁感嘆地哇了一聲。聽說這裡也兼作寺尾醫院的護理師及職員們的宿舍，但說是宿舍未免過於時尚，說是豪宅的話造型又太實用，外表看起來一切都是半吊子四不像，卻讓人感到昭和時代的從容氣度。
他按下氣派的紅磚大門上的對講機。只有對講機是附帶攝像鏡頭的最新款。這時，他才剛按下，鑲嵌磨砂玻璃的古典玄關門就開了，一個穿浴衣的老人獨自走出。
木屐搭配紳士草帽，浴衣下襬露出白色七分褲的模樣，簡直像是模仿昭和時代的裝扮。老人似乎正要出門，看到基後停下腳步。
「咦，你是莉莉子的粉絲？」

怎麼可能！基在一瞬間氣炸了，但是想到這個老人也許是莉莉子的父親，他鄭重詢問：
「不，敝姓草桶。我是來找住在這裡的大石理紀小姐。」
「找理紀？你該不會是孩子的爸爸？」
被老人旁若無人地這麼一說，基含糊點頭。
「可以這麼說。」
「那真是意外。只聽說她是單親媽媽，沒想到孩子還有這麼體面的爸爸。那真是恭喜啊。請等一下。」
老人立刻折返，通知屋內的某人。
「天氣熱，你快進去吧。理紀應該也會立刻下來。」
「好，不好意思。」
「請進。」
老人聲調高亢地邀請基，基前腳剛進門，老人後腳就出去了。看著那浴衣背影，腰帶插著團扇。如果再加上小鬍子，就是完美拷貝男星植木等的外型。基不禁笑了。
建築物內昏暗，有點陰冷。不知從哪飄來線香似的氣味。
「草桶先生，歡迎。」
出現眼前的不是理紀，是莉莉子。還是一身拖沓的黑衣，沒塗口紅，所以看起來有點蒼老，但是臭著臉的表情一看就是藝術家。基也收回笑容板起臉。
「妳好，好久不見。剛才那位，是令尊嗎？」
「不是，那是我舅舅。我爸去醫院了。」
莉莉子毫無笑容地冷然回答，基只能說聲「是嗎」點點頭。
「請問大石小姐在嗎？」
「她肚子大了，上下樓梯好像很吃力。所以我替她來迎客。」
聽到理紀連上下樓梯都吃力，就覺得好像被譴責這一切都是自己害她懷孕造成的。基感到似乎被莉莉子牽著鼻子走，有點焦慮。
「這個，請收下。是仙壽庵的銅鑼燒。這家店很有名，我想應該滿好吃的。」
基遞上帶來的伴手禮紙袋，莉莉子冷淡地說聲「謝謝」接過袋子。看她興趣缺缺的樣子，基這才想起悠子說過，莉莉子喜歡吃泡芙，可惜為時已晚。
「她在二樓。這邊請。」
玄關正面的樓梯很寬，像日式旅館一樣鋪設紅毯。木製扶手經過漫長歲月的手垢浸潤發出烏光。
「聽說悠子直到剛才還在府上打擾。連大石小姐都託妳照顧，給妳添了不少麻煩。」
基肅然道謝。
「悠子聽說你要來，慌慌張張就走了。」

莉莉子板著臉說出惡劣的玩笑。

基苦笑。他來這裡之前才剛和悠子通過電話。如果事前沒有交談過，他搞不好會把莉莉子的玩笑話當真。

基說正要去見理紀，悠子說「那我現在也回去」，可是基必須傳達千味子和自己的希望，所以拒絕了悠子。他要說的，是因為悠子不在，希望理紀留在草桶家一年，幫忙照顧雙胞胎這個自私的要求。

「剛才我和她通過電話。她本來還說要回來。」

「哎喲，那你們感情可真好。」莉莉子冷笑。

他被帶去二樓的走廊左轉後第一個房間。是三坪左右的西式小房間，放著橘色的北歐風布藝沙發組。

「這是開會用的房間。請儘管使用別客氣。」

在莉莉子的邀請下，基在沙發坐下。抹了石灰或珪藻土的白牆上，掛著一幅似乎是莉莉子作品的春宮圖。罕見地以壓克力顏料描繪，畫的是頭上包裹頭巾的性感農婦正在田裡澆水。農婦手裡拿的水壺是西式的，長相也像是西洋人偶，所以畫面充滿幻想氛圍。可是，田裡生長的不是作物，是無數陰莖。

又畫這種莫名其妙的玩意！討厭莉莉子，也討厭莉莉子畫作的基，不禁蹙眉。

「你好。好久不見。」

這時，門開了，理紀現身。她胖了一點，看起來氣色很好。輕飄飄的碎花洋裝幾乎被撐破，肚子像大鼓一樣隆起，看起來隨時會爆炸。理紀艱難地踩著鴨子步搖搖晃晃走來，在沙發對面的椅子重重一屁股坐下。

「妳的肚子，變得好大。」

「畢竟是雙胞胎。這一個月以來，突然變得喘不過氣，如果不側躺就不能睡覺。」

不知是否錯覺，理紀的呼吸似乎很急促。看來說她上下樓梯很吃力是真的。

「我猜想也是。」

基被理紀裝有雙胞胎的大肚子給震住了。即將臨盆的女人肚子竟然會大到這種地步，簡直不可置信。然而，把那個肚子搞大的，百分之九十九是自己的精子造成的。不，大概是百分之九十五的機率吧，他突然冷靜下來。

不過話說回來，那裡面竟然有活生生的小孩子，想想簡直太不可思議了。自己也是這樣生出來的嗎？他凝視理紀巨大的肚子。很想摸摸看，但他當然開不了口。

「之前想都想像不到，肚臍竟然會凸起。」

理紀摸著自己的肚子說。

「啊？肚臍會凸？」

基不由扯高嗓門。

「是的，很凸。要看嗎？」

被理紀這麼一說，基差點就要點頭，連忙肅容坐正。

「不，那不好吧。」

「而且，因為肚子突然變大，到處都有皮肉撕裂。」

「皮肉撕裂是怎麼回事？」

「也稱為妊娠紋，就是皮膚裂開。英語好像是叫做stretch marks。就是那個，在肚皮上出現很多條紋路。以前我連那種事都不知道。我深深感到，懷孕果然是艱難的事業。」

「是嗎？那真是不好意思。」

基再次感到似乎被譴責這一切都是自己造成的。

「懷的是雙胞胎，所以無可避免。要看我的妊娠紋嗎？」

「不了，那怎麼好意思。」

他搖手拒絕，卻擔心是否會被認為太冷酷。他做夢也沒想到，自己居然會對理紀這麼顧慮重重。照理說自己才是出錢的客戶，可是打從剛才，內心就充滿對理紀的愧疚。

「那個，妊娠紋能治癒嗎？」

他戰戰兢兢問。

「不知道。我現在拚命塗乳液之類的，不過一旦出現裂紋，據說會留下白白的痕跡。好像已經不可能復原了。」

「如此說來，一輩子都會留下懷孕過的痕跡？」

如果說完全不在意理紀今後的人生，那是騙人的。等同揭露她生過孩子的印記，已經烙印在身體。

「對，已經鐫刻在我身上。」

「這是stigma欸。」

莉莉子突然插嘴，基吃驚地回頭。他這才發現，莉莉子根本沒有離開房間，還站在門前。如此說來，剛才自己看到春宮圖時的不快神情，大概也被她看到了。

「史提格瑪是什麼意思？」

理紀詢問環抱雙臂的莉莉子。

「就是烙印或印記之類的意思。」

「換句話說，我被印下烙印，證明我曾經懷孕？」

理紀吃驚地說，莉莉子點頭說「對對對」。

「有那麼負面嗎？」基很生氣，忍不住插嘴。「懷孕，不是一件很偉大的事嗎？我們男人絕對做不到，所以我認為那很神秘，也很美好。」

「那是你們男人的幻想吧。有必要神聖化嗎？」莉莉子說。
「很少有人會像妳這樣扭曲地思考。」
氣憤的基反駁。
「那，或許不是烙印，該說是光榮的傷痕？可是對理紀來說，那又不是她自己希望的懷孕。」
莉莉子嘲諷地說。
「妳也太誇張了。大石小姐是自己同意懷孕的。」
「草桶先生，你用錢打過這個人的臉吧？我都知道喔。」
莉莉子令人惱恨地撂話。
「請妳講話不要那麼沒禮貌。」
「噢？我沒禮貌？這種情形，叫做利用經濟差距壓榨別人喔。難道不是嗎？」
莉莉子擺明了想吵架。
「太沒禮貌了。妳連事情經過都不了解，請妳不要隨便發言。」
不愉快的基，拚命壓抑聲音。
「事情經過我清楚得很。你前妻都告訴我了。」
前妻這個字眼，令基火大。然而，儘管只是形式上，但二人離婚的確是事實，所以他無話可辯駁。而且，悠子向外人吐露那麼多，也令他很氣憤。

該死的悠子。什麼事情都告訴莉莉子這種女人。想到就連夫妻之間的秘密，悠子或許都毫不保留地告訴莉莉子了，他就丟臉得幾乎渾身無力。

「不用妳多管閒事。」

對方要吵架他當然也不甘示弱，忍不住嗓門越來越高。莉莉子冷笑的態度令他很不滿，對於她擅自插嘴自己和理紀的約定也很不滿。基本上，他和理紀在談話，她卻厚著臉皮加入的舉動本身就不可原諒。

「寺尾小姐，我很感謝妳提供場地，但我想和大石小姐單獨談話。」

「知道了。我會離開，但是請你不要欺負理紀喔。」

莉莉子這麼說完，終於走出房間。理紀一臉錯愕，於是基道歉：

「對不起。我一時太激動了。我和莉莉子好像八字不合。」

「我知道。」

理紀的聲調意外地冷靜。

「她八成說的都是我的壞話吧。」

基自言自語，理紀點頭。

「她每次都在說。」

想到悠子可能也跟著一起批評自己，已經不只是氣憤，更有深深的孤獨感。本該是夫妻一起努力擁有二人的孩子，為什麼會扭曲到現在這種地步，他實在不明白。這一切，都是因為自己不惜找代理孕母也想要孩子的錯嗎？簡而言之，是自己無法坐視草桶基絕子絕孫的錯？

於是，強迫大石理紀這個毫不相干的女人生產，並且必須撫養理紀生下的雙胞胎這件事，忽然讓他感到難以承受的沉重壓力。不僅如此，也不知道今後該和理紀保持什麼樣的關係。如果按照最初的約定，理紀只要生下孩子，就該走人了。

「那個，草桶先生。或許你已經聽悠子姐說過了，這次實在很抱歉。」

理紀突然主動道歉。基吃驚地抬起頭，理紀語速極快地繼續說：

「是我回北海道探親時發生的。那時候，你不是傳了訊息來嗎。上面叫我旅行時必須事先徵得你們的同意，還有叫我要謹慎行動之類的，所以，我看了之後，一時氣昏頭。我心想只因為我收了一大筆錢，就必須被你講成那樣嗎。這樣子，我豈不是和奴隸沒兩樣，所以我想稍微反抗一下。可是，我做夢也沒想到，竟然會變成這樣的結果。我真的嚇到了，對不起。」

「我聽說不只是在北海道。」

理紀的態度過於理直氣壯，因此基察覺自己的語氣有點軟弱，卻無能為力。

「是的。」理紀毫不羞愧地回答。「回到東京之後，也和之前認識的人發生了關係。發現懷孕時，我得知精子可以存活六天，非常驚訝。」

「那個，妳沒有避孕？」

因為難以啟齒，不禁變得小聲。或許應該找青沼一起來才對，但是他怕青沼如果知道了理紀的行為，八成會把事情鬧得更大，所以不敢找青沼。

「基本上做了。」

理紀大剌剌地回答。

「可是，我想，就機率而言，應該是我的孩子吧。」

「是啊。我也希望是這樣。可是，我無法百分之百肯定。」

理紀停止說話，環視室內。基跟著望去，正好看到掛在基後方的那幅莉莉子畫的春宮圖。

「這畫真爛。」

基不禁嘀咕。

「會嗎？我倒是很喜歡。」

「妳嘴上這樣說，可是這幅畫如果角色對調，妳應該也會不愉快吧？如果是田裡種滿女人的性器，男人在澆水呢？」

理紀歪頭思忖。

「可是，如果是女人，要種在田裡，就形狀而言，恐怕不可能。」

「不，重點不是那個，妳不覺得這是性別歧視？」

「不會吧。莉莉子小姐只是在抗議女性一直被人用性的眼光看待才這樣畫，我不認為這是歧視。況且，莉莉子小姐是用春宮圖這種形式表現個人美學的藝術家。如果只因為是春宮圖，就在藝術層面上遭到歧視，那才是歧視中的歧視。換句話說我認為那是對抗雙重歧視的抗議藝術。」

理紀理直氣壯地發表擁護莉莉子的論調，令基很驚訝。

「大石小姐，妳搬來這裡之後，好像變了。」

「對，我好歹負責販售莉莉子小姐的作品，也要和畫廊交涉，所以學了一點知識。」

理紀沉著地回答。

「對了，聽說妳已進入產前最後一個月，今天我就是來找妳商量的。如果悠子也在就好了，悠子跟妳說過了嗎？」

基想趁著莉莉子沒回來之前盡快談完，所以越來越焦躁。

「對，我聽說了。她說不會復婚。我非常驚訝。」

「我也很遺憾。不過，那是我們夫婦之間的問題，和妳無關。悠子那邊，我會努力繼續說服她，不過妳這邊的預產期也快到了，所以我想給妳提個小小的建議。可以嗎？」

「好。」理紀說著神情變得謙遜。

基說話前先吐出一口氣。鼓起勇氣！他這麼命令自己。看著理紀的大肚子，聽了皮膚撕裂留下妊娠紋這種事情後，面對賭命生產的理紀，他有點想低頭謝罪。

這時，青沼打電話來。基煩躁地想，怎麼偏挑這種談要緊事的時候，一邊接起電話。

「大石小姐，抱歉失陪一下。」

他先致歉，理紀鎮定地回答「請便」。

「喂？我是草桶。」

「啊，草桶先生。關於出生前的遺傳基因檢查那件事，是我搞錯了。我問過檢驗公司了，如果是雙胞胎，據說很難判定，所以他們不做。是我沒搞清楚真的很抱歉。至於那個理由，據說是無法確定。」

話題可能扯很久，因此基打斷她。

「知道了。我現在在忙，不好意思。」

「啊，好。對不起。」

青沼就像被先發制人般忙不迭道歉。掛斷電話後，基不知怎的鬆了一口氣。心情似乎安定了。基轉身面對理紀。

「等妳生了，我本來想做個遺傳基因檢查。檢查之後，如果確定是我的孩子，我打算收養。」

驀然回神，才發現理紀在做筆記。那種公事公辦的樣子令基有點心慌，但他還是繼續說。

「不過，我現在決定了。不做遺傳基因檢查。生出來的孩子不管是怎樣的孩子，我都會撫養。我認為那樣才算負責任。」

理紀面露詫異，看著基。

「不用做遺傳基因檢查嗎？」

「不用了。我覺得那樣對妳和雙胞胎都很失禮。」

「那樣子，總覺得……」理紀說著，羞愧地低頭然後又抬起頭斬釘截鐵說：「雖然很高興你這樣想，但還是請你做檢查吧。」

「為什麼？」

「是我想知道。」

「好吧。另外，關於報酬我也想跟妳說。我聽悠子說妳違約的時候，有點生氣，認為這樣要賠違約金。」

感到理紀神情認真傾身向前的氛圍，基用力吞了一口口水。

「可是，我認為那同樣很失禮。我沒資格限制妳這樣一個成年人的行動。所以，計畫成功的報酬五百萬，我會按照約定付給妳。這樣妳認為如何？」

「太好了。」理紀開心地在筆記本上寫了什麼。

「然後，我有一個請求。」

「什麼？」

理紀抬起頭。

「等妳平安生產後，妳能不能來我家，代替悠子，照顧孩子一年？當然，我不是叫妳做我的妻子。只是希望妳幫忙帶小孩。我想妳應該也想看到自己懷胎十月生下的孩子。不是嗎？」

理紀老半天沒回答，似乎陷入沉思。

「草桶先生，我是第一次生小孩，屆時會有怎樣的心情，我完全不知道。所以，等我生完之後，究竟是不想離開這二個孩子，還是覺得工作結束了，就拍拍屁股走人，我也不知道會採取哪種態度。因此，我無法事先承諾。」

「按照契約，等生完孩子，妳就要盡快離開吧？」

基確認。

「是的。可是，我完全沒想到，居然會產生這麼多不同的感受。因為生氣，一時衝動和前男友以及性治療師上床。我知道會被譴責違反契約，但我不可能像機器一樣。所以，我一直認為等生產之後再來考慮就好。」

「原來如此。可是，我覺得光靠我一人無法撫養，非常不安。」

基不禁吐露真心話。不安。喜悅的背後，也有無法壓抑的龐大不安。相較之下，理紀是多麼理直氣壯啊。感到她作為一個能夠製造生命的生物那種強大，基甚至有點敬畏。這時，理紀突然慌慌張張站起來大喊：

「怎麼辦，好像破水了！」

的確，理紀的腳下濕了。

「這種時候，應該怎麼辦才好？」

手忙腳亂之際，門開了，端著托盤的莉莉子走進來。

「理紀，妳怎麼了？」

「我破水了。」

命運之輪已轉動。冷眼旁觀托盤上放的麥茶和銅鑼燒，基長嘆一口氣。

5

肚子破裂。理紀站在原地呆住了。破水的瞬間，就像氣球爆裂，甚至好像還能聽見砰的一聲。從昨晚開始，胎兒就頻繁活動，肚子比平時繃得更緊，她本來還覺得奇怪，沒想到什麼時候不好選，偏偏在基的面前破水了。

基似乎很慌亂，打電話給青沼時，手都在抖。

「可惡，居然不接電話。這種時候，青沼小姐搞什麼鬼。」基憤然啐了一聲，一邊看理紀。

「呃，那個醫生的電話是幾號來著？大石小姐，妳知道田中醫生的手機號碼嗎？」

田中醫生，就是診所的負責醫生。

「我的手機有。」

她的聲音意外地冷靜。

「手機在哪？妳放在哪裡？」

「在隔壁房間的桌上。」

「那，我去拿。可以嗎？」

基連忙跑出去拿理紀的手機。基似乎每次都是透過青沼了解狀況，只知道醫院的電話號碼。

「理紀，妳先坐下。我去拿浴巾來。」

莉莉子把裝有麥茶和銅鑼燒的托盤放到桌上說。

「浴巾？」

「嗯，妳看下面。」

照她說的低頭一看腳邊，只見拼木地板已經淹水了。嘩啦啦洶湧流出的溫水，還在沿著雙腿向下流。是尿液無法比擬的水量。

子宮中讓胎兒漂浮的羊水如果全部流出來了，胎兒會怎樣？本來飄飄然很舒服地飄浮著，那些水突然沒了，應該很慌張吧。理紀的腦海浮現被人釣起後，在堤防上掙扎喘息的鯽虎魚。真可憐。胎兒是否像鯽虎魚一樣正在痛苦掙扎？是否還活著？她非常擔心。

雖然沒有小看生產，但她不由反省，自己一直堅持不聽田中的指示，是否因為這並非自己期待的懷孕？

田中說過，懷多胞胎時容易破水，往往會提早生產。也建議過她進入三十四週後最好就住院管理比較安全，還說如果到了緊要關頭就剖腹，但自己懷的雖是雙胞胎，還是想盡量正常生活，分娩也用一般分娩就好。之所以執著於「一般」非要和醫生拗著來，是因為拿錢替人生產的心虛嗎？那才真的像莉莉子說的，是害怕「烙印」吧？

然而，終於破水了。想必，必須剖腹。不，比那個更重要的是寶寶是否平安無事。那個衝擊，讓理紀到現在身心都還處於停止狀態。

「理紀，把這個裹在腰部。」

莉莉子匆忙拿來藍色浴巾，她依其所言圍在腰間。同時卻冒出不相干的突兀念頭，覺得洋裝的碎花和藍色浴巾的色調很搭。

「大石小姐，手機。」

拿到基遞來的手機，理紀自己打電話給田中。當她說出「我破水了」，對方說「我馬上聯絡有NICU的醫院，待會再打給妳」。

電話立刻打來。這次基從理紀手裡一把搶過手機接聽。頓時，「啊！真的嗎？」他大聲發飆。

「哪有這麼荒謬的事。那，叫我們怎麼辦？」

似乎要再次等對方的電話，他不滿地掛斷。

「怎麼了？」
莉莉子用冷漠的眼神，看著憤怒又著急的基。
「所謂的ＮＩＣＵ，好像是專門針對新生兒的加護病房，可是已經客滿了，他說要現在找。有這種道理嗎？通常，應該不可能吧。應該趕快叫救護車才對。」
「那個什麼玩意，我們醫院應該也有喔。就在後面。」
莉莉子若無其事說。
「那我去通知醫院！」
不知幾時，聽到騷動趕來的杉本，忘了做作的聲調直接大喊。
之後的事情，因為太慌亂導致記憶也很模糊。醫生說要緊急開刀，理紀按照吩咐，做了血液檢查、量血壓、照Ｘ光、打點滴，穿上彈性褲襪。
打麻醉的時候，嚇得快死掉。有生以來第一次開刀，就是以代理孕母的身份生產。答應當代理孕母時，可曾有一瞬想像過這樣的事態嗎？不，完全沒有。
再次醒來時，肚子留下手術的傷痕，她已經成為雙胞胎的母親。不，身為母親的認知薄弱，毋寧更接近腹中異物已取出的感覺。如今雙胞胎成了威脅理紀自身生命的東西。
孩子的父親是誰，之後會怎樣，這些事情，完全無法思考。理紀全身嚇得發抖。古時候的女人，是搏命生產。如今雖然醫療發達，但自己仍是如此。而且，自己是孤身一人。嚇得發抖的手，沒有任何人來握住。這個事實，打垮了理紀。想著那樣的事，她失去意識。

「草桶，草桶。」

有人在喊基，一次又一次。基為什麼不回答呢？理紀煩躁地醒來。然後，才發現「草桶」是自己現在的姓氏。

「手術已經順利結束了。孩子也很健康喔。」

耳邊，響起年長的護理師溫柔的聲音。

「寶寶體重有點過輕，所以待在ＮＩＣＵ。等妳體力稍微恢復後，就去看他們吧。我想想喔，大概再過三天，妳應該就能自己走路了。在那之前就坐輪椅去看他們吧。」

「好。」

她終於回答。睜開眼，環視一圈。天花板上，有可以調節光亮的燈光。奶油色牆壁，掛著粉彩抽象畫風格的作品。有莉莉子居中打點，想必是躺在自己一輩子都住不起的昂貴單人房。

才剛發現房門開了，悠子已站在枕邊。隱約有香水味。

「辛苦了。妳很努力。」

「大石小姐，謝謝妳。」

是基的聲音。好像就在身旁。

「請問，檢查過了嗎？」
她想問遺傳基因檢查的事，基瞄了一眼悠子那邊。
「對。如假包換，是我的孩子沒錯。」
「這樣啊。」
雖然安心，卻又有點遺憾不是大輝的孩子。
「妳看。很可愛吧。是大石小姐生下的喔。」
悠子把手機的照片舉到理紀的眼前。保溫箱中，躺著小小的嬰兒。身上連著管子，但是五官清晰，看起來很健康。這二個寶寶身上，有一半的血來自自己。
「這個是男孩，這個是女孩。」
就算聽到這麼說，還是分不出來。
「二人都很健康，所以應該不用在NICU待太久。體重差一點就二千公克，所以醫生說身體也不用擔心。」
基愉快地說。
「太好了。」
理紀只說了這句就閉上眼。肚子的傷口痛，講話都很難受。基和悠子看她這樣，立刻走了。
理紀感受著二人離開的動靜，一邊強忍疼痛。不知怎的，流下眼淚，但那不是因為傷口痛。是安心和寂寞。有生以來第一次經驗的感情，動搖了理紀。

手術隔天，理紀吃午餐時，青沼抹著汗水來了。

「今天好熱。」

她拎著一籃經過花藝設計的向日葵，穿著會讓膚色顯黑的紫紅色洋裝。

「大石小姐。恭喜妳生下雙胞胎，辛苦了。」

青沼向理紀致上最敬禮。肚子傷口還在痛，所以吃一般餐點很難受，毫無胃口的理紀，放下筷子茫然看著青沼的臉。

「真的辛苦妳了。幹得好，幹得好，妳是大功臣。」

被她這麼一說，簡直像是生下繼承人的普通「女人」。不是基的妻子，也不是情婦，更不是大石理紀這個人，而是擁有子宮、身為一種生物的女人，是生孩子的機器。是用自己的子宮這個生殖器官，替毫無關係的外人生下孩子的女人。如果不是基的孩子，而是舊情人日高，或者聊得來的大輝的孩子，是否心情不會這麼虛無？

「妳幫助了別人。真的很了不起。」

助人？理紀不禁面露訝異。

實現基的自我滿足，就是助人嗎？所謂的助人，她以為應該是去幫助有更迫切的煩惱和困難的人。不，迫切度因人而異。生不出孩子這件事，不能說是不迫切的煩惱。但是，她感覺青沼說的話好像有點偏離焦點。

見理紀歪頭思忖，青沼不安地問：

「應該沒問題吧？草桶先生那邊，我聽說已經跟妳談過報酬，那樣妳可以接受吧？」

青沼擔心的，大概是懷雙胞胎經歷了負擔超大的生產過程後，理紀是否會對金錢方面提出更多要求。

「對。」

「妳的住院費用，當然應該也會由草桶先生支付，所以妳放心。」

「好。」

「妳怎麼了，無精打采的。產後憂鬱症？」

青沼咧開塗抹粉紅色的嘴唇對她笑。

「只是累了。」她咕噥。

「也是。第一次生產就碰上雙胞胎，而且還是caesar。」

「凱撒？」

「就是剖腹生產。」

「噢，這樣啊。」

「我衷心期盼，妳能夠盡快出院。」
「謝謝。」
「那，我去看看寶寶就走了。謝謝。真的是難得的緣分能夠合作，我很感謝妳。今後如果還有那個意願，記得聯絡我喔。」
沒那個意願。因為她聽說經歷過一次剖腹後，下次生產多半也得剖腹。
理紀在睡前戰戰兢兢看著肚皮的傷口。恥骨上方橫著劃出一條二十公分左右的傷疤。透明膠帶下的刀口還在滲血。看起來就很慘痛。就算表面乾淨了，皮膚底下的發炎要徹底治好，據說也要大約一年的時間。一年，她嘆氣。
那天她坐輪椅，讓人推著去看ＮＩＣＵ的寶寶。推輪椅的護理師，是在莉莉子家不時會看到的年輕實習生。或許是因為屢次和理紀碰面，似乎認為理紀是有苦衷的單親媽媽，並沒有多說什麼不該說的話。
理紀隔著ＮＩＣＵ的玻璃，看著自己生下的雙胞胎。那是把基的精子放進子宮生出來的孩子們。本來想像孩子生下來一定會覺得很可愛，意外的是，竟然沒有任何感慨湧現。知道遲早必須分別的自己，內心是否已設下什麼屏障阻擋？雖然這麼想，但是睡在保溫箱中的嬰兒真的很小，完全沒有那是自己親生子的感覺。
「待會妳可以餵母奶。」實習護理師說。漲奶的確漲得很痛。醫院叫她要經常擠奶冷凍起來。生產就是一連串痛苦。

「這麼小，能喝奶嗎？」

實習護理師見理紀看到孩子也完全沒有流露情緒，似乎有點吃驚。

「對，餵奶比較好喔。」

回到病房，帶來一盒泡芙的莉莉子正在等她。

「理紀，辛苦了。看這個，很少有喔。很可愛吧？」

莉莉子打開盒子，裡面有二個天鵝形狀的泡芙。果然像莉莉子的作風，她不禁笑了。一笑，肚子的傷口就痛，忍不住大聲哀叫。

「肚子很痛？」

「對，超痛的。可是，醫院叫我從明天開始就要自己走路，還要餵母奶。當母親真是一連串疼痛。」

「噢，真辛苦。」莉莉子不帶感情的聲音說。大概是客觀看待，覺得那和自己毫無關係吧。

「對，已經受夠教訓了。」理紀說。

「嗯，別幹了。」莉莉子一本正經地點頭。

「對了，小基的母親來過吧？草桶千味子。以前有名的芭蕾舞者。」

「不，她沒來。」

理紀歪頭。來病房探視的，只有草桶夫婦。

「噢?可是我聽說她和悠子他們一起來看過寶寶。那，她連一句謝謝也沒對妳說，只看了寶寶就走了。真是令人不爽。」

「算了，這樣我也比較輕鬆。」

「對啦，也是啦。可是妳好歹是切開肚子生下的。至少應該說一聲謝謝吧。」

「無所謂，那樣才是做買賣該有的態度。」

「做買賣?理紀，妳認為，這是買賣?」

本來正要大口咬下泡芙的莉莉子，憤然抬起頭。理紀被她激動的模樣震懾，想起之前和大輝的對話。

「重點是，該說是買賣還是交易，我也不知道要怎麼定義，總之應該就是那回事吧。」

「妳知道嗎，有件事小基他們說要自己跟妳說，不准我告訴妳，但我很想說。今天他們不會來吧?」

莉莉子表情陰沉地窺視房門口。

「我想應該不會來，什麼事?我什麼都沒聽說。」

「那二個人，說要復婚。」

復婚。傷口疼痛加上疲勞，使得腦子轉不過來。理紀在口中一再重複那個字眼。

「也就是說，他要跟妳離婚，和悠子再婚。據說，是因為看到寶寶太可愛了，所以想復婚之後一起養小孩。」

之前基曾提出「請求」，生下來的孩子就算是基的，也希望理紀留下來照顧孩子一年。結果話講到一半，她就破水了，但那件事結果呢？理紀用轉不動的腦子思考。

「那我不用留下來照顧孩子了？我的任務解除了？」

「我不知道。妳何不自己問他。」

莉莉子說著，一口咬掉天鵝的頭。

「我覺得那樣更好。」

「真的？是妳辛苦生下孩子，不覺得他們坐享其成？」

「是沒錯，但我不覺得那是我的孩子。」

理紀老實說。

「等餵奶之後或許感覺不同吧？」

「誰知道。」

她沒有自信。也曾想過，生下孩子後，如果真的很想要那孩子就把孩子偷偷抱走。可是，實際看到生出來的孩子，並不覺得有那麼可愛，什麼母性她覺得根本是鬼扯。所以，她冷靜地認為，如果偷偷抱走孩子只會讓彼此不幸。

雙胞胎在自己的肚子裡小心翼翼地養大。可是，隱約也有種被麻煩的東西寄生的感覺。或許是那種感覺，阻礙了她對孩子表露親情。

不過，奶水倒是很多。理紀每天要去ＮＩＣＵ二次，給二個寶寶餵母奶。孩子們雖然比正常標準嬌小卻很健康，緊巴著理紀的乳房喝母奶。餵完奶，感覺就像體內的水分和養分被吸乾，理紀抱著疼痛的肚子去販賣部買果汁喝。疲勞和疼痛，搞得身體幾乎支離破碎。

第五天，悠子來到病房。

「大石小姐，沒那麼疲累了吧？什麼時候出院？」

她帶了麝香葡萄來探望，經常口渴的理紀很高興。

「大後天。」

「住院辛苦妳了。二個孩子也確定可以平安出院，我和草桶已經想好名字了。」

理紀偷偷給二個孩子取名叫做「古利」和「古拉」[6]，但她當然沒說出來。男孩是「古利」，女孩是「古拉」。

「男孩叫做悠人。發音同『尤金』，英文不是也有這個名字嗎。附帶一提，悠這個字是從我的名字取的。至於女孩子，叫做愛磨。發音同『艾瑪』也是海外可以通用的名字。」

「噢，真是好名字。」

「不錯吧？愛磨的磨這個字，是取自草桶的祖父。祖父的名字很氣派，叫做龍磨。從那裡來的。」

「好酷。」

「寶寶在NICU的期間，必需先做準備簡直忙壞了。雙胞胎用的嬰兒床和嬰兒車用租的，衣服也要備妥，忙得團團轉。不過，忙得很開心。感覺心情變得很積極。」

悠子語帶雀躍說。

「是嗎？太好了。」

「我很感謝妳。妳好好休息。」

悠子把手放在理紀肩上，她只好點點頭。

「對了，有件事我想先告訴妳。我本來說不要復婚，可是對生下來的孩子還是感覺有責任。養育孩子，想必沒有那麼簡單。所以，我決定復婚，協助草桶。大石小姐，等妳養好身體，能否請妳在離婚協議書蓋章？等這份離婚協議書受理後，我打算就給孩子報戶口。因為我之前說不要復婚，草桶也慌了，還拜託妳留下來幫忙帶小孩對吧。這件事，真的很抱歉。」

悠子從Goyard托特包取出透明檔案夾。好像是準備好的離婚文件。

「還有，如果可以，也請妳在這上面簽名。」

---

6. 古利和古拉：日本知名的繪本，中川李枝子著，主角是古利和古拉這二隻小野鼠。

遞來的紙上，印著「誓約書」。理紀迅速出聲讀了一遍。

「我，大石理紀，保證不見草桶家的孩子草桶悠人和草桶愛磨。真的發生非見不可的狀況時，我保證會先通知身為監護人的草桶基和草桶悠子。以及，將來草桶悠人和草桶愛磨，或者其中一人聲稱想見大石理紀時，皆按以上準則。」

「搞得這麼正式很抱歉，但這是青沼小姐和草桶商量之後擬定的。基本上，如果妳能簽名我們會很感激。這純粹只是走個形式，並不是絕對。可以嗎？」

「兩者我都拒絕。」

理紀明確拒絕後，悠子脫口發出驚呼。

「為什麼？妳為什麼不答應？」

可以看出悠子慌了手腳。她想把本來要從透明檔案夾取出的離婚協議書，和拿給理紀看的誓約書重新放回去，可是放不進去，搞了好半天。

「要離婚沒問題，可是我拒絕現在立刻離。在我肚子的傷口治好之前，我不希望你們忘記我，所以請在一年之後離婚。因為我肚子的傷口要徹底治好，需要那麼久的時間。」

「哎喲，真的？要那麼久？」

悠子吃驚地蹙眉。

「對，在那之前請留著我的名字。還有，關於誓約書，為什麼非得限制到那種地步？彼此將來會是什麼樣的心情誰也不知道吧？所以，我不會在什麼誓約書上簽名。老實說，我真希望妳和草桶先生也同樣在肚子上開一刀。可是，你們二人都不可能切開吧。切開肚子是我的任務嘛。」

「這怎麼會是任務。」

悠子露出受傷的神情啞然無語。

「代理生產的確是我的任務。可是，我當初沒想到生出一個生命如此不容易。所以，至少請容許我這點小小的刁難。」

最後她低頭一鞠躬，肚子的傷口很痛。悠子始終低著頭，低聲道歉。

「我不認為這是刁難。我覺得很對不起妳。一下子說要保持離婚的關係，一下子又說要復婚，是我太三心二意了。對不起。」

感受到悠子的失意，理紀不知該說什麼才好。

「妳改變心意讓我很驚訝。」

「是嗎？老實說，拜託妳當代理孕母之後，我一直被排擠在外的感覺折磨。我們夫妻多年來一直固執想得到孩子。可是，我已經失去生育能力，但基還有生育能力所以就委託代理孕母生孩子，這個做法我實在無法接受。如果是我的卵子也就算了，可大石小姐畢竟是毫不相干的外人。」

毫不相干的外人這句話，讓理紀覺得自己是一個闖入者。見她沉默，悠子繼續說：

「採取假離婚這種形式，其實我也很反感。這樣好像把妻子的寶座讓給妳。雖然基說只是形式上，但是變成外人的，似乎只有我。我心想乾脆就那樣當外人算了。之所以把妳和其他人發生關係的事告訴基，也是想告訴他，想要隨心所欲操縱別人根本是做夢。」

「那妳為什麼又要復婚？」

理紀冷靜地問。

「雖然對妳說做過了，其實並沒有做遺傳基因檢查。青沼小姐叫我們做，可是基堅持拒絕。他說那樣對大石小姐很失禮，他死都不會做。他說不管是什麼樣的孩子都打算接納，把孩子撫養長大。聽到他那樣說，我忽然很感動。如果說，沒有血緣關係他也會照樣撫養，那我想我也一樣。我們夫妻走到今天終於搭上同一條船。基和我，好像都因為這次的事情成熟了。不，或許該說是成為父母吧。所以，我是真的打從心底感激妳。我相信基也是。」

悠子說著，眼含淚光。

出院的前一晚，理紀用LINE打電話給人在那霸的大輝。

「不是大輝的孩子喔。」

其實不知道是誰的，但她覺得是誰的孩子都無所謂了。大輝很驚愕。

「已經生了嗎？」

「嗯，突然破水，所以是剖腹產。奇蹟果然沒有出現。」

「哎，也好啦。反正妳已經嚇唬過那對夫婦了。」

大輝說得好像是自己幹的好事。

「大輝，你現在，在做什麼？」

「我？我啊，開始打工當補師。」

「補師是什麼？」

「就是補習班的老師啦。」

「跟你這人很不搭欸，你女朋友呢？」

「被她甩了。」

「活該。」

一笑，肚子又痛了。

「妳要來那霸嗎？」

「我才不要。反正你是為了我的錢吧？」

「對啊。我倆也生個孩子吧。」

大輝討好地說。八成，自以為在安慰她吧。他其實是個無能的自稱治療師。

「那種東西，我才不需要。」

說著哈哈大笑，她覺得傷口好像裂開了，有點害怕。

6

理紀生的雙胞胎是進入三十七週後生的，所以是足月出生，但二人的體重都不到二千公克。是多胞胎常見的低出生體重兒。一生下來，就送進ＮＩＣＵ接受低血糖治療，治好之後在第七天送回理紀的身邊。

剖腹產的理紀住院期間是八天。出院的前一天，產婦會整天和嬰兒共度，加深母子之間的情感後才返家，據說這是寺尾醫院婦產科的規矩。因此，雙胞胎現在，睡在理紀的床旁放置的二張小床中。

「哇，好小隻。」

莉莉子好像覺得有點恐怖似的斜眼睨視嬰兒。被貶低的雙胞胎，對此毫不知情，二人同樣把小手舉到肩頭緊握，輕柔地閉著眼。

「哪邊是男生？」

莉莉子依舊皺著眉頭，問道。

「這個，是古利。」

理紀先指向睡在左邊小床的嬰兒。

「然後，這邊的，是古拉。」
「哇，古利和古拉啊。」
莉莉子不知是沒察覺那只是理紀取的假名，還是根本不在乎，看起來對嬰兒的名字似乎完全不在意。
「二個都像小猴子，所以完全分不出來。不過話說回來，長得和小基一點也不像。真的做過遺傳基因檢查了？」
她用疑心很重的眼神看著理紀。理紀沒回答，曖昧地笑了。
「我倒覺得二個人的眼睛都很像理紀。」
理紀有點動搖。雙胞胎生來就和自己有點像，是該高興，還是該難過，她不知道該採取什麼態度才好。身為雙胞胎在生物學上的母親，讓她感到萬分沉重。所以，甚至不怎麼敢仔細看雙胞胎的臉。
如果不是代理孕母，對於生出來的孩子，就能率直地抱有「這是我的孩子」的認知嗎？自己不該有那種認知，這樣的剎車，一直束縛心靈。她覺得，當初答應當代理孕母時，根本沒有預料到會有這麼複雜的心緒。
「像不像小基的鼻子？」莉莉子湊近古拉的臉孔說話。「妳會變成小基自豪的鷹鉤鼻嗎？妳爸爸好像認為那樣很有貴族風範喔。」

莉莉子向來只說基聽到了會生氣的那種話。大概真的很嫌棄他。

「草桶先生他們應該馬上就來了。雙胞胎今天不在ＮＩＣＵ，所以我想他們一定會來這裡。」

理紀看手機確認時間後說。基和悠子對雙胞胎的關注非常驚人，幾乎每天都會開心地來看孩子。

「聽說他們也給孩子取了名字？」

「對，男孩叫做悠人，女孩叫做愛磨。」

「Yujin和Ema嗎。古利和古拉比那個好太多了。」莉莉子嗤鼻一笑。「悠子這個人，還挺俗氣的。她一定是說悠人和愛磨這種名字在國外也能通用吧？笑死人。況且，之前還那樣吵著堅持離婚，結果孩子一出生就立刻復婚，也太不要臉了。」

莉莉子講話尖酸毒辣，理紀稍微袒護悠子。

「可是，中間好像發生過很多事。」

「那應該是吧。畢竟他們也經歷了誇張的狀況。」

「不過，寶寶真厲害。」

雙胞胎來到身邊後，理紀的心情也稍有變化。她覺得，嬰兒的威力果然強大。光是看著他們，為什麼就會湧現積極正向的心情呢？基和悠子，無疑也超乎想像地被這強大的威力影響。嬰兒似乎會激發人們「想保護這孩子，必須把這孩子撫養長大」的保護本能，使人變得積極進取。那是因為，這種生物太無防備也太無力了。這個保護本能，人們大概稱為母性吧。對這個名詞反感的理紀，很想摒除那種足以佐證的情緒。然而，終究還是有類似保護本能的東西在自己內心萌芽，所以才棘手。理紀本該具備的理性與感情，因為嬰兒的存在已瀕臨破壞。

理紀靠著床頭，來回凝視自己生下的二個嬰兒。不過她當時是全身麻醉，醒來時已經生完了，所以沒什麼生產的感受，只有動一動或笑一下就會痛的下腹傷口，證明理紀的生產。和孩子分開之後，看到肚子的傷疤想必會想起吧。

「說是赤子，還真的是欸。這二個孩子，是赤紅的。」

理紀盯著嬰兒低喃，莉莉子點頭。

「嗯，這種奇怪的膚色，該怎麼描繪才好呢？什麼顏色都不是。赤紅？桑椹色？而且還有不可思議的質感。皮膚的肌理太細緻，簡直不像皮膚。摸起來好舒服。真想咬一口。」

莉莉子不客氣地盯著寶寶們的皮膚，還偷偷拿手指碰觸。

莉莉子其實也開始被這不可思議的小生物吸引了吧。

不，不只是莉莉子。莉莉子的舅舅高志也和杉本在雙胞胎待在NICU時來探望過。

「高志舅舅也來探望過喔。」

其實，高志甚至還送了紅包。

「我聽說了。舅舅和杉本姨二人超興奮的。還說要在我家大家一起養小孩。杉本姨更扯，聽說她看到寶寶都哭了。還說什麼寶寶是這世上最美的東西，好笑吧。沒想到她是詩人，我都嚇到了。他們以為妳是單親媽媽會獨自養小孩，所以決心今後一定要幫妳呢。其實根本不是那樣。」

「是嗎？真謝謝他們。」

理紀感慨萬千說。她很想坦白說明自己是草桶家的代理孕母，可是基於保密義務不能說，讓她很痛苦。

「不過我說真的。理紀，產後想必很辛苦，妳就暫時待在我家，好好休養吧。順便，雙胞胎如果也能一起住會更好。妳還有母奶吧。如果在我家，有什麼問題也能立刻來醫院，杉本姨也在，可以幫上忙。然後，等妳比較穩定下來後，再把孩子交給那邊就行了。」

有那麼好的事嗎？理紀歪頭思忖。草桶夫婦遲早會帶走孩子吧？

這時，敲門聲響起。莉莉子用響亮的聲音應了一聲：「誰？」轉頭一看，基和悠子從門口探頭進來微笑。

「哈囉，打擾了。」

穿夏威夷衫的基先走進來。他的視線，鎖定睡在嬰兒床上的雙胞胎。

「今天也很健康呢。太好了。」

基用滲出滿滿愛憐的動作，輕輕以食指碰觸古利的臉頰，接著用手包覆古拉的小拳頭。基看都沒看理紀，只顧著對雙胞胎輕聲細語。

「你們知道嗎，爸爸只會年紀越來越老。你們要快點長大。否則，就看不到你們長大的樣子了。」

基或許是被自己說的話打動，似乎有點泛出淚光。悠子或許是顧慮理紀在場，守在一旁什麼也沒說。她穿著古典風格的白洋裝，所以看起來像昭和時代的護理師。

「大石小姐，傷口怎麼樣？」

悠子略帶顧忌問。

「感覺一天比一天好多了。」

「那就好。剛才我們去區公所報戶口了。」

「悠人和愛磨，是嗎？」

「對，悠人和愛磨。大石小姐當媽媽囉。這是永遠不變的事實，對吧？」

悠子像要徵求同意似的看著基。基眼中只有雙胞胎，似乎無意加入女人們的對話。

「悠子，那真是太好了。」

莉莉子意興闌珊地說。悠子瞄莉莉子一眼之後，轉頭面對理紀。

「所以，大石小姐。上次不好意思。我太心急了，好像對妳說了不該說的話。」

悠子一道歉，基也像想起來般轉頭道歉。

「大石小姐，對不起。妳努力生下孩子還沒幾天，我們就拿出那樣毫無同理心的誓約書，真的很失禮。一切都該歸咎於擬定誓約書的我。」

「不，沒關係。」

「等妳稍微穩定下來後，我們再來討論這件事。」

基似乎還沒死心。不簽誓約書他大概不放心吧？

「我無所謂，請在這裡說出誓約書的內容。」

「等一下，大石小姐。」悠子想制止理紀，激昂地說。「用不著那麼急吧。在妳的身體康復之前，我想，不如暫時就留在這裡如何？莉莉子應該也不介意吧？妳的住宿費由我們負責。另外，剩下的五百萬也匯進妳的戶頭了。」

「謝謝。」

理紀道謝。

「孩子怎麼辦？」

莉莉子問悠子。

「頭二個月，就留在大石小姐身邊照顧，之後我們會餵奶粉。因為聽說母乳對嬰兒的身體非常好。所以，我們認為起初或許還是餵母奶比較好，才做出這個結論。」

「也就是說，理紀是奶媽？」

莉莉子插嘴，惹來悠子瞪視。

「我沒那個意思。」

「不然妳是什麼意思？」

莉莉子反問。

「關於這個，接下來我們會和大石小姐好好談。所以，莉莉子妳能否暫時離開一下。我想我們三人私下談比較好。」

「遵命夫人」莉莉子諷刺地說著，走出病房。確認房門關上後，基才開口。

「大石小姐，妳吃了很多苦，生下孩子。聽說生產當時很危險。謝謝妳。我衷心感激。」

「哪裡，不客氣。」

理紀回禮，但她反省自己是否太冷漠。

「我聽悠子說，妳打算過一段時間才同意離婚。而且，那張保證以後不見孩子的誓約書，聽說妳也反對。妳現在的態度和當初答應做代理孕母時不同，是因為看到孩子吧？」

「那倒不是。」理紀一邊拚命思考一邊回答。「因為生產太艱難，所以我希望，你們不要和普通分娩一視同仁。」

「這次是雙胞胎，所以我想對妳造成的負擔也更大。不過，那是我們也沒預料到的。所以，某種程度上，也在考慮如何評估妳的負擔。」

悠子插嘴，理紀慎選遣詞用字說：

「那個，你們或許誤會了，其實我不是想要錢。」

「那妳要什麼？」

基顧慮地看著理紀的臉。

「不知道。我只是不想被當成機器對待。」

「沒有人那樣想。」

悠子驚訝地嘀咕。

「具體上妳希望我們怎麼做？」

基和悠子面面相覷，如此問道。

「剛才，你們說我可以和孩子相處二個月吧。既然如此，我想這樣應該就比較甘心了。我剛生完，想到連小孩都不能養，總覺得好像遭遇什麼突發事故似的很難受。」

「是啊。」悠子點頭。「發生了太多事，想必已經無法承受了。我們也是。那麼，二個月之後，就請妳離開孩子吧。在那之前請充分帶孩子，好好休養。」

「就請妳離開孩子吧」這句話感覺最適切。

「我知道了。」

理紀點頭。基面露不滿，但並未說出來，只是補了一句：

「我們每天會來看孩子，可以吧？」

「當然可以。這是你的孩子。」

出院後，理紀和雙胞胎搬到寺尾家南側的一樓。之前在醫院使用的嬰兒床，破例讓理紀搬到房間來。嬰兒用品全都是草桶夫婦備妥送來的。

理紀在這二個月內，就負責餵母奶，和每天來幫忙的基及悠子一起照顧雙胞胎。出生時體重過輕的嬰兒，過了一個月已成為標準體重，因為要餵二個人，理紀的母奶甚至不夠喝。

一個月後，悠子再次拿來離婚協議書和誓約書。誓約書的內容沒有更改。

「我，大石理紀，保證不見草桶家的孩子，草桶悠人及草桶愛磨。如果發生非見不可的狀況時，我保證會先通知身為監護人的草桶基及草桶悠子。以及，將來草桶悠人與草桶愛磨，或者其中一人想見大石理紀時，比照上述準則。」

「或許惹妳不快，但我們也必須開始考慮新生活，所以還請妳諒解。」

「我知道。」理紀收下文件。

就在即將屆滿二個月時，晚上收到阿照傳來的LINE。

——理紀，寶寶生了嗎？這是我家的美奈。

阿照的LINE，附帶穿粉紅色嬰兒服的小寶寶照片。抱著寶寶的，是頌太。頌太的表情比以前成熟，笑得很滿足。

——全家福啊。

理紀苦笑，傳了雙胞胎的照片過去。

——這是雙胞胎古利和古拉。

立刻收到回覆。

——是雙胞胎？生產時一定很辛苦吧？代理孕母也不輕鬆呢。

——是剖腹產。傷口到現在還痛。

——辛苦了。對了，這二個孩子，真的叫做古利和古拉？

理紀想回覆，突然停手。古利和古拉。其實，真正的名字是草桶悠人和草桶愛磨，自己卻到現在還拘泥於古利和古拉這二個自己取的名字。或許是因為取悠人和愛磨這二個名字時，自己並未參與？不，不是未參與，是無法參與。這二個孩子，雖是自己生的，卻即將不是自己的孩子。

——真正的名字，是悠人和愛磨。

——搞什麼，名字明明很氣派嘛。我輸了。

阿照傳來一個深深一鞠躬喊「老大您厲害」的迪士尼卡通人物的貼圖。理紀笑了一下，然後把手機放到一旁。頓時，古拉開始大哭。理紀抱起古拉，古利也跟著開始哭。這二個孩子感情很好，只要有一個哭，另一個必然也會哭。嚴重的時候，還會交互接力，連續哭上好幾個小時。

理紀雙手各抱一個嬰兒，哄了半天。可嬰兒仍然啼哭不止。這時，心底突然湧現一種近似悲嘆的情緒，理紀也想哭了。就算有嬰兒在，為何還是如此孤獨？

當初是對努力工作也無法得到足夠金錢的生活絕望，才會當代理孕母。那時，她以為就算生下孩子，自己也能更冷靜地面對。

可是，這種彷彿傾盆大雨的潮濕感情是從何而來？自己和同樣剛生下孩子的阿照，好像走向截然不同的方向。

「怎麼了？理紀，寶寶一直在哭。不好意思，吵到我了，妳能不能想想辦法？」

敲門聲響起的同時門已經開了，莉莉子一臉不耐煩地抱怨。現在已過了晚間十點，但莉莉子好像還在工作。

「對不起。他們哭個不停，我也不知道該怎麼辦才好。」

束手無策的理紀毫無自信地回答，莉莉子輕拍一下她的肩膀。

「妳還好嗎？我看妳好像很累。」

莉莉子最近也埋頭創作，即使碰面也有點像發燒昏了頭，總是神情恍惚。

「莉莉子小姐，作品和孩子一樣嗎？」

理紀忍不住問出這種問題。莉莉子雖然看似憔悴，不時卻露出昂揚的妖異眼神，這時喀喀喀僵硬地歪著腦袋。

「這個嘛，我沒生過小孩，所以不知道。幹嘛問這個？」她迅速說。

「我沒有畫過畫，所以不知道。」

「那，應該不一樣吧。」莉莉子如此斷定，湊近來回看著理紀懷中的雙胞胎。

「你們二個吵死了。小心我把你們抓去熬湯喔。」

嬰兒還是一樣啼哭不休。甚至反而更用力，使出渾身力氣大哭。理紀聽著哭聲也不甘示弱地扯高嗓門。

「可是，那些藝術家，不是經常說自己的作品就像是自己的小孩？」

「我可沒說過那麼丟臉的話。」

莉莉子憤然說。

「很丟臉嗎？」

「那當然丟臉。我的畫作絕對勝過小孩。」

「勝過嗎？那，為什麼人們要把小孩神格化？杉本姨不是說，那是世上最美的東西？」

「別傻了。這世上最美的，應該是春宮圖吧。是人們性交的畫面。」

「唉，我都搞糊塗了。」

理紀和嬰兒一樣，滴滴答答掉眼淚。

「咦，妳哭什麼？」

莉莉子吃驚地看著理紀的臉，但是理紀無法回答。

「不知道。忽然覺得好孤單，好落寞，感覺很難過。」

理紀又哭又笑。嬰兒似乎感染母親的眼淚，哭得更激烈了。

「理紀，妳該不會是產後憂鬱症吧？」
「或許吧。那麼，這也是賀爾蒙的關係？」
「是吧？不然，我去跟我老爸說，拿點藥來？」
莉莉子匆忙想走出房間，理紀連忙叫住她。
「沒關係。知道原因就好了。」
莉莉子轉身問，理紀低聲回答。
「原因是什麼？」
「自己。」
這麼回答時，她覺得那正是解答。純粹是因為自己太軟弱。
「既然知道了，那就好。那我走了，晚安。」
莉莉子用缺乏感情的聲音說。莉莉子離開房間後，孩子們突然不哭了。理紀輕輕地把他們一一抱回嬰兒床。嬰兒一臉無辜，各自凝視理紀的臉。
「或許正如杉本姨所說，嬰兒是這世上最美的。畢竟是一個人類嘛。厲害喔。真的很厲害。」
理紀對二人這麼說。接著，她在桌前坐下，在悠子送來的離婚協議書上簽名蓋章。誓約書也簽了名。
之後她開始打包行李。把隨身物品放進行李箱，在背包塞滿尿片。一下子就準備完畢。理紀抱起古利，貼臉摩挲那柔嫩的臉頰。

「古利，你在草桶家，會備受疼愛，所以沒問題。等你成為偉大的芭蕾舞者時，我會去看你演出。你要好好保重喔。」

把古利放回床上，她抱起古拉。

「古拉，妳和媽媽一起走吧。不是草桶愛磨，是大石古拉喔。這樣可以嗎？」

古拉彷彿全心信賴，純真地凝視理紀。理紀用嬰兒揹帶把古拉固定在胸前。

「古拉，可以吧？我們女生跟女生一起生活吧。雖然這世界很狗屎，不過當女人還是很不錯的。當女人絕對更好。」

理紀驀然看著桌上的誓約書。只有草桶愛磨的名字用二條線劃掉，蓋上訂正印章。

「好了，該去哪裡呢？先去沖繩看看吧？或者去媽媽的故鄉北海道？去向佳子阿姨報告？大家看到妳應該會很高興。」

理紀開心地說，不知是否感受到什麼，古拉露出開朗的神情。

初刊《SUBARU》雜誌
二〇一九年三月號至二〇二一年五月號
出版單行本時，經過添筆、修改。

本書純屬虛構，和實際人物、團體一概無關，在此特別聲明。

刊行時，承蒙生殖醫療專科醫生佐藤琢磨先生建言。在此衷心致謝。

LOVECITY 115

燕子不歸　燕は戻ってこない

作　者—桐野夏生
譯　者—劉子倩
編　輯—黃煜智
行銷企劃—林昱豪
校　對—魏秋綢
封面設計—朱疋
內頁排版—綠貝殼資訊有限公司

副總編輯—羅珊珊
總編輯—胡金倫
董事長—趙政岷
出版者—時報文化出版企業股份有限公司
108019台北市和平西路三段二四〇號四樓
發行專線—（〇二）二三〇六六八四二
讀者服務專線—〇八〇〇二三一七〇五、（〇二）二三〇四七一〇三
讀者服務傳真—（〇二）二三〇四六八五八
郵撥—一九三四四七二四時報文化出版公司
信箱—10899臺北華江橋郵局第九九信箱

時報悅讀網—www.readingtimes.com.tw
電子郵件信箱—ctliving@readingtimes.com.tw
思潮線臉書—https://www.facebook.com/trendage
法律顧問—理律法律事務所　陳長文律師、李念祖律師
印　刷—家佑印刷有限公司
初版一刷—二〇二四年十月十一日
定　價—新台幣五八〇元

時報文化出版公司成立於一九七五年，
並於一九九九年股票上櫃公開發行，於二〇〇八年脫離中時集團非屬旺中，
以「尊重智慧與創意的文化事業」為信念。

燕子不歸／桐野夏生著；劉子倩譯. -- 初版.
-- 臺北市：時報文化出版企業股份有限公司，
2024.10
420 面；14.8×21 公分
譯自：燕は戻ってこない
ISBN 978-626-396-689-5（平裝）
861.57　　113012272

TSUBAME WA MODOTTEKONAI
by Natsuo Kirino

Originally published in Japan by Shueisha Inc., Tokyo.
Chinese (in complex character only) translation rights arranged with
Natsuo Kirino, Japan
through THE SAKAI AGENCY and AMANN CO., LTD.

ISBN 978-626-396-689-5
Printed in Taiwan